Dorothea Morgenroth

Im Garten der Sehnsucht

Über die Autorin

Dorothea Morgenroth schreibt aus Leidenschaft und hat sich mit ihrem Debütroman *Der den Himmel lenkt* sowie etlichen weiteren Werken einen Namen als versierte Romanautorin gemacht. Sie ist Mutter von vier erwachsenen Kindern und lebt mit ihrem Mann, der jüngsten Tochter und einem kleinen Hund in Bayern.

Dorothea Morgenroth

Im Garten der Sehnsucht

Ein Irland-Roman

Gerth Medien

Prolog

In makellosem Blau spannt sich der Himmel über mir. Ohne jede Begrenzung, ohne Anfang und Ende. Über dem Garten liegt das Licht eines frühen Morgens. Inseln aus Sonne und Schatten malt es auf das üppige Grün des Rasens.

Von Insel zu Insel schreite ich über den Rasen hinweg. Ein Ziel habe ich dabei nicht vor Augen, weiß nur, dass irgendetwas mich unwiderstehlich hineinlockt in die Tiefe dieses Gartens. Eine Sehnsucht, ein undefinierbares Verlangen ist es, das mein Herz erwartungsvoll höherschlagen lässt, als ich einen Busch umrunde.

Die Schatteninsel am Fuße des Busches ist gesprenkelt mit glühenden Funken. Aber nein, es sind keine Funken aus Feuer, es sind Funken aus Farbe. Tausend winzige, leuchtend rote Blüten umschmeicheln meine nackten Füße, während ich mir meinen Weg durch sie hindurchbahne. Sie kitzeln meine Sohlen, bringen mich zum Lachen.

Vergnügt gewahre ich den Baum, der sich am Ende des Gartens erhebt. Dort in der Ferne, wo die Konturen noch verschwommen sind und Licht und Schatten verschmelzen.

Ich vernehme ein Plätschern. Leise flüstert der lebendige Rhythmus eines Baches in mein Ohr und kitzelt es wie zuvor die Blüten meine Füße. Mein Lachen wandert tiefer. Von meinem Mund sinkt es hinab in meinen Bauch, wo es sich warm und wohlig ausbreitet, während ich dem Baum allmählich näher komme.

Schon erkenne ich seine ausladende Krone, übergossen mit den Strahlen der Morgensonne. Kaskadenförmig hängen Äste aus der Krone herab bis auf den Boden, und zwischen den Zweigen, ganz nah am Stamm des Baumes, steht eine Bank.

Ein Mann sitzt darauf. Er blickt mir entgegen. Ich gehe auf ihn zu und lasse mich stumm neben ihm nieder. Ich blicke auf die kräftigen, erdverkrusteten Finger des Mannes in der Gärtnerschürze. In seinem Haar rieche ich den Tau, der das Gras befeuchtet und den Boden fruchtbar macht.

Er ist derjenige, der mich hierhergelockt hat. Ich spüre es überdeutlich an dem Lachen, das in diesem Augenblick mein Herz erreicht. Eine unbändige Freude ist es, die den Krug meines Herzens bis zum Überlaufen füllt! Die Freude vereint mich mit dem schweigenden Mann an meiner Seite und lässt mich sehen, was er sieht: Einzigartigkeit in jedem einzelnen Blatt, das über unseren Köpfen im Wind wispert. Lebensspendende Schönheit in dem Wasser des Baches, der unmittelbar aus dem Baumstamm entspringt und dessen Gurgeln ich zuvor bereits vernommen habe. Makellose Vollkommenheit in jedem Bestandteil dieses Gartens – liebevolle Kreativität in jedem Detail Seiner Schöpfung.

Still genieße ich die Begegnung mit dem Gärtner-Künstler. Ich ruhe in der Gegenwart meines Schöpfers. Ich bin zu Hause …

Kapitel 1

Und Gott sprach: „Auf der Erde soll es grünen und blühen: Alle Arten von Pflanzen und Bäumen sollen wachsen und ihre Samen und Früchte tragen!" So geschah es. Die Erde brachte Pflanzen und Bäume in ihrer ganzen Vielfalt hervor. Wieder sah er sich an, was er geschaffen hatte: Es war gut.
1. Mose 1,11–12

Kalt wie Eis spürte sie den Griff des schmiedeeisernen Tores unter ihren Fingern. Von einer feinen Eisschicht überzogen waren auch die Äste der alten Buche über ihrem Kopf und die Schneereste vor dem Eingang. Der hart gefrorene Kies auf dem Friedhofsweg knirschte unter ihren Sohlen.

Neben Natalie, und nicht minder zögerlich als sie selbst, schritt ihr Vater. Wegen des plötzlichen Wintereinbruchs hatten sie das Grab seit mittlerweile einer Woche nicht mehr besucht, und die Fünfundzwanzigjährige fragte sich, ob es ihrem Vater genauso schwerfiel wie ihr, sich dem Anblick der froststarren Erde und erfrorenen Blumenkränze auszusetzen. Solange die Erde noch halbwegs warm und braun gewesen war und die Blüten der feuchten Luft getrotzt hatten, hatte an diesem Ort wenigstens noch der Anschein von Leben geherrscht …

Im Gleichschritt umrundeten Vater und Tochter die efeuumrankte Gedenksäule für die Gefallenen des Zweiten Weltkriegs und bogen in den schmalen Weg ein, der sie zu ihrem Ziel führte: dem Grab ihrer geliebten Ehefrau und Mutter. Schon von Weitem erkannte Natalie den großen Kranz aus Tannengrün und weißen Lilien, der an dem alten Grabstein dahinter lehnte.

Erstarrt und braun gefärbt klammerten sich einige letzte Blütenblätter an die Lilienstängel; die übrigen sprenkelten ungleichmäßig das Tannengrün und die kleineren Gestecke auf dem Boden. Das steif gefrorene Schleifenband mit den letzten Grüßen der Familie ragte nahezu senkrecht aus dem Kranz heraus und schien direkt auf die Inschrift des Grabsteines zu weisen: *Jesus spricht: Weil ich lebe, werdet auch ihr leben.*

Natalies Mutter selbst hatte diese Worte ausgewählt, als vor Jahren ihre Eltern gestorben waren, um sich damit stets daran zu erinnern, dass der Tod eines geliebten Menschen nicht das Ende war, sondern vielmehr der Beginn eines Lebens in der unmittelbaren Nähe von Jesus. So zumindest hatte sie es ihrer kleinen Tochter damals erklärt.

Heute, siebzehn Jahre später, war es Natalie, die sich an diese Worte klammerte; die sich an dem Wissen festhielt, dass ihre Mutter endlich frei war von den quälenden körperlichen Schmerzen und glücklich darüber, bei ihrem Herrn zu sein. Dennoch – oder gerade deshalb – erschien ihr die Art und Weise, wie dieses steife, leblose Band den Bibelvers unterstrich, fast wie Hohn. Mit einem unwilligen Schnauben beugte sie sich hinunter und drückte das Band zurück in seine ursprüngliche Position.

„Lass gut sein, Natalie." Beruhigend legte ihr Vater seine Hand auf ihren Arm. Wie so oft in den letzten Wochen schien er genau zu wissen, was in ihr vorging. „Egal, wie die äußeren Umstände sind, ist es doch wahr. Ohnehin denke ich“, er schluckte schwer, ehe er fortfuhr, „es ist allmählich an der Zeit, die Gestecke zu entsorgen. Ich werde die Friedhofsverwaltung anrufen und darum bitten, sobald wir wieder zu Hause sind.“

„Denkst du nicht, es ist noch ein wenig zu früh dafür? Seit Mamas … Mamas Beerdigung ist gerade mal ein Monat vergangen!“

„Das ist wahr! Aber es muss nun einmal sein, und du siehst ja selbst, in welchem Zustand die Blumen sind. Ich kann mir nicht vorstellen, dass Mama noch Freude daran hätte.“

„Hm.“ Natalies Stimme zitterte. Wie konnte ihr Vater – ein Mann, der nach fünfunddreißig Jahren Ehe seine Frau verloren hatte – nur derart nüchtern und pragmatisch denken? Aber natürlich hatte er recht: Die erfrorenen Blumen auf dem Grab boten nicht gerade einen erfreulichen Anblick.

„Na gut, tu das“, stimmte sie deshalb zu. Dann kniete sie auf dem vereisten Schnee am Grabesrand nieder, zupfte behutsam einen der noch am Stängel hängenden Lilienblütenköpfe ab und verstaute ihn in ihrer Tasche.

„Ein schönes Andenken“, bemerkte ihr Vater, nun mit ebenfalls bebender Stimme. Mehrere Minuten lang standen Vater und Tochter in gemeinsames Schweigen versunken an der Grabstelle, ehe sie sich wieder auf den Heimweg machten.

„Würde es dir etwas ausmachen, wenn ich zu Fuß nach Hause gehe, Papa?“, fragte Natalie, als das Friedhofstor hinter ihnen ins Schloss fiel. „Ich glaube, ich brauche ein wenig Zeit für mich.“

„Natürlich, geh nur!“ Ihr Vater öffnete die Wagentür, lehnte sich über die Rückbank und griff nach seinen Handschuhen. „Hier, nimm meine Handschuhe, es ist wirklich unangenehm heute.“

„In Ordnung, danke. Dann bis später." Natalie streifte sich die Handschuhe über und winkte ihrem Vater nach, während er den alten Audi vom Parkplatz zurück auf die Straße rangierte. Sobald er außer Sichtweite war, zog sie ihre Wollmütze tiefer in die Stirn und den Schal so weit nach oben, dass er einen Großteil ihres Gesichtes vor dem eisigen Ostwind schützte, und schritt zügig aus.

Ein Ziel hatte sie nicht. Was sie antrieb, war lediglich das Gefühl, einmal etwas anderes sehen zu müssen als das Innere des Hauses, in dem sie ihre Mutter gepflegt und das sie während der letzten Woche aufgrund von Kälte und Schnee gefangen gehalten hatte. Oder die ewig gleiche Strecke zwischen besagtem Zuhause und dem Friedhof.

Bereits nach wenigen Minuten hatte sie die letzten Häuser der Kleinstadt hinter sich gelassen und befand sich auf freiem Feld.

Ein heiseres Krächzen über ihrem Kopf veranlasste sie, den Blick zum Himmel zu heben. Ein Schwarm Saatkrähen kreiste über ihr, ließ sich vom Wind treiben und landete schließlich in geringer Entfernung auf einem Acker.

Natalie hielt einen Augenblick inne, um das Schauspiel zu beobachten. Flügel an Flügel, ein schwarzer Körper am anderen, trippelten die Vögel über den gefrorenen Boden, flatterten unter unablässigem Krächzen wieder auf, nur um sich eine Sekunde später wieder auf dem Boden niederzulassen und diesen energisch mit dem Schnabel zu bearbeiten. Einer der Vögel zeigte sich ausgesprochen aggressiv gegenüber seinen Kameraden: Immer wieder stürzte er sich auf genau den Fleck Erdboden, auf dem eben ein anderer gelandet war, und vertrieb diesen durch kräftige Schnabelhiebe, um sich dann selbst über den Boden herzumachen. Was erhoffte er sich wohl davon? Was erhofften sie alle sich nur von diesem Kreisen umeinander und um sich selbst, vom hoffnungsvollen Einhacken auf den hoffnungslos gefrorenen Erdboden?

Der Anblick der Krähen erschien Natalie plötzlich wie ein Sinnbild für ihren derzeitigen Zustand. Der Boden ihres Herzens war nicht minder gefroren als die Erde hier auf dem Feld oder auf dem Friedhof – kalt, trostlos und fruchtleer fühlte er sich an. Jeglicher Rest von Lebensfreude war, sofern er noch irgendwo im tiefsten Boden ihrer Seele steckte, vom Frost erstarrt. Seit dem endgültigen Abschied von ihrer Mutter erschien ihr die Vorstellung, dass der Frost irgendwann nachlassen und neuer Same von Hoffnung und Freude keimen würde, geradezu absurd.

Dabei war dieser Abschied nicht unerwartet gekommen, sondern hatte ihr reichlich Zeit gelassen, sich darauf vorzubereiten. Zwei Jahre lang hatte ihre Mutter an Krebs gelitten. Nach der Erstdiagnose, Operation und anschließender Therapie hatte es zunächst den Anschein gehabt, als wäre er besiegt, doch er war zurückgekommen. Mit einem heimtückischen Überraschungsangriff schlug die Krankheit noch einmal zu und ließ Natalies Mutter diesmal nicht mehr aus ihren Fängen. Lange und mit aller Kraft kämpfte sie dagegen an, doch schließlich waren alle Therapiemöglichkeiten ausgeschöpft. Ab diesem Zeitpunkt blieb Natalie, als examinierte Krankenpflegerin, zu Hause, um sich ausschließlich um ihre Mutter zu kümmern. Jede Minute des Tages und auch etliche wache Stunden in der Nacht verbrachten sie miteinander und führten, sofern sich ihre Mutter gut genug fühlte, ungezählte Gespräche.

Natalie war ihrer Mutter während dieser letzten Monate wahrscheinlich nähergekommen, als sie es jemals zuvor gewesen war.

Umso schmerzhafter spürte sie nun diese Lücke, die durch deren Tod entstanden war.

Lediglich der Gedanke, dass ihr Vater den Verlust mindestens ebenso tief empfand wie sie, verschaffte Natalie etwas Trost. Schweigend, wie es dem Charakter ihres Vaters entsprach, besuchten sie miteinander das Grab, schweigend lebten sie zu Hause ihr Leben als Vater-Tochter-Duo, und nur ganz selten, wenn die sachlich-nüchterne Art ihres Vaters durchbrach, wie eben am Friedhof, zweifelte Natalie an der Tiefe seines Kummers. Wie konnte er aber auch so kurz nach der Beerdigung schon alle äußeren Anzeichen davon entfernen wollen? Die Gestecke mit den liebevollen letzten Grüßen beseitigen?

Natalie schlüpfte aus ihrem Handschuh und tastete nach der Lilie in ihrer Tasche. Da war sie. Nach wie vor starr vom Frost, hatte sie nur ein weiteres Blütenblatt verloren. Natalie würde die gerettete Blume zu Hause auftauen und sorgfältig trocknen, damit dieses letzte Andenken ihr so lange wie möglich erhalten blieb!

Entschlossen machte sie kehrt und marschierte, vorbei an den randalierenden Krähen, in strammem Tempo nach Hause.

Behutsam klappte Natalie den Kalender zu, den sie auch als Tagebuch benutzte, und schloss das Gummiband darum. Sie durfte auf keinen Fall die Lilienblütenblätter verlieren, die sie zwischen diesen Seiten presste. Trotz aller Vorsicht war die Blüte nämlich nach dem Auftauen in ihre Einzelteile zerfallen, sodass Natalie sich dazu entschieden hatte, in diesem Fall einfach die einzelnen Blätter aufzubewahren. Jeden Tag, wenn sie eine neue Seite ihres Kalenders aufschlug, wanderten die Blütenblätter mit zum aktuellen Datum. Unterdessen steckten sie beim zweiten März.

Damit waren seit Mamas Tod genau sechs Wochen vergangen – und gut fünf Monate seit dem Tag, an dem Natalie sich die Auszeit vom Krankenhaus genommen hatte. In dem kleinen Einfamilienhaus am Birkenweg war eine neue Routine eingekehrt, seit die Nachbarn und zahlreichen Bekannten ihrer Mutter ihre wohlmeinenden „Hallo-ihr-Lieben-wollte-nur-mal-nachsehen-wie-es-euch-geht"-Besuche eingestellt hatten: Vormittags, wenn ihr Vater sich in sein Büro zurückgezogen hatte, besorgte Natalie den Haushalt, ging einkaufen und kochte, und nachmittags gingen sie gemeinsam auf den Friedhof. Doch je mehr Zeit verstrich, desto länger wurden Natalie die unausgefüllten Stunden zwischen diesen Aktivitäten. Vielleicht war es allmählich Zeit für sie, ihre Arbeit im Krankenhaus wieder aufzunehmen. Zeit, ihre ausgedehnte und ausschließliche Trauerphase zu beenden und sich wieder vermehrt den Problemen der „Außenwelt" zu widmen. Allerdings war ihr mehr als unwohl bei dem Gedanken, wieder Tag für Tag von Unfallopfern, Krankheit und Leiden umgeben zu sein …

Tief in derlei Gedanken versunken, starrte Natalie aus ihrem Zimmerfenster in den Garten. Eine schwache Frühjahrssonne hatte dem Dauerfrost ein Ende gemacht und die letzten Schneereste auf dem Rasen in kleine Pfützen verwandelt, in denen sie sich nun spiegelte. Am hinteren Gartenzaun klappte Natalies Vater die lange Stehleiter auseinander, auf dem Boden daneben erkannte sie Säge und Astschere. Er machte sich also daran, den alten Apfelbaum zu beschneiden.

Wenn er dabei nur nicht von der Leiter stürzte oder sich mit der Säge verletzte! Immerhin war ihr Vater mit seinen einundsechzig Jahren nicht mehr der Jüngste, und Natalie erschauerte allein bei dem Gedanken, dass ihm etwas zustoßen könnte.

Sie sprang auf, hämmerte ans Fenster und rief: „Warte auf mich, Papa, ich komme raus und helfe dir!"

Auf dem Weg nach draußen griff Natalie nach ihrem Handy. Sie hatte eine Nachricht bekommen. *Hallo Natalie, ich hoffe, dir geht's so weit gut. Wollen wir uns morgen mal auf eine Tasse Kaffee treffen? Haben schon viel zu lange nichts mehr voneinander gehört! Hab dich lieb, bis bald!*

Laura, ihre Arbeitskollegin und beste Freundin. Natalie lächelte. Laura hatte vollkommen recht: Natalie hatte sich schon viel zu lange keine Zeit mehr für ihre Freundin genommen. Es war höchste Zeit für ein Treffen – selbst wenn dabei unweigerlich die Frage nach Natalies Rückkehr an die Klinik aufkommen würde. Doch darüber würde sie sich morgen Gedanken machen, wenn es so weit war. Heute benötigte ihr Vater ihre Hilfe. Natalie schlüpfte in Jacke und Stiefel und eilte in den Garten.

Vierundzwanzig Stunden später betrat sie das „MacCoffee", das Natalie und Laura bereits zu Beginn ihrer Ausbildung zu ihrem Lieblingstreffpunkt erkoren hatten.

Fröhlich winkte Laura ihr zu. Sie hatte ihren Stammplatz am Fenster eingenommen und wartete vermutlich schon eine ganze Weile auf Natalie, die mindestens fünfzehn Minuten lang vor ihrem Kleiderschrank gestanden hatte. Seit sie begonnen hatte, ihre Mutter zu pflegen, war dies das erste Mal, dass sie zu einem anderen Zweck als zum Einkaufen, zum Gottesdienst- oder Friedhofsbesuch aus dem Haus ging, und Natalie hatte gewisse Probleme mit der Wahl ihrer Kleidung gehabt. Wahrscheinlich würde Laura, die großen Wert auf ein passendes Outfit legte, Natalies schwarze Jeans und das graue Strickoberteil, das plötzlich viel weiter und formloser an ihr herunterhing als früher, sehr kritisch unter die Lupe nehmen.

Doch Natalies Befürchtungen waren umsonst. Laura begrüßte ihre Freundin mit einer stürmischen Umarmung, ohne deren Äußeres zu beachten. „Wie schön, dich zu sehen, Natalie, ich hab schon befürchtet, du hast es dir noch mal anders überlegt und bleibst zu Hause! Wie geht's dir denn, Süße? Blass siehst du aus – viel zu blass!"

„Ich freue mich auch, dich zu sehen, Laura!" Lächelnd befreite sich Natalie aus der Umarmung, um aus ihrem Mantel zu schlüpfen und Platz zu nehmen. „Hast du schon bestellt?"

„Wo denkst du hin?!", empörte sich Laura. „Ich kann hier doch unmöglich ohne dich Kaffee trinken! Obwohl, wenn ich's mir recht überlege, hätte ich es vielleicht getan, wenn du mich *noch* länger hättest warten lassen. Nun erzähl mal: Wie geht es dir? Und keine Ausflüchte – du kennst mich und weißt, ich werde keine Ruhe geben, ehe du deiner allerbesten Freundin alles erzählt hast."

„Stimmt!" Natalie lächelte erneut. Lauras unverblümte Art, die ein Außenstehender mit mangelnder Einfühlsamkeit verwechseln mochte, hatte ihr schon immer gefallen und war vielleicht genau das, was sie momentan brauchte. Vor allem aber wusste Natalie, dass ihre Freundin auch mit der Antwort umgehen konnte, die Natalie ihren Nachbarn und anderen Bekannten nicht zu geben wagte. „Ehrlich gesagt kann ich diese Frage nicht mehr hören, so lieb sie auch gemeint sein mag, und ich will erst recht nicht über dieses Thema sprechen! Wie soll es mir denn schon gehen, nachdem ich meiner Mutter monatelang beim

Sterben zugesehen habe? Selbstverständlich bin ich froh darüber, dass sie jetzt von allem erlöst ist, aber im Moment überwiegt einfach nur der Schmerz über ihren Verlust. Also lass uns *bitte* das Thema wechseln und erzähl mir stattdessen von dir!"

„Natürlich, wie du meinst." Beruhigend streichelte Laura Natalies Hand, da in diesem Augenblick die Bedienung an ihren Tisch trat, um ihre Bestellung aufzunehmen. Doch sobald die dampfenden Kaffeebecher vor ihnen standen, bemerkte sie: „Natalie, ich verstehe dich. Zumindest ansatzweise. Irgendwann kann man diese Frage wahrscheinlich nicht mehr hören, so lieb sie auch gemeint sein mag. Also, dann lass mich mal überlegen, was dich interessieren könnte. Ach ja, du erinnerst dich doch an Katha aus unserem Kurs? Stell dir vor, sie heiratet im Mai und hat uns alle zu ihrer Hochzeit in Österreich eingeladen! Und …"

In den folgenden zwanzig Minuten lauschte Natalie Lauras Berichten, die sich vor allem um das Krankenhauspersonal drehten, genoss dabei ihren Kaffee und stellte hin und wieder eine Frage.

„Weißt du eigentlich, wer jede Woche zu uns auf Station kommt und nach dir fragt?", endete Laura schließlich. „Fabian, der Pflegeschüler aus dem Oberkurs. Und jedes Mal, wenn er dich nicht antrifft, zieht er ein Gesicht wie sieben Tage Regenwetter. Das erkenne ich trotz des süßen Bärtchens, das er sich neuerdings stehen lässt, vermutlich, um älter zu wirken und mehr Chancen bei dir zu haben. Er vermisst dich wirklich schwer! Genau wie der Rest der Truppe übrigens, allen voran ich."

Bedeutungsschwer hingen diese letzten Worte in der Luft. Natalie nickte. „Das tut mir leid, Laura. Nicht gerade wegen Fabian – ich meine, ich habe ihm doch niemals Hoffnungen gemacht, oder? –, aber deinetwegen. Und wegen der Station. Ihr wartet darauf, dass ich wieder zu arbeiten beginne, nicht?"

„Na ja, ich möchte es mal so ausdrücken: Wir würden dich definitiv nicht wegschicken, wenn du plötzlich vor der Tür stehst." Laura grinste. „Ich glaube sogar, Schwester Rita würde dich hineinzerren, in deine Arbeitskluft stecken, die Stationstür hinter dir absperren und die Schlüssel erst wieder rausrücken, wenn diese furchtbare Grippewelle endgültig vorbei ist!"

„Aber", ihr Gesicht wurde wieder ernst, „das ist natürlich deine Entscheidung. Du musst wissen, ob du dich dazu schon wieder in der Lage fühlst."

„Das ist es ja gerade: Ich weiß es nicht! Ich meine, ich bin sicher, es würde mir guttun, wieder mal zu Hause rauszukommen – aber ausgerechnet in die Klinik, wo ich erneut umgeben bin von –"

Den Rest des Satzes verschluckte Natalie. Laura nickte verständnisvoll. „Schon klar, Süße. Aber das ist nun mal unser Beruf. Der Beruf, den du dir selbst ausgesucht hast. Und du weißt so gut wie ich: Die Patienten lieben dich und deine einfühlsame Art. Du fehlst auch ihnen!"

„Lieb, dass du das sagst, Laura. Also gut, ich verspreche dir, ernsthaft über meine Rückkehr in die Klinik nachzudenken und dir als Erste Bescheid zu geben, sobald ich einen Entschluss gefasst habe. Ist das in Ordnung für euch?"

„Selbstverständlich, Natalie. Lass dich nicht von uns drängen, sondern nimm dir so viel Zeit, wie du brauchst." Noch einmal streckte Laura ihre Hand über den Tisch und drückte ermutigend die ihrer Freundin. Die ältere Dame am Nachbartisch musterte die beiden halb mitfühlend, halb missbilligend.

„Okay, dann gehe ich jetzt mal." Natalie erhob sich abrupt. Für heute war ihr Gesprächsbedarf gedeckt, ebenso wie ihr Bedarf an fremden Gesichtern. Sie sehnte sich nach ihrem Zuhause und der schweigenden Gesellschaft ihres Vaters. „Ich möchte nicht, dass mein Vater den Friedhof ohne mich besucht, das verstehst du sicher."

„Natürlich!", nickte Laura, schloss Natalie zum Abschied fest in ihre Arme und beobachtete, wie diese eilig das Café verließ.

Zu Natalies Erleichterung war ihr Vater noch nicht allein zum Friedhof aufgebrochen, als sie zu Hause die Tür aufschloss. Noch hingen sein Mantel an der Garderobe und sein Schlüsselbund am Haken.

„Ich bin wieder da, Papa!", rief sie ins Hausinnere. „Wie wäre es, wenn wir jetzt gleich aufbrechen, ehe ich meine Jacke ausziehe?"

„Nein, Liebes, bitte komm erst mal herein. Ich will dir etwas zeigen." Die Antwort ihres Vaters schien aus seinem Arbeitszimmer zu kommen. Natalie schlüpfte aus Mantel und Stiefeln und machte sich verwundert auf den Weg dorthin. Was in aller Welt hielt ihn von ihrem um diese Tageszeit üblichen Grabbesuch ab?

Ihr Vater saß an seinem Schreibtisch, dessen Lampe mit dem altmodischen grünen Schirm die einzige Lichtquelle in dem dämmrigen Raum bildete. Vor ihm lagen ein geöffneter Briefumschlag und mehrere Bogen handbeschriebenen Papiers.

„Sieh mal, was ich heute zwischen meinen Unterlagen gefunden habe: einen persönlichen Brief an deine Mutter! Irgendwie muss der Umschlag nach seiner Ankunft vor etwa drei Wochen zwischen meine Rechnungen gerutscht sein, sodass ich ihn eben erst geöffnet habe. Aber wirklich schlau werde ich aus dem Brief nicht."

Er hielt Natalie die eng beschriebenen Seiten entgegen: „Hier, lies selbst."

Liebe Gitte, entzifferte Natalie die ungleichmäßige Handschrift und hielt inne. Kein Mensch hatte ihre Mutter Brigitte mit *Gitte* angesprochen, jedenfalls nicht in ihrer Gegenwart. Ihr Blick glitt ans Ende des Schriftstückes, doch auch mit den Worten *In Liebe, deine Freundin (?) Matty* konnte sie nicht das Geringste anfangen.

„Wer ist diese Matty, Papa? Kennst du sie? Und wie kommt sie darauf, Mama *Gitte* zu nennen?"

„Ich kann dir weder das eine noch das andere sagen, Natalie. Kann mich nicht daran erinnern, dass Mama jemals von einer Matty gesprochen hätte. Falls doch, muss das eine Ewigkeit her sein." Ihr Vater klang nicht weniger erstaunt als Natalie. „Eigentlich wollte ich dir eben die gleichen Fragen stellen."

„Vielleicht gibt ja der Rest des Briefes Aufschluss darüber. Hast du ihn schon ganz gelesen?"

„Ich war gerade dabei, als du kamst, bin aber noch nicht fertig. Lies einfach mit, dann werden wir das Rätsel schon lösen."

„Okay!" Natalie hielt die beiden Seiten so, dass sie gemeinsam daraufblicken konnten, und las:

Liebe Gitte,

ich weiß, es ist viele Jahre her … Dennoch bezweifle ich nicht, dass Du Dich noch an mich erinnerst. Und ich hoffe, nicht nur voller Ärger oder Bedauern, sondern – vielleicht, manchmal, hoffentlich! – auch in Zuneigung. Ich bin's, Matty. Deine Schulfreundin (und jahrelang sogar beste Freundin) Mathilde.

Aus irgendeinem Grund muss ich seit Weihnachten immer wieder an Dich denken und nehme dies jetzt zum Anlass, Dir zu schreiben.

Sag, wie geht es Dir? Ich hoffe sehr, Du bist wohlauf und noch nicht allzu sehr geplagt von den Zipperlein unseres zunehmenden Alters. Vielleicht erfreust Du Dich ja auch schon an ersten Enkelkindern? Ich zumindest bin Großmutter (zweifache, das dritte Enkelkind hat sich gerade angekündigt), sehe die Kleinen aber längst nicht so oft, wie ich es gern hätte. Meine beiden Kinder leben sozusagen am anderen Ende Irlands, und seit knapp einem Jahr lebt auch Jonathan nicht mehr zu Hause. Nach einem Schlaganfall braucht er ständige Pflege, die ich ihm daheim zu meinem größten Bedauern nicht bieten kann, und wohnt deshalb im Pflegeheim. Ein Zustand, der hoffentlich nicht mehr von langer Dauer sein wird …

Aber hier plappere ich Dir schon wieder die Ohren voll mit meinen Problemen – genau wie früher, als ich Dich oft kaum zu Wort kommen ließ –, obwohl mir eigentlich etwas ganz anderes auf dem Herzen liegt: Ich würde unsere alte Freundschaft gerne „zu neuem Leben erwecken". In unseren Teenie-Jahren haben wir alles miteinander geteilt – und damit meine ich nicht nur Freud und Leid und erste Schwärmereien, sondern auch die Hausaufgaben, den Inhalt unserer Kleiderschränke, ganze Tafeln Schokolade und ungezählte Nachtstunden, die wir mit Quasseln statt Schlafen verbrachten … Wenn ich heute daran zurückdenke, wird mir ganz warm ums Herz, und ich kann einfach nicht begreifen, wie ich den Kontakt zu Dir derart vernachlässigen konnte.

Egal, was damals vorgefallen ist – wir haben uns doch ausgesprochen, so gut das möglich war, oder? Wir haben unseren Zwist beigelegt und dennoch schon bald darauf den Kontakt wieder aufgegeben. Ich glaube, es war kurz nach Deiner Hochzeit, als wir das letzte Mal voneinander hörten.

Aus heutiger Sicht bedaure ich das von ganzem Herzen und bitte Dich inständig: Können wir diese „mageren Jahre" ab sofort hinter uns lassen und unsere Freundschaft wieder neu beleben? Können wir – schriftlich oder noch besser persönlich – miteinander kommunizieren und wieder teilhaben am Leben der jeweils anderen?

Ich würde mich unsagbar freuen, wenn Du auf diesen Vorschlag eingehst, Gitte, und erwarte voll Sehnsucht Deine Antwort! Hier noch meine E-Mail-Adresse, damit ich nicht allzu lange darauf warten muss: matty.c@...

In Liebe, Deine Freundin (?) Matty

Schweigend ließ Natalie sich in den Sessel in der Zimmerecke sinken. Was für ein Brief – wenn man bedachte, dass seine Empfängerin vor ein paar Wochen gestorben war!

Ihr Vater räusperte sich, ehe er bedächtig anmerkte: „Ich glaube, jetzt erinnere ich mich: Mama hat gelegentlich zwar nicht von einer Matty, aber doch von einer Mathilde gesprochen. Allerdings ist das Jahre her. Könnte durchaus sein, dass es kurz nach unserer Hochzeit war und damit genau so, wie Mathilde schreibt. Wie traurig, dass der Brief erst jetzt eintrifft!"

„Denkst du denn, Mama wäre darauf eingegangen? Meinst du, ihr lag noch etwas an dieser Freundschaft?"

„Ich vermute schon. Du weißt doch, sie lebte am liebsten mit allen Menschen in Frieden. Gewiss hätte sie niemandem eine solche Bitte abgeschlagen."

„Richtig." Natalie überlegte. „Hast du denn auch eine Ahnung, um was es sich bei diesem Streit – oder Zwist, wie Mathilde es nennt – handelte?"

„Keine Ahnung. Falls Brigitte das je erwähnt hat, habe ich es wohl vergessen.“ Müde fuhr sich Michael Breuer mit der Hand über die Stirn, und Natalie bemerkte die tiefen Furchen, die sich im Lauf der letzten Wochen dort eingegraben hatten. Konnte es sein, dass ihr Vater mit einem Mal so sichtbar gealtert war? Auch sein Haar war nicht länger silbrig-grau, sondern richtiggehend weiß …

„Nun ja, jetzt brauchst du dir jedenfalls nicht mehr den Kopf darüber zu zerbrechen“, tröstete Natalie. „Und ich meine, du brauchst dich auch nicht verpflichtet zu fühlen, diese Nachricht zu beantworten. Nicht nach all den Jahren.“

„Das tue ich aber, im Sinn deiner Mutter!“

„Dann lass mich das für dich erledigen, ja? Ich möchte nicht, dass du dich auch noch damit belastest.“ Mühsam wendete Natalie ihren Blick vom bekümmerten Gesicht ihres Vaters ab.

„Das weiß ich zu schätzen, Liebes. Danke!“

„Schon gut, Papa. Und jetzt lass uns aufbrechen, ehe es ganz dunkel ist.“

„In Ordnung.“ Mit einem unterdrückten Seufzer reichte Natalies Vater ihr den Brief und löschte seine Schreibtischlampe. Seite an Seite verließen die beiden den Raum.

Noch am selben Abend schickte Natalie per Mail ihre Antwort an Mathilde, die vor vielen Jahren mit ihrer Mutter zur Schule gegangen war, diese *Gitte* genannt hatte und heute offenbar in Irland lebte.

Kapitel 2

Ich wünsche dir die zärtliche Ungeduld des Frühlings,
das milde Wachstum des Sommers,
die stille Reife des Herbstes
und die Weisheit des erhabenen Winters.
Irischer Segen

Was für ein Morgen!

Sonnenschein durchdrang die grün gemusterten Vorhänge ihres Schlafzimmers, und eine milde Brise strich durch das Fenster, das eine Handbreit offen stand. Matty gähnte und streckte sich wohlig. Dank des milden Golfstroms hier im Süden Irlands konnte sie sogar in einer Winternacht bei offenem Fenster schlafen, ohne sich eine Erkältung einzufangen. Wobei es mit dem Winter für dieses Jahr endgültig vorbei zu sein schien: Die Märzluft war nicht nur salzhaltig und mild, sondern roch nach feuchter Erde, nach Wachstum, Frühling und Sonnenschein über dem glitzernden Wasser der Bucht …

Gut gelaunt tastete die Vierundfünfzigjährige nach dem Wecker auf ihrem Nachttischchen, griff stattdessen aber in das warme, wollige Fell ihres Hundes. Wie immer hatte der Neufundländer auf dem Bettvorleger geschlafen und war, als sein

Frauchen sich regte, schwanzwedelnd aufgesprungen. Nun legte er seinen großen runden Kopf auf die Bettkante und hechelte Matty auffordernd an.

„Schon gut, Captain Noah, ich hab ja verstanden: Du musst raus. Aber bitte behalte deinen morgenfrischen Atem für dich und lass mich stattdessen die Frühlingsluft genießen. Ist schließlich der erste sonnige Morgen seit Wochen!"

Noch während sie sprach, verdrehte Matty die Augen über sich selbst. Da redete sie nun mit ihrem Hund, als erwarte sie ernsthaft eine Erwiderung von ihm! Sie lebte einfach schon zu lange allein in ihrem Cottage – und selbst nach zehn Monaten im Pflegeheim war noch nicht abzusehen, ob Jonathan jemals wieder bei ihr zu Hause leben konnte. Doch von dieser Ungewissheit würde sie sich ganz gewiss nicht den ersten richtigen Frühlingstag verderben lassen!

Mit wenigen Schritten war Matty am Fenster, schob die Vorhänge beiseite und genoss den Ausblick: Nur vereinzelt zierten Wolken den Himmel und unterstrichen damit sein makelloses Blau sowie das frisch aufkeimende Grün auf der gegenüberliegenden Seite der Bucht. In der Ferne grüßten dort die Gipfel der Macgillycuddy Reeks, nachdem sich die Bergkette wochenlang im Dunst verborgen hatte, und unmittelbar unterhalb des Schlafzimmerfensters entrollte ein riesiger verwilderter Farn die ersten zartgrünen Triebe. Verborgen im immergrünen Laub der Stechpalme, der Namensgeberin von Holly Cottage, flötete eine Amsel. Bestimmt sang sie ein Loblied auf den Schöpfer dieses wundervollen Frühlingstages!

Auch Matty hatte ein fröhliches Lied auf den Lippen, als sie schließlich Captain Noahs Drängen nachgab, mit ihm nach unten ging und ihn durch die Küchentür in den Garten entließ.

Doch ehe sie ihre erste Tasse Tee gekocht hatte, stand der Hund schon wieder vor ihr und schaute sie mit großen Augen an. Bittend zupfte er an ihrem Hosenbein, lief weiter in den Flur und setzte sich schwanzwedelnd vor die Garderobe, an der Mattys Neoprenanzug hing.

„Du hast es aber eilig, ins Wasser zu kommen. Aber ich warne dich, Captain: Noch ist es eisig!", neckte Matty lachend. Und vergeblich, denn natürlich würde sich der junge Neufundländer auch heute voller Freude in die Wogen stürzen, wie er es bereits den ganzen Winter über getan hatte – und wie auch sie selbst es wieder tun würde, sobald die Wassertemperatur um zwei, drei Grad angestiegen war. Schon gleich zu Beginn ihrer Ehe mit Jonathan war ihr gemeinsames morgendliches Schwimmen in der Bucht zu einem Ritual geworden, mit dem sie nur für wenige Wochen im Winter auszusetzen pflegten und das Matty auch nach Jonathans Schlaganfall weiter ausübte. Begleitet von Captain Noah selbstverständlich. In Anbetracht des Sonnenscheins heute Morgen konnte sie es tatsächlich kaum erwarten, selbst wieder zu spüren, wie die kalten Fluten sie umspülten und davontrugen …

Eine halbe Stunde später, nachdem Matty ihr Frühstück genossen und sich umgezogen hatte, machten sie und Captain Noah sich endlich auf den Weg zum Strand. Von dem Wintergarten aus, den Jonathan und Matty erst vor zehn Jahren hatten anbauen lassen, zog sich die Hauszufahrt in Serpentinen durch den verwilderten Hanggarten. Matty passierte das ehemalige Hühnergehege, unbeschnittene Büsche und Grünflächen, die mehr aus Moos denn aus Rasen bestanden. Am unteren Ende des Hanges traf der Schotterweg auf die Straße, wo soeben ein Geländewagen angerollt kam.

Der Fahrer, Conor McGarvey, war Redakteur der kleinen Lokalzeitung und gleichzeitig ihr Nachbar: Sein Cottage befand sich ein Stück die Straße hinunter, unmittelbar an Mattys Grundstücksgrenze. Dem Zustand seines Wagens nach zu urteilen – Schlammspritzer bis hinauf zur Heckscheibe – hatte Conor den gestrigen Sonntag wieder einmal irgendwo in den Hügeln verbracht, vermutlich mit einer Angel in der Hand am Ufer eines sprudelnden Baches.

„Guten Morgen, Conor", grüßte Matty, als der Wagen neben ihr anhielt. Wie üblich ließ der Redakteur das Fenster hinunter, um den Gruß zu erwidern, und wie üblich warf Captain Noah sich übermütig gegen die Wagentür, stemmte seine Pfoten in die Fensteröffnung und leckte genüsslich Conors gebräunte Hand.

„Aber Captain Noah, willst du wohl … ab mit dir!", schimpfte Matty. „Entschuldige, Conor, mein Riesenbaby von Hund ist heute noch ungestümer als üblich. Wahrscheinlich ist ihm die Frühlingssonne zu Kopf gestiegen. Moment, ich befreie dich von dem Ungeheuer."

Sie griff nach dem Halsband ihres Hundes, den ihre Schelte herzlich wenig kümmerte. Statt seine Pfoten aus dem Fenster zu nehmen, ließ er sich von Conor ausgiebig hinter dem Ohr kraulen. „Schon gut, Matty, lass ihn nur!", wehrte Conor ab. „Ich verstehe ihn nur allzu gut. An einem Tag wie heute tut es ja fast körperlich weh, wie ein vernünftiger, pflichtbewusster Mensch an die Arbeit zu gehen. Am Schreibtisch in einem dumpfen Raum zu sitzen, statt sich den Frühlingswind um die Nase wehen zu lassen."

„Wie wahr! Aber dafür hattest du ein vergnügliches Wochenende in der Natur, wie es scheint." Lächelnd deutete Matty auf das Heck seines Wagens.

„Stimmt. Ich war oben am Healy Pass und am Lough Cloonee zum Angeln." Conor deutete auf die Hügel hinter Mattys Haus. Sie wusste, dass er sich nicht weiter zu diesem Thema äußern würde. Was sein Privatleben anging, war Conor McGarvey stets sparsam mit Informationen. Wo Matty nun berichtet hätte, wie das Wetter dort oben gewesen war oder wie viele Fische sie tatsächlich an der Angel gehabt hatte, schwieg Conor sich beharrlich aus.

„Und du bist schon wieder unterwegs zum Schwimmen?", gab er stattdessen die Frage zurück.

„Offen gestanden, ich habe mit dem Gedanken gespielt, ihn aber doch wieder verworfen. Zwei, drei Tage gebe ich dem Frühling noch Zeit, das Wasser zu erwärmen, und lasse den Captain bis dahin lieber allein baden gehen. Im Alter wird man eben doch empfindlicher, daran ändert auch der beste Neoprenanzug nichts!" Matty grinste und fügte erklärend hinzu: „Es reicht schon, dass im Pflegeheim die Grippe umgeht, da will ich nicht auch noch eine Erkältung oder Ähnliches riskieren."

„Verstehe", nickte Conor. „Aber Jonathan ist noch davon verschont geblieben?"

„Das ist er – und ich hoffe und bete, dass es auch so bleibt."

„Dann hoffe ich mit dir. Und richte ihm bitte herzliche Grüße von mir aus, wenn du ihn nachher siehst."

Einen Augenblick lang spürte Matty Conors mitfühlenden Blick auf sich ruhen. Was er wohl in ihr sah? Eine von Wind, Wetter und den Jahren faltig gewordene, rundliche Mittfünfzigerin, deren Kummer um ihren Mann ihre einst schwarzen Locken silbergrau gefärbt und zusätzliche Falten in ihr Gesicht gegraben hatte und die nun ein einsames, untätiges Leben fristete? Vor seinem Schlaganfall war ihr Mann ein engagiertes Mitglied der

Dorfgemeinschaft gewesen, und sein Schicksal – seine absolute Pflegebedürftigkeit – ließ kaum jemanden unberührt. Ihn, den kräftigen, vor Gesundheit strotzenden Iren, der bei nahezu jeder Witterung und Temperatur im Atlantik geschwommen war, im Rollstuhl zu wissen, war harter Tobak für die Menschen in seinem Umfeld. Selten verging ein Tag, an dem Matty nicht eine besorgte Frage nach seinem Wohlergehen beantworten musste oder vielsagende, mitleidige Blicke auf sich zog.

„Nun denn – hab einen schönen Tag, Matty!", bemerkte Conor abschließend und schob Captain Noahs Pfoten aus dem Wagenfenster, um weiterzufahren.

Auch Matty setzte ihren Weg fort. Sie überquerte die schmale, von knospenden Fuchsienbüschen gesäumte Straße und nahm den steilen Trampelpfad direkt hinunter zum Wasser. Schon wichen die Büsche und Bäume feuchtem, mit Tang überzogenem Felsgestein, und schließlich eröffnete sich vor ihr die See.

Mit einem liebevollen Blick umfasste Matty das vertraute Bild: Kenmare Bay, eine tief eingeschnittene Bucht, im Süden gesäumt von der Beara-Halbinsel, zu der auch Mattys Anwesen Holly Cottage gehörte, und im Norden von der Halbinsel Iveragh. Im östlichen Scheitelpunkt der Bucht schmiegten sich die bunten Häuser des Städtchens Kenmare an die grünen Hügel, und im Westen erstreckte sich der offene Atlantik. Ebenfalls im Westen, aber keine zwanzig Meter von Matty entfernt, lag das Bootshaus mit seinem gemauerten Pier samt Anlegestelle, das sich seit Generationen im Besitz von Jonathans Familie befand. Ebenso wie die kleine Insel in der Mitte der Bucht, die aus nichts als Wald und Fels zu bestehen schien und doch so viele wunderschöne, geheimnisumwitterte Plätze in sich barg. Fairy Island, die Feeninsel, hatten ihre Kinder das winzige Eiland genannt, als sie noch klein gewesen waren und nichts Vergnüglicheres kannten, als sich zwischen Eichenwurzeln und Rhododendronbüschen kleine Behausungen zu bauen.

In messerscharfer Klarheit zeichnete sich jede dieser Einzelheiten in der hellen Frühlingssonne ab – von den steilen grünen Berghängen auf Iveragh über die knospenden Baumspitzen und Felsbrocken der Feeninsel bis hin zur spiegelglatten blaugrauen Wasserfläche der Bay.

Matty blinzelte. Seit mehr als dreißig Jahren lebte sie nun in der Bucht, und noch immer gab es Tage, an denen die Schönheit dieses Ortes sie schlicht überwältigte.

„Glücklich ist die Seele, die von einem Blick auf Gottes Größe in Staunen versetzt worden ist“ – dieses Zitat von A. W. Pink hatte sie neulich gelesen, und genau diese Art von Glück durchdrang sie heute. Daneben verblasste selbst die Angst davor, dass Jonathan zusätzlich an Grippe erkranken könnte. Hatte ihr großer Gott nicht schon so oft in ihrem Leben eingegriffen? Trotz seines Schlaganfalls war Jon, ihr Gefährte seit so vielen Jahren, noch an ihrer Seite. Sie konnte ihn täglich sehen, berühren und – in begrenztem Maße – auch mit ihm sprechen …

Unfassbare Dankbarkeit durchströmte Matty, bis ein lautes Platschen sie in die Gegenwart zurückholte. Captain Noah. In Windeseile war er über die bei Ebbe freiliegenden Felsen geschlittert und ins Wasser gesprungen. Auffordernd bellte er nun in Mattys Richtung.

„Auf mich kannst du lange warten, Captain“, rief sie ihm lachend zu. „Hier, nimm das!“

Schwungvoll warf sie ihrem Hund ein Stück Treibholz zu, und dieser ließ sich nicht lange bitten. Voller Begeisterung nahm er Kurs auf das Treibgut, um es aus dem Meer zu „retten“.

Das Pflegeheim lag etwas außerhalb von Kenmare, umgeben von Rasenflächen und einem kleinen Park. Jetzt, am frühen Nachmittag, waren die Wege und Bänke des Parks noch wie ausgestorben, aber bei diesem Sonnenschein würden sie vermutlich schon bald bevölkert sein von den Heimbewohnern und deren Besuchern.

Auch Jonathan liebte es, wenn Matty seinen Rollstuhl durch den Park schob, möglichst bis zu der Bank unter dem hundert Jahre alten Lebensbaum. Der Baum war ein Riese mit rotbrauner, borkiger Rinde, und auf Kopfhöhe teilte sich sein gewaltiger Stamm in zwei schmalere Stämme – kurzum, er war der bemerkenswerte Hauptdarsteller in dem eher bescheidenen kleinen Park. Anfangs, als es ihrem Mann noch etwas schlechter gegangen war als heute, hatte dieser oft seinen Kopf in den Nacken gelegt, soweit die Lähmung es zuließ, und düster schweigend in das Immergrün der Zweige über sich gestarrt. Matty hatte mit ihm geschwiegen, so schwer es ihr auch gefallen war.

Jonathan litt nach seiner Hirnblutung nicht nur unter einer halbseitigen Lähmung, sondern auch unter massiven Sprach- und Schluckstörungen. Letztere waren der Grund dafür, dass er sich nicht mehr auf natürliche Weise ernähren konnte und dass man ihm eine Magensonde gelegt hatte, die wiederum der Hauptgrund für seine Unterbringung im Pflegeheim war. Jonathan weigerte sich rundheraus, mit seiner Frau zusammenzuleben, solange er auf so drastische Weise eingeschränkt und auf fachkundige Hilfe angewiesen war. Matty blieb nichts anderes übrig, als ihm diesen Wunsch zu erfüllen. Als Ausgleich verbrachte sie so viel Zeit wie möglich bei ihm im St.-Brigid-Pflegeheim, im Hinterkopf stets die Hoffnung, dass Jonathans Zustand nicht von Dauer sein würde. Immerhin waren die Lähmungserscheinungen inzwischen minimal zurückgegangen und er konnte ein paar Worte sprechen.

Mit einem eiligen Gruß passierte Matty die Eingangspforte. Sie wollte bei ihrem Mann sein, wenn er vom Mittagsschlaf erwachte, um den Rest des Tages mit ihm zu verbringen. Wider Erwarten lächelte Jon ihr schon vom Rollstuhl aus entgegen, als sie sein Zimmer betrat.

Matty erwiderte sein Lächeln, das eigentlich nur noch ein halbes war. War es möglich, dass sich heute der Mundwinkel der gelähmten linken Gesichtshälfte mit angehoben hatte, oder war das pures Wunschdenken? Sie beugte sich zu ihm hinab und küsste ihn liebevoll.

„Was hältst du davon, gleich in den Park zu gehen, Jon? Die Sonne scheint so warm, dass ich heute Morgen am Strand schon richtige Frühlingsgefühle bekommen habe. Und den Captain musste ich geradezu aus dem Wasser zerren, sonst würde er vermutlich jetzt noch darin herumpaddeln."

„Ger-ne!", gab Jonathan mühsam zurück. Dann deutete er mit einer kaum merklichen Kopfbewegung auf den Tablet-PC auf seinem Tisch.

„Du willst ihn mitnehmen? Okay!", deutete Matty seine Geste. Sie half ihrem Mann in die Jacke, setzte die Tweedkappe auf sein spärlich gewordenes rotblondes Haar und verstaute das Tablet in ihrer Handtasche.

„Dann mal los!" Schwungvoll schob sie den Rollstuhl zum Aufzug und kurz darauf ins Freie. An Jons Lieblingsplatz unter dem Lebensbaum machte sie Halt. Sie platzierte das Tablet behutsam in seinem Schoß und blickte ihn erwartungsvoll an. Seit Neuestem waren die beiden dazu übergegangen, längere Unterhaltungen mithilfe des Tablets zu führen. Das hieß, Matty sprach und Jonathan tippte seine Gesprächsbeiträge einhändig auf den Bildschirm. Auf diese Weise musste Matty nicht länger allein die Unterhaltung bestreiten, und Jonathan besaß trotz seiner sprachlichen Einschränkungen wieder die Möglichkeit, seine Gedanken – und damit ein gutes Stück Leben – mit ihr zu teilen.

Hast du mittlerweile von Gitte gehört?, tippte er. Sein Zeigefinger zitterte leicht und landete gelegentlich auf dem falschen Buchstaben. Dennoch hörte Jonathan erst auf zu schreiben, als seine Frage fehlerfrei auf dem Bildschirm stand.

„Nein, leider nicht. Dabei habe ich den Brief bereits vor drei Wochen abgeschickt. Meinst du, sie ist mir immer noch böse?"

Das glaube ich kaum. Sie war doch immer so gutmütig, deine Gitte!

„Schon. Nichtsdestotrotz mache ich mir so meine Gedanken. Irgendeinen Grund für ihr Schweigen muss es doch geben."

Sicher, und zwar einen ganz banalen. Vielleicht hat sie einfach noch keine Zeit gefunden, deinen ellenlangen Brief entsprechend zu beantworten. Denn so, wie ich meine gesprächige Frau kenne, war er das mit Sicherheit …

„Mag sein." Ohne auf seine Neckerei einzugehen, runzelte Matty die Stirn. Dieser Gedanke war ihr noch gar nicht gekommen, aber sicher hatte Jonathan recht: Es gab keinen Anlass, tiefere Gründe in Gittes bisheriges Schweigen hineinzuinterpretieren.

Halbwegs beruhigt wechselte Matty das Thema. „Heute Morgen bin ich Conor McGarvey über den Weg gelaufen. Er hat doch tatsächlich vermutet, ich gehe zum Schwimmen, kannst du dir das vorstellen?"

Vielleicht wollte er dich nur aufziehen. Du weißt doch, dass unsere lieben Mitbürger sich schon immer ein wenig darüber lustig gemacht haben. Jedenfalls ist es fürs Schwimmen selbst für dich noch etwas zu früh im Jahr!

„Keine Sorge, dessen bin ich mir bewusst. Vor allem, nachdem ich vorhin – probeweise, versteht sich – mit den Füßen schon mal die Wassertemperatur gemessen habe."

Du bist wahrhaft unverbesserlich, Matty!

„Ich weiß. Gerade deshalb liebst du mich ja so sehr." Matty lächelte. Es war eine echte Wohltat, sich wieder vernünftig mit ihrem Mann unterhalten zu können, nachdem sie sich monatelang mit (oft buchstäblich) einsilbigen Antworten hatte begnügen müssen. Und noch besser war es, dabei zu spüren, dass Jonathan bei allen körperlichen Einschränkungen immer mehr zurück zu seinem alten, humorvollen Wesen fand.

Natürlich, mein Schatz! ☺ Aber ernsthaft, Matty: Du solltest dir noch ein anderes Hobby zulegen als nur das Schwimmen. Es gefällt mir nicht, dass du ständig nur untätig mit mir herumsitzt!

„Mir gefällt es aber!", widersprach Matty, „ich bin nun mal am liebsten hier bei dir."

Doch Jonathan tippte unbeirrt weiter: *Trotzdem brauchst du noch eine andere sinnvolle Beschäftigung. Irgendeine Tätigkeit, in die du deine ungenutzten Energien steckst. Wie wäre es mit Handarbeiten – Stricken zum Beispiel?*

„Stricken?", echote Matty düster. „Du wirst es kaum glauben, aber das habe ich tatsächlich schon einmal versucht. Siehst du Mrs Donovan dort drüben auf der Bank? Und den seltsamen bunten Lappen, der in ihrem Schoß liegt und eigentlich mal eine Decke werden sollte? *Das* kommt dabei heraus, wenn deine Frau strickt, mein lieber Jon – und wenn die gute Mrs Donovan nur ein wenig besser sehen könnte, würde sie sich hüten, den scheußlichen Lappen überhaupt zu benutzen!"

Jonathans Blick folgte Mattys hinüber zu seiner Mitbewohnerin Mrs Donovan. Ein unmissverständliches „O weia" kam über seine Lippen, und seine Mundwinkel zuckten synchron in die Höhe.

„Lach du nur!", beschwerte sich Matty. „Ich sage doch, dass ich bei Handarbeiten zwei linke Hände habe."

In dem Fall muss ich dir wohl recht geben, Schatz! Aber es gibt noch so viele andere Möglichkeiten: segeln, surfen, wandern, Kuchen backen für wohltätige Zwecke … Du könntest dir auch einen Teilzeitjob suchen. Vielleicht würde Conor McGarvey dich ja stundenweise für Schreibarbeiten einstellen.

„Ich fürchte, mit einem Job hätte ich viel zu wenig Zeit für dich, Jon." Matty nahm Jonathans gelähmte Hand in ihre und streichelte sie liebevoll.

Nein, das denke ich nicht. Versprich mir wenigstens, ernsthaft darüber nachzudenken, Matty, in Ordnung? Und jetzt fahr mich bitte hinüber zu Mrs Donovan. Gegen ein Schwätzchen mit dir hat sie sicher nichts einzuwenden – und ich kann unterdessen in aller Ruhe dein Meisterwerk bewundern!

Mit einem schicksalsergebenen Seufzer erfüllte Matty den Wunsch ihres Mannes. Das war in der Tat ihr alter Jon …

Gegen Abend, als dunkle Wolken und ein heftiger Regenschauer dem Sonnenschein ein Ende bereiteten, setzte Matty sich an den Computer und überprüfte ihr Postfach. Nach ihrem heutigen Besuch bei Jonathan, der so erfreulich verlaufen war, war sie voller Zuversicht, hier eine Nachricht von Gitte vorzufinden, wenn schon der Briefkasten an ihrem Hauseingang leer gewesen war. Eilig überflog sie die Reihe der Posteingänge, bis ihre Augen an einem bestimmten Absender hängen blieben: *br-breuer.*

Vor Freude machte Mattys Herz einen kleinen Sprung: Wie hatte sie diese Nachricht herbeigesehnt, seit sie sich entschlossen hatte, ihre Freundschaft mit Gitte neu aufleben zu lassen! Drei Wochen lang hatte sie jeden Tag voller Erwartung ihre Nachrichten überprüft; drei Wochen lang hatte sie jeden Morgen dafür gebetet, dass Gitte auf ihren Vorschlag eingehen möge und sie sich, wenn alles glattging, in absehbarer Zeit einmal treffen konnten. Und heute – endlich! – hatte sie Gittes Antwort vor sich, die eigentlich gar nicht anders als positiv ausfallen konnte!

Begierig überflog sie die Zeilen: *Sehr geehrte Mathilde* – was für eine seltsame Anrede für jemanden, mit dem man zehn Jahre seines Lebens geteilt hatte. Und doch typisch für Gitte, die seit jeher etwas schüchtern und schrecklich formell gewesen war …

Sehr geehrte Mathilde,

es tut mir sehr leid, Ihnen mitteilen zu müssen, dass Brigitte Breuer, meine Mutter, vor sechs Wochen an ihrem Krebsleiden verstarb. Bedauerlicherweise erhalten Sie diese Mitteilung so spät, weil Ihr Brief nach seiner Ankunft versehentlich unter die Geschäftsunterlagen meines Vaters geraten ist und erst heute wieder zum Vorschein kam.

Mit freundlichen Grüßen, Natalie und Michael Breuer

Nein!

Matty schloss die Augen, atmete tief ein und las ein zweites Mal. Die Worte auf dem Bildschirm blieben jedoch dieselben. Ihre Botschaft blieb dieselbe, war unmissverständlich, ließ keinen Raum zur Interpretation: Gitte war gestorben. Ihre Freundin war tot, und das schon seit Wochen. Während Matty sich in schönen Erinnerungen an ihre Freundin ergangen hatte und endlich zu dem Schluss gelangt war, dass sie nun genug Zeit ohne jeglichen Kontakt verschwendet hatten, war Gitte gestorben.

Matty schob den PC von sich, stützte sich auf die Tischplatte und schluchzte haltlos. Erst als Captain Noah sich von seinem Platz auf dem Kaminvorleger erhob, sich an sie schmiegte und begann, die salzige Flüssigkeit von ihren Wangen zu lecken, versiegte Mattys Tränenstrom – und machte einem neuerlichen Strom von Erinnerungen Platz …

In der fünften Klasse waren sich die Mädchen zum ersten Mal begegnet. Beide neu am Gymnasium, hatte die gesprächige, energiegeladene Mathilde bereits einen Kreis von Freundinnen um sich geschart, während Brigitte gerade einmal ihre Banknachbarin kennengelernt hatte. Eines der Mädchen aus Mathildes Freundeskreis machte sich einen Spaß daraus, die schüchterne, friedliebende Brigitte wegen ihrer Kleidung aufzuziehen, sie wegen guter Noten zu ärgern und vor dem Klassenzimmer „versehentlich" anzurempeln.

Zunächst nahm Mathilde das kaum zur Kenntnis – bis zu dem Tag, als Brigitte sich im Sportunterricht die Nase blutig schlug, nachdem besagtes Mädchen ihr ein Bein gestellt hatte. Bei diesem Anblick platzte Mathilde der Kragen. „Was glaubst du eigentlich, wer du bist, blöde Gans?!", fuhr sie ihre Mitschülerin an. „Wer gibt dir das Recht, andere so zu behandeln, nur weil sie sich nicht wehren? Jetzt sieh dir nur an, was du getan hast! Wer weiß, am Ende hast du Brigitte sogar ernsthaft verletzt." Damit nahm Mathilde Brigitte beiseite, ging mit ihr in die Umkleide, um die Wunde zu versorgen, und wechselte fortan kein Wort mehr mit der Mobberin.

Dies war der Beginn einer Freundschaft, die sich im Laufe der Jahre stetig vertiefte. Matty half Gitte dabei, schlagfertiger zu werden und sich selbst mehr zuzutrauen, Gitte wiederum unterstützte Matty in Fächern wie Mathe und Latein. Die beiden Mädchen besuchten einander zu Hause, schwatzten nächtelang durch und fuhren mit der Familie der jeweils anderen in den Urlaub.

In der sechsten Klasse nähte sich Matty im Handarbeitsunterricht mit der Maschine absichtlich in den Finger, damit sie einen Grund hatte, mit der kranken Gitte von der Klassenfahrt zu Hause zu bleiben, und in der Achten schwärmten beide für ihren Skilehrer, ohne sich deshalb auch nur einmal zu streiten.

Mit siebzehn Jahren buchten sie gemeinsam eine Sprachreise ins irische County Kerry und verliebten sich dort erneut in den gleichen jungen Mann. Aber diesmal handelte es sich um mehr als eine Schwärmerei für einen ohnehin unerreichbaren Skilehrer: Jonathan war der Sohn des Hauses, in dem die Sprachschule ihren Sitz hatte, nur zwei Jahre älter als die Mädchen, muskulös, rotblond und blauäugig, und er schwamm und segelte wie ein Profi.

Nach zwei Wochen Sprachferien waren beide Mädchen dem Jungen verfallen, und beide schrieben ihm von zu Hause aus unzählige Briefe. In ebenso regelmäßigen Abständen antwortete Jonathan ihnen beiden, genauso, wie er auch in Irland niemals einer von ihnen den Vorzug gegeben hatte. Er hatte die Freundinnen ganz offensichtlich gemocht und viel mit ihnen unternommen, aber sie waren stets als Dreiergespann unterwegs gewesen.

Und dennoch veränderte sich die Beziehung von Matty und Gitte kaum merklich: Mit einem Stich von Eifersucht erzählten sie einander von Jonathans Briefen, ohne sie jemals der anderen zu zeigen, und behielten mit einem Hauch von Argwohn sehr genau im Auge, wessen Briefe rascher beantwortet wurden.

Auf diese Weise vergingen die letzten Schuljahre, die Freundinnen bestanden gemeinsam das Abitur, und Gitte suchte sich einen Job, um die Zeit bis zum Studienbeginn zu nutzen. Matty dagegen, deren Familie es sich leisten konnte, reiste erneut nach Irland. Zunächst verlängerte sie ihren geplanten dreiwöchigen Urlaub um drei weitere Wochen, in denen nur zwei Briefe bei Gitte eintrafen, und als sie schließlich nach Hause zurückkehrte, war sie nicht allein: Jonathan begleitete seine Verlobte, um deren Familie kennenzulernen.

Gitte war am Boden zerstört. Zum ersten Mal, seit Matty sie kannte, brach sie einen Streit vom Zaun und warf ihrer Freundin alle möglichen und unmöglichen Dinge an den Kopf – vor allem den Verrat an ihrer langjährigen Freundschaft –, doch Matty ließ alle Vorwürfe stillschweigend über sich ergehen. Wäre sie an Gittes Stelle gewesen, hätte sie mit Sicherheit nicht anders reagiert. Doch an ihrer Liebe zu Jon hielt sie fest, und die Freundinnen trennten sich im Streit – dem einzigen ernsthaften Streit, den sie jemals ausgetragen hatten.

Matty studierte in Dublin, Jonathan ebenfalls, und die beiden heirateten noch vor Abschluss ihres Studiums. Auch Gitte, die bislang alle Briefe und Aussöhnungsversuche von Matty ignoriert hatte, nahm an der Hochzeit teil, und nach drei langen Jahren kam es endlich zum klärenden Gespräch zwischen ihnen. Matty bat Gitte um Verzeihung dafür, dass sie damals so wenig Rücksicht auf ihre Gefühle genommen hatte, und Gitte entschuldigte sich unter Tränen dafür, dass sie jahrelang so sturköpfig und nachtragend gewesen war, nur weil Matty und Jonathan ihrem Herzen gefolgt waren. Schlussendlich wurde auch Jonathan in die große Versöhnungsumarmung mit eingeschlossen, und alle drei nahmen sich vor, den Kontakt zueinander niemals wieder derart zu vernachlässigen.

Doch zu Gittes Hochzeit zwei Jahre später hatte Matty in ihrem hochschwangeren Zustand nicht anreisen können, und nachdem jede der beiden jungen Frauen fortan mit ihrer eigenen Familie und ihrem Leben beschäftigt gewesen war, war der Kontakt zu guter Letzt doch vollständig abgerissen …

Und nun ist es zu spät! Matty schluckte krampfhaft, aber der Kloß in ihrem Hals wollte nicht weichen. Ihr Entschluss, sich neu mit Gitte anzufreunden, war zu spät gekommen. Weshalb nur hatte sie ihre Nachricht an die Freundin nicht noch vor Weihnachten abgeschickt, als sie tagelang so intensiv an diese hatte denken müssen? Weshalb nur – was hatte sie daran gehindert? Vielleicht hätte sie damals noch ein letztes Lebenszeichen von Gitte erhalten, hätte sie ein letztes Mal sehen und mit ihr sprechen können. Aber es war müßig, jetzt noch darüber zu grübeln. Es war zu spät.

Die Augen voller Tränen, erweckte Matty ihren Bildschirm wieder zum Leben und starrte auf die Nachricht von Natalie Breuer, Gittes Tochter. Matty wusste nicht einmal, ob Gitte noch mehr Kinder hatte als diese eine Tochter oder ob die Absender „Michael und Natalie Breuer“ die einzigen Hinterbliebenen waren. Aber ganz gleich, wie viele es waren und wie knapp sie diese Nachricht auch gehalten hatten: Diese Trauernden waren alles, was Matty noch von ihrer Freundin geblieben war. Sie verdienten Mattys Mit-Leiden, ihr Gebet – und eine Antwort. Zögerlich setzte sie ihre Finger auf die Tastatur und begann zu schreiben.

Kapitel 3

Seht euch an, wie die Lilien blühen! Sie mühen sich nicht ab und können weder spinnen noch weben. Ich sage euch, selbst König Salomo war in seiner ganzen Herrlichkeit nicht so prächtig gekleidet wie eine von ihnen. Wenn Gott sogar die Blumen so schön wachsen lässt, die heute auf der Wiese stehen, morgen aber schon verbrannt werden, wird er sich nicht erst recht um euch kümmern?
Vertraut ihr Gott so wenig?
Lukas 12,27–28

Stell dir vor, Mamas Freundin hat noch gestern Nacht geantwortet!"

Natalie stellte eine Tasse mit dampfendem Kaffee auf den gedeckten Frühstückstisch. „Ich erhielt ihre Antwort postwendend, nur eine knappe Stunde nachdem ich unsere Mail abgeschickt habe."

„Tatsächlich? Was schreibt sie denn?" Natalies Vater machte es sich auf seinem Stuhl bequem, wandte sein Gesicht der frühen Morgensonne zu und zog die Kaffeetasse zu sich.

„Sie kann es nicht fassen – ist total schockiert –, es tut ihr so unendlich leid. Die üblichen abgedroschenen Phrasen eben."

„Sag das nicht, Natalie. Ich bin überzeugt, es kam von Herzen, nachdem die beiden in ihrer Jugend so gut befreundet waren.“ Michael nahm einen ersten Schluck Kaffee und griff nach einem Brötchen.

„Da bin ich mir nicht so sicher. Vor allem, weil sie uns beide bereits im nächsten Satz zu sich nach Irland einlädt. *Um uns damit eine Freude zu machen,* so ungefähr hat sie es ausgedrückt. Darüber hinaus scheint sie seltsamerweise zu hoffen, dass uns dieser Besuch – oder die *Schönheit Irlands,* wie sie es so hochtrabend ausdrückte – ein wenig von unserem Kummer ablenkt.“

„Nun, das klingt doch sehr nett! Und ganz so, als würde sie sich tatsächlich Gedanken um unser Wohlergehen machen.“

In aller Ruhe bestrich ihr Vater sein Brötchen. Natalie musterte ihn verwundert. Klang Mathildes prompte Einladung tatsächlich nur in ihren eigenen Ohren so pietätlos? Interpretierte sie mehr in die Worte dieser Frau hinein, als dahintersteckte, oder war ihr Vater schlicht zu arglos?

Schwungvoller als üblich platzierte sie ihre Tasse auf der Tischplatte, sodass der Kaffee überschwappte und eine kleine Pfütze neben der Butterschale bildete. „In meinen Ohren klingt das Ganze nicht sehr mitfühlend“, erklärte sie. „Und auf die Einladung einzugehen, kommt für mich überhaupt nicht infrage!“

„Aber weshalb denn nicht?“ Nun doch überrascht, hob Michael die Augenbrauen und beeilte sich, die Butter in Sicherheit zu bringen. Es kam selten vor, dass seine Tochter ihre Meinung derart entschieden äußerte. „Was spricht denn dagegen?“

„Was dagegenspricht?! Wir können doch nicht so tun, als wäre alles beim Alten, und bereits so kurz nach Mamas Tod verreisen. Schon gar nicht einfach zu unserem –“

Natalie unterbrach sich, griff nach ihrem Messer und einem Brötchen und säbelte hektisch daran herum.

„Zu unserem Vergnügen, wolltest du sagen“, brachte Michael den Satz zu Ende, nahm ihr sanft das Brötchen aus der Hand und schnitt es für sie auf. „Und genau da täuschst du dich, Liebes. Wenn – und auch solange – wir um Mama trauern, bedeutet das doch nicht, dass wir uns nichts Schönes mehr gönnen dürfen.“

„Für mich schon! Ich denke gar nicht daran, zum jetzigen Zeitpunkt so etwas wie Urlaub zu machen!“ Entschlossen griff Natalie nach der Butter.

„Das solltest du aber, denke ich. Mamas Pflege in den letzten Monaten war mehr als anstrengend, und du hast dich noch längst nicht davon erholt.“ Sorgenvoll betrachtete Michael seine Tochter. Das dunkelblonde Haar hing strähnig auf die gebeugten Schultern hinab, ihre Wangen waren blass und, genau wie ihr ganzer Körper, schmal geworden, und ihren grünen Augen fehlte jeglicher Glanz.

„Je länger ich darüber nachdenke, desto sinnvoller finde ich den Gedanken, dass du dir ein wenig Urlaub gönnst, Natalie. Du brauchst Erholung, und zwar dringend!“

„Dann willst du dieses Angebot tatsächlich annehmen und mit mir nach Irland fliegen?“, hakte Natalie nach. So unangemessen sie den Gedanken an einen baldigen Urlaub auch fand, lag es ihr doch fern, ihrem Vater zusätzliche Sorgen zu bereiten. Sie wollte ihm eine Stütze sein, keine Last.

„Ja, das heißt, nein – ich denke dabei nur an dich, Schatz. Ich selbst kann zurzeit unmöglich weg. Ich bin bereits dermaßen im Verzug mit meinem Bauprojekt, dass ich mir das schlicht nicht leisten kann.“

„Aber mir geht es doch nicht anders: Gestern erst hat Laura mir erklärt, wie dringend sie in der Klinik auf meine Rückkehr hoffen. Sie brauchen mich!"

„Ach, das wusste ich gar nicht." Einen Augenblick lang kaute Michael gedankenvoll auf seinem Brötchen. „Fühlst du dich denn bereits stark genug dafür – und damit meine ich nicht nur körperlich, sondern vor allem seelisch?"

Natalie senkte schweigend den Kopf. Genau das war die Frage, die auch sie sich stellte.

„In dem Fall", fuhr ihr Vater verständnisvoll fort, „solltest du Mathildes Angebot ernsthaft in Erwägung ziehen. Deine Gesundheit und dein seelisches Wohl sind wichtiger als sämtliche Verpflichtungen gegenüber deinem Arbeitgeber."

Natalie nickte halbherzig. „Aber das gilt auch für dich."

„Mir geht es gut, Natalie, glaub mir." Michael griff über den Tisch hinweg nach der Hand seiner Tochter und blickte ihr fest in die Augen. „Ich fühle mich hier in dem Heim, das deine Mutter und ich uns geschaffen haben, und beschäftigt mit meiner Arbeit am wohlsten. Dir hingegen kann es auch unabhängig von deiner Gesundheit nur guttun, dir ein wenig den Wind um die Nase wehen zu lassen. Davon abgesehen", er legte eine wirkungsvolle Pause ein, „könnte ich mir vorstellen, dass es deiner Mutter gefallen hätte, wenn du an ihrer Stelle ihre alte Freundin besuchst."

„Tatsächlich? Und das sagst du jetzt nicht nur so dahin in der Hoffnung, mich dadurch zu überzeugen?"

„Es ist meine ehrliche Meinung: Deine Mutter würde sich freuen, wenn du die Reise antrittst!"

„Na schön!" Natalie löste ihre Hand aus der ihres Vaters und erhob sich. „Ich verspreche dir, dass ich zumindest ernsthaft darüber nachdenken werde. In Ordnung?"

„In Ordnung! Im Gegenzug verspreche ich dir, deine Entscheidung zu akzeptieren, auch wenn du dich dagegen entscheidest. Was ich natürlich nicht hoffe …“ Mit einem verschmitzten Grinsen hob Michael seine Kaffeetasse an die Lippen, während Natalie nachdenklich aus dem Fenster starrte.

Die Worte ihres Vaters ließen Natalie auch während des restlichen Tages nicht los. Wäre es tatsächlich im Sinne ihrer Mutter gewesen, wenn Natalie deren Jugendfreundin besuchte? War ein solcher Besuch wichtig genug, dass Natalie dafür ihre Pflichten vernachlässigte und ihre Kollegen auf der Station im Stich ließ? Während Mamas Krankheit war das nun mal unumgänglich gewesen, aber nun lag die Sache doch vollkommen anders!

Grübelnd erledigte Natalie ihre Hausarbeit. Sie putzte die beiden Badezimmer und wischte Staub in Ess- und Wohnzimmer. Nicht dass das Staubwischen tatsächlich nötig gewesen wäre – Natalie erhoffte sich lediglich Ablenkung von ihren Fragen.

Brigitte Breuer war ein großer Fan von alten Schwarz-Weiß-Fotografien gewesen, und dementsprechend viele Bilderrahmen hingen an der Wand oder standen im Bücherregal. Für gewöhnlich schenkte Natalie den Bildern keine große Beachtung, doch heute sprang ihr eines regelrecht ins Auge. Es zeigte zwei junge Frauen vor einem imposanten Gebäude, das, insbesondere in Schwarz-Weiß, wie ein Gutshaus aus dem letzten Jahrhundert wirkte. Vor dem Haus wehte eine Flagge mit drei verschiedenfarbigen Blockstreifen. Bisher hatte Natalie sie für die italienische gehalten – aber sah die irische nicht ganz ähnlich aus? War das Foto in Irland entstanden und das Mädchen neben ihrer etwa achtzehnjährigen Mutter jene Mathilde? Natalie nahm das Bild von seinem Platz weit hinten im Regal, um es genauer zu betrachten.

Dichte dunkle Locken umgaben wie eine Löwenmähne das Gesicht der jungen Frau, und das Lächeln, das sie dem Fotografen zuwarf, reichte von einem Ohr bis zum anderen. Die blonde Brigitte strahlte nicht weniger und wirkte in ihren abgeschnittenen Jeans und einem Fransentop so glücklich und entspannt, wie Natalie ihre Mutter höchst selten erlebt hatte.

„Dieses Foto war eines von Mamas ersten Schwarz-Weiß-Bildern", kommentierte ihr Vater, der unbemerkt hinter Natalie getreten war. „Ich glaube, es hat die Sammelleidenschaft in ihr erst geweckt."

„Tatsächlich? Und das Mädchen neben ihr – könnte das Mathilde sein?"

„Das kann ich dir leider nicht sagen. Aber nimm das Bild einfach aus dem Rahmen und sieh nach. Auf der Rückseite hat deine Mutter die meisten ihrer Fotos beschriftet."

Natalie befolgte den Rat ihres Vaters. Und in der Tat, hier stand es schwarz auf weiß: „Beste Freundinnen – Killeen Manor in Kerry, 1981 – der schönste Urlaub meines Lebens!"

Sie schluckte. Also stimmte es tatsächlich: Mathilde und Irland hatten ihrer Mutter einst sehr viel bedeutet. Möglicherweise stand beides sogar für eine Seite ihrer Mutter, die Natalie bisher gänzlich unbekannt gewesen war.

„Eigentlich wollte ich dich fragen", unterbrach ihr Vater diese Gedanken, „ob du mir eine Fahrt in die Stadt abnehmen könntest, damit ich weiterarbeiten kann. Es ist Zeit, Mamas

Bücherabonnement bei ‚Bücher zum Leben' zu kündigen, und ich denke, das sollte einer von uns persönlich tun."

„Natürlich, Papa, das mache ich. Dann schaue ich auf dem Rückweg auch gleich in der Klinik vorbei und sondiere die Lage dort." Sorgfältig platzierte Natalie das Foto wieder im Regal und war schon kurz darauf unterwegs in die Stadt.

Die gemütliche kleine Buchhandlung „Bücher zum Leben" gehörte Esther, einer ihrer Bekannten aus der Kirchengemeinde, und lag mitten in der Altstadt. Glücklicherweise gelang es Natalie, in den engen Gassen einen Parkplatz zu finden, sodass sie bereits eine halbe Stunde nach ihrem Aufbruch im Laden stand.

Esther begrüßte sie mit einer herzlichen Umarmung. „Natalie, wie schön, dass du vorbeikommst. Ich hoffe, dir und deinem Vater geht es so weit gut?! Eigentlich wollte ich schon lange mal bei euch anrufen und nachfragen, aber irgendwie ist immer etwas dazwischengekommen ..."

„Das ist schon in Ordnung, Esther. Mir ist es sogar lieber, nicht dauernd nach unserem Ergehen gefragt zu werden." Natalie kannte Esther gut genug, um ihr vollkommen aufrichtig antworten zu können.

„Ja, wahrscheinlich ginge mir das nicht anders", antwortete die Buchhändlerin nachdenklich. „Also, was führt dich heute zu mir? Sicherlich möchtest du Brigittes letzte Bestellung abholen."

„Genau. Und dann möchte ich Mamas Abonnement kündigen. Wir – ich – nun ja, mein Vater und ich kommen nicht so viel zum Lesen und –"

„Kein Problem, Natalie, du brauchst dich nicht dafür zu entschuldigen", unterbrach Esther. „Hier", sie griff in ein Fach des altmodischen Ladentresens und förderte drei ziemlich abgegriffene

Bücher zutage, „sind die Bücher für deine Mutter. Sie hatte sie im September ausgesucht."

„Tatsächlich – diese Bücher?!" Wie gebannt starrte Natalie auf die Buchtitel vor sich auf dem Tresen. Es waren die ersten drei Bände einer historischen Irland-Saga.

„Genau die! Ich weiß, ihr Zustand ist auch für gebrauchte Bücher nicht mehr der Beste, aber Brigitte bestand darauf. Eigentlich müsstest du das wissen, denn ich habe dich darauf hingewiesen, als du mir die Bestellung überbracht hast", erklärte Esther, die Natalies Entsetzen falsch interpretierte.

„Dann habe ich das wohl vergessen", murmelte Natalie gedankenverloren. „Ich wundere mich auch gar nicht über den Zustand der Bücher, sondern über Mamas Auswahl. Bis heute war mir überhaupt nicht bewusst, dass sie sich in irgendeiner Weise für Irland interessiert hat!"

„Nein? Aber sie kaufte doch seit Jahren immer den Kalender mit irischen Segenswünschen, ist dir das nie aufgefallen?"

Stumm schüttelte Natalie den Kopf. Eigentlich hatte sie geglaubt, ihre Mutter durch und durch zu kennen – und dabei offensichtlich so manches übersehen …

„Sie könne sich kaum sattsehen an den Bildern aus Irland, sagte sie immer. Und sie hatte außerdem diese Freundin in Irland, zu der sie leider fast keinen Kontakt mehr pflegte – Maggy oder so ähnlich."

„Matty!", verbesserte Natalie automatisch. „Darüber habt ihr tatsächlich miteinander gesprochen?"

„Eigentlich jedes Mal, wenn sie ihren Kalender abholte. Du weißt ja, ich habe hier nicht sehr viele Kunden und deshalb immer Zeit für ein ausführliches Gespräch mit dem Einzelnen. Und genau das liebe ich auch an meinem Laden."

„Natürlich." Wortkarg stapelte Natalie die Bücher aufeinander und zückte ihre Geldbörse. Schier unfassbar, dass Esther eine Seite an ihrer Mutter kannte, die ihr selbst – und auch ihrem Vater – scheinbar vollkommen entgangen war!

„Möchtest du vielleicht noch eine Tasse Kaffee mit mir trinken, ehe du gehst?" Esther tippte die Preise in die Kasse und blickte Natalie erwartungsvoll an.

„Nein, danke, Esther. Das ist lieb gemeint, aber ich will noch in der Klinik vorbeischauen. Es ist Zeit für mich, wieder in meinen Beruf zurückzukehren."

„In Ordnung. Aber denk daran: Falls du mal ein offenes Ohr brauchen solltest, bin ich gerne für dich da, Natalie. Oder schau einfach wieder herein, wenn du in der Stadt bist und Lust auf eine kostenlose Tasse Kaffee hast."

„Das mache ich." Natalie verstaute Bücher und Wechselgeld und verließ eilig den Laden.

Gedankenvoll blickte Esther ihr nach. Natalies Abschied hatte nahezu panisch gewirkt. Wie es aussah, hatte der Tod ihrer Mutter die junge Frau ordentlich aus der Bahn geworfen. Oder sie ertrug es einfach noch nicht, über Brigitte zu sprechen. Ob Esther ihr irgendwie helfen konnte? Sie beschloss, diese Frage noch heute Abend mit ihrem Mann Hajo zu besprechen.

Schweigend beobachtete Natalie ihren Vater bei der Arbeit. Er hatte es sich angewöhnt, sich nach dem Abendessen noch einmal an den Schreibtisch zu setzen, und manchmal leistete Natalie ihm dabei Gesellschaft. Sie setzte sich mit ihrem Laptop oder einem Buch auf das uralte Sofa in seinem Büro oder hing träge ihren Gedanken nach. So auch heute. Der erste Band der Irland-Saga lag in ihrem Schoß, doch sie war zu abgelenkt, um tatsächlich darin zu lesen.

Die Stirn ihres Vaters war gerunzelt wie meist, wenn er die Berichte seiner Mitarbeiter las, und ab und an kam ein leiser Seufzer über seine Lippen. Dennoch liebte er seine Arbeit – vielleicht sogar ein wenig zu sehr. Waren ihm deshalb die Vorlieben seiner Frau schlicht aus dem Blick geraten? Vorlieben, über die sie selten gesprochen hatte, die für das Auge eines aufmerksamen Betrachters jedoch sichtbar gewesen wären. Anders konnte sich Natalie nicht erklären, wie nicht nur ihr, sondern auch ihrem Vater hatte entgehen können, dass Mama sich während all der Jahre gedanklich sehr wohl mit Irland und Matty beschäftigt hatte. Seltsam nur, dass sie den Kontakt mit ihrer Jugendfreundin nie wieder aufgenommen hatte.

Auf ihrem Weg in die Klinik hatte dieser Gedankengang Natalie so verstört, dass sie die Stimmung auf der Station anfangs gar nicht recht wahrgenommen hatte. Ihre Kollegen waren derart im Stress, dass sich keiner von ihnen für mehr als einen kurzen Gruß Zeit nehmen konnte; die Patientenzimmer waren voll belegt, und sogar auf dem Gang standen Betten mit Patienten.

Nur Stationsschwester Rita nahm sich trotz aller Hektik fünf Minuten Zeit für sie. Fünf Minuten, um Natalie das Offensichtliche klarzumachen: Die Klinik brauchte sie. Ihre Station, ihre Kollegen, die Patienten – alle waren dringend auf ihre Mitarbeit angewiesen. Ritas kurz angebundene, befehlsgewohnte Art verlieh ihrer Behauptung zusätzlichen Nachdruck. Im Grunde war das ganze Gespräch eine Aufforderung an Natalie, unverzüglich an ihre Arbeitsstelle zurückzukehren.

Alle Gedanken an Irland oder Matty oder eine mögliche Reise waren dort im Stationszimmer und in Ritas Gegenwart verblasst. Dafür hatte sich das Gefühl der Verpflichtung gegenüber ihrem Arbeitgeber wie eine Last auf Natalies Schultern gelegt. Und hier, im Arbeitszimmer ihres Vaters, focht nun das drückende Pflichtgefühl mit dem wachsenden Wunsch, mehr über die jahrelang verborgen gebliebene Irland-Leidenschaft ihrer Mutter zu erfahren.

Natalie stieß einen tiefen Seufzer aus, legte das Buch beiseite und öffnete ihren Laptop. Sie konnte nicht den ganzen Abend damit vergeuden, den widerstreitenden Gefühlen in ihrem Inneren zu lauschen.

Mit einem Blick erfasste sie die drei eingegangenen Mails und stutzte. Seit wann schrieb ihr Vater Nachrichten, statt mit ihr persönlich zu sprechen? Verdutzt las sie: *Ich denke, du solltest nach Irland reisen! Was hältst du davon:*

Diesen Worten folgte ein Link zu einer Fluggesellschaft. Natalies Vater hatte tatsächlich bereits einen günstigen Flug für sie herausgesucht!

„Du meinst es wirklich ernst damit, oder?", durchbrach sie die Stille im Raum. Aus dem abrupten Umdrehen seines Schreibtischstuhles schloss Natalie, dass ihr Vater schon lange auf diese Bemerkung gewartet hatte.

„Das tue ich in der Tat!", bekräftigte er mit ernstem Gesicht. „Ganz besonders nach dem, was du mir vorhin über dein Gespräch mit Esther erzählt hast. Ich finde, einer von uns sollte herausfinden, was Mama an Irland und an dieser Matty so besonders fand, was sie über all die Jahre in Gedanken dort sein ließ, obwohl sie niemals mit uns darüber gesprochen hat. Und diese Eine bist du, Natalie!"

Michael sprang auf und durchmaß mit großen Schritten sein Arbeitszimmer, während er eindringlich weitersprach: „Der Flug nächste Woche ist ausgesprochen günstig, und zwei Wochen später wärst du bereits wieder zurück. Nach all den Monaten, die du in der Klinik gefehlt hast, sollte es auf ein paar zusätzliche Tage nun auch nicht mehr ankommen, und dir täte es nicht nur gesundheitlich gut. Vielleicht entdeckst du noch mal eine ganz neue Seite an deiner Mutter oder baust selbst eine Beziehung mit dieser alten Freundin auf. Und falls es dir wider Erwarten gar nicht gefällt, sind zwei Wochen dennoch gut auszuhalten."

Natalie schwieg. Es war lange her, dass ihr Vater sich derart für eine Sache begeistert hatte – aber er war ja auch nicht derjenige, der für diese Reise seine Kollegen im Stich lassen würde! Nicht er würde die ganze Zeit über von seinem schlechten Gewissen wegen vernachlässigter Pflichten angeklagt werden ...

„Und ganz gewiss brauchst du deswegen kein schlechtes Gewissen zu haben, Natalie", fuhr Michael bereits fort, als hätte Natalie ihre Gedanken laut ausgesprochen. „Du bist vom Dienst freigestellt, solange es erforderlich ist – und das liegt schließlich in deinem eigenen Ermessen, nicht wahr?"

„Vermutlich schon, ja. Aber –"

Natalie verstummte. Was sollte sie noch länger dagegen argumentieren? Ihr Vater hatte durchaus recht, und im Grunde war sie immer gut damit beraten gewesen, auf ihn zu hören, in Sachen Schulausbildung ebenso wie bei der Berufswahl. Und ganz zaghaft und leise sagte ihr Herz in diesem Fall schließlich genau das Gleiche.

„Na gut", stimmte sie deshalb zu. „Ich buche diesen Flug nach Irland! Aber nur, wenn der Termin Mathilde nicht zu kurzfristig ist oder auf sonstige Weise ungelegen kommt."

„Schön, das freut mich, Schatz!“ Liebevoll strich Michael ihr übers Haar. „Dann sollten wir diesen Abend mit einem kleinen Glas Wein ausklingen lassen, oder was meinst du?“

Natalie nickte nur. Das letzte Mal, als sie gemeinsam ein Glas Wein getrunken hatten, war ihre Mutter noch bei ihnen gewesen …

„Hierher, Captain Noah!“

Durch das unablässige Plätschern des Regens auf ihrer Kapuze hörte Matty ihre eigenen Worte nur gedämpft, aber das tat dem Vergnügen, das ihr dieser Spaziergang bereitete, keinen Abbruch.

Sie hatte den Weg genommen, der den Hügelkamm oberhalb von Killeen Manor entlangführte, zuerst durch den Wald mit seinen wuchernden Farnen und dann über eine mit Felsbrocken und Brombeergestrüpp übersäte Schafweide. Matty liebte es, an Captain Noahs Seite stramm auszuschreiten, ob bei Sonnenschein (wie bei ihrem Aufbruch vor einer halben Stunde) oder wie nun im strömenden Regen.

Was ihr dagegen weniger gefiel war die Tatsache, dass der Captain sich zum wiederholten Mal an eines der Schafe heranschlich und dieses mit seinem Gebell erschreckte. Es war ein Mutterschaf mit einem Lämmchen, das nicht mehr als ein paar Tage alt sein konnte. Das Gebell des großen Hundes versetzte die beiden derart in Panik, dass sie wie von Wölfen gejagt über die Wiese hetzten, und nur Mattys scharfes Kommando hielt Captain Noah davon ab, es ihnen gleichzutun. Derartige Unarten eines Hundes waren in ihrer Gegend einfach inakzeptabel.

„Böser Junge!“, schalt Matty. „Den armen Dingern solche Angst einzujagen! Woher sollen sie denn wissen, dass du ihnen niemals etwas zuleide tun würdest?! Jetzt bleibst du schön brav bei Fuß, bis wir die Weide hinter uns haben.“

Winselnd fügte der Captain sich in sein Schicksal, und Matty beeilte sich, die Schafweide zu überqueren. Ein Stück hügelabwärts kletterte sie über den Zauntritt und betrat den schmalen Pfad, der sie zurück zu ihrem Grundstück führte. Wenige Minuten später konnte sie zwischen den Bäumen bereits die Mauern der Kapelle ausmachen.

Die Mauern *ihrer* Kapelle. Jonathans Vorfahren hatten sie gemeinsam mit dem Herrenhaus vor mehr als zweihundert Jahren erbaut, und als seine Familie später aus finanziellen Gründen gezwungen gewesen war, das Haus sowie einen guten Teil des Grundstücks zu verkaufen, hatten sie doch die Kapelle behalten. Ebenso wie das Bootshaus, die Insel und Holly Cottage, Jonathans und Mattys Zuhause.

Matty war froh darüber. Sie liebte das kleine Gebäude aus rötlich braunem Sandstein, mit dem bescheidenen Glockenturm und den bunten Bleiglasfenstern. Hierher flüchtete sie, wenn sie Kummer oder ein besonderes Gebetsanliegen hatte. Und hier hatte sie auch, nachdem sie von Gittes Tod erfahren hatte, den folgenden Vormittag verbracht.

Die Erinnerungen an ihre gemeinsame Jugend hatten Matty mit Wehmut und Dankbarkeit zugleich erfüllt, und sie hatte eine Kerze für Gitte entzündet. Diesen Brauch hatte sie von Jons Familie übernommen. Sie mochte die Vorstellung, dass ihr Gebet – nicht für die Verstorbene, die sie bei ihrem Vater im Himmel wusste, sondern für die Hinterbliebenen – gemeinsam mit dem Kerzenrauch zu Gott aufstieg. So wie sie den Duft des schmelzenden Wachses einatmete, würde Gott auch den Wohlgeruch ihrer Bitten wahrnehmen.

Mittlerweile war die Kerze erloschen, und Matty entzündete eine weitere. Sie setzte sich in die vorderste Bankreihe und schälte sich aus ihrer nassen Jacke. Captain Noah, der ihre Gewohnheiten kannte, legte sich ergeben zu ihren Füßen, während Mattys Gedanken betend in die alte Heimat wanderten. Dorthin, wo für Gittes Familie das Leben trotz ihres Verlustes weitergehen musste. Ob Michael und Natalie schon wieder in den Alltag zurückgefunden hatten? Bei Gittes Mann konnte sie sich das durchaus vorstellen, denn sicher hatte ihre Freundin einen ehrgeizigen und praktisch veranlagten Ehemann gewählt. Bei Natalie allerdings könnte die Sache anders aussehen: Falls sie nach ihrer Mutter kam, war sie eine äußerst sensible junge Frau, die deutlich länger brauchen würde, um über den Schmerz hinwegzukommen.

Matty wünschte, sie könnte mehr für die beiden tun, als ihnen einen Erholungsurlaub in Irland anzubieten. Beispielsweise nach Deutschland reisen, um sie mit ihrer Anwesenheit auf andere Gedanken zu bringen. Irgendetwas Praktisches eben, so wie damals nach dem Zwischenfall im Sportunterricht, als sie Gittes Verletzung versorgt und dadurch Freundschaft mit ihr geschlossen hatte.

Doch momentan war das undenkbar. Sie konnte Jon nicht allein hier zurücklassen. Er brauchte ihre täglichen Besuche, davon war sie überzeugt – obwohl er selbst natürlich das Gegenteil behauptete.

Matty seufzte. Nun ja, vielleicht würden die beiden Breuers wenigstens ihr Angebot annehmen und sie in Irland besuchen. Hier konnte Matty sie nach Strich und Faden verwöhnen, schließlich war Platz genug in ihrem Haus. Und den Rest würde Gottes Gegenwart in der Atmosphäre ihrer wunderschönen Heimat quasi von selbst bewirken.

Als Matty die Kapelle verließ, verspürte sie neue Zuversicht. Vielleicht wartete zu Hause bereits eine Zusage von den Breuers auf sie! Mit einem Mal konnte sie es kaum erwarten, ins Cottage zurückzukommen. Im Laufschritt trabte sie hügelabwärts.

Einen Augenblick lang blickte Captain Noah ihr verdutzt hinterher, dann nahm er die Herausforderung an. Für einen Wettlauf war er immer zu haben! Mit einem munteren Bellen überholte er sein Frauchen und machte erst wieder Halt, als er vor der Haustür ankam.

Er saß bereits eine ganze Weile davor, als Matty keuchend und mit herabhängender Kapuze zu ihm stieß.

Dennoch nahm sie sich keine Zeit, die nassen Kleider abzustreifen, ehe sie an ihren PC trat. Ungeachtet ihres tropfenden Haares setzte sie sich vor den Bildschirm und las: *Liebe Mathilde, vielen Dank für Ihre Einladung. Ich nehme sie gerne an …*

Kapitel 4

Zieh deinen Hut,
wenn der erste Strahl der Sonne
über den Horizont zuckt.
Groß wie die Sonne ist dein Gott,
feurig in Größe und Gewalt,
aufstrahlend in seiner Liebe zu den Menschen.
Irischer Segen

Entschuldigen Sie bitte!", ertönte es rechts von Natalie. Bereitwillig schwang sie ihre Beine in den engen Mittelgang des Flugzeugs, um ihre Sitznachbarin vorbeizulassen.

Die ältere Dame war Teil eines Ehepaares, das voller Aufregung seiner ersten Irlandreise entgegenfieberte. Vorsichtig an den Sitzen Halt suchend, machte sie sich nun zum zweiten Mal während des kurzen Fluges auf den Weg zur Toilette. Ihr Ehemann saß am Fenster und kommentierte, so schien es Natalie, jede Wolke, die draußen zu sehen war, und jede größere Ansammlung von Lichtern, die tief unter ihnen sichtbar wurde. Das hieß, unterdessen hatten sie England hinter sich gelassen und überflogen die Irische See, sodass er tatsächlich ein wenig ruhiger geworden war.

Doch Natalie war gar nicht undankbar für die dargebotene Unterhaltung. So angespannt, wie sie während des Eincheckens und der Sicherheitskontrolle gewesen war (ihr letzter Flug war Jahre her!), wäre die Reise wohl ziemlich anstrengend geworden. Nun jedoch amüsierte sie sich im Stillen über das bejahrte Pärchen und genoss den Flug in den Sonnenuntergang. Sobald das Flugzeug sich etwas seitlich legte, rückte der westliche Horizont in ihr Blickfeld, an dem sie seit mittlerweile eineinhalb Stunden die kaum merklich sinkende Sonne beobachten konnte.

Ein unvergleichlicher Anblick, fand Natalie, und durchaus nicht selbstverständlich, wenn man bedachte, wo das Ziel ihrer Reise lag. Sie erinnerte sich an den Regenschirm in der Handtasche zu ihren Füßen, ein Geschenk von Esther und Hajo. Die beiden hatten es sich nicht nehmen lassen, ihr eine Kleinigkeit mit auf die Reise zu geben, nachdem sie davon erfahren hatten: einen Irland-Reiseführer und einen bunt bedruckten Knirps. Auf der zugehörigen Karte für Natalie hatte Esther erklärt: „Wenn du schon in ein Land reist, in dem es nicht nur hundert verschiedene Grünschattierungen gibt, sondern ebenso viele Arten von Regen, sollst du auch angemessen ausgerüstet sein."

Auf dem grün karierten Schirm war ein Smiley mit Herzaugen abgebildet sowie der Spruch: „Ich liebe den Regen. Denn wenn ich es nicht tue, regnet es auch!" Allein der Gedanke daran (und an Esthers Fürsorge) zauberte Natalie ein Lächeln ins Gesicht.

„Sieh dir nur diese dicke Wolkenwatte da draußen an!", wandte sich ihr Sitznachbar eben an seine Frau, die ihren Platz wieder eingenommen hatte. Auch Natalie folgte seiner Aufforderung. In der Tat war von der Sonne im Westen nichts mehr zu sehen, stattdessen hatte sich von einem Augenblick auf den anderen eine dichte Wolkendecke um das Flugzeug gelegt. Falls sich im Lauf der nächsten Stunde nichts mehr daran änderte, kam der Knirps bei ihrer Ankunft in Dublin bereits zu seinem ersten Einsatz. Bis dahin aber vertiefte Natalie sich wieder in ihren Reiseführer.

Nachdem ihr Entschluss für diese Reise „auf den Spuren ihrer Mutter" erst einmal gefallen war, hatte sie sich vorgenommen, sich auch so viel wie möglich vom Land anzuschauen. Und der erste Schritt war logischerweise, sich gründlich zu informieren.

Wegen ihrer spätabendlichen Ankunft hatte sie für ihre erste Nacht in Irland ein Hotel gebucht. Von Mathilde zu erwarten, sie um zweiundzwanzig Uhr vom Flughafen abzuholen, schien Natalie ein wenig viel verlangt, vor allem, nachdem sie der armen Frau gerade einmal eine Woche Zeit gelassen hatte, um sich auf ihren Besuch vorzubereiten. Außerdem konnte Natalie auf diese Weise den folgenden Morgen damit verbringen, auf eigene Faust durch Dublin zu streifen und einen ersten Eindruck von der Stadt zu gewinnen. Blieb nur zu hoffen, dass die Busverbindung zwischen dem Flughafen und ihrem Hotel im Stadtzentrum so reibungslos funktionierte wie im Reiseführer beschrieben.

Das tat sie. Kurz vor Mitternacht westeuropäischer Zeit schlüpfte Natalie unter die Decke ihres großen, weichen Hotelbettes. An Schlaf war dennoch nicht zu denken. Ihr Körper war erschöpft, doch ihre Gedanken fanden keine Ruhe. Jede Einzelheit dieser ersten Reiseetappe spielte sich noch einmal vor ihrem inneren Auge ab: von den ermutigenden Abschiedsworten ihres Vaters über das Ehepaar im Flugzeug und den Flug selbst bis hin zu der Fahrt in dem doppelstöckigen Shuttlebus, als das nächtliche Dublin in Höchstgeschwindigkeit an ihr vorübergesaust war.

Was ihr an letzterem Ereignis wirklich zu denken gab, war die Tatsache, dass sie die jeweiligen Ansagen bezüglich der

Haltestellen kaum verstanden hatte. *Falls* der Mann auf dem Band tatsächlich Englisch gesprochen hatte und nicht Irisch, unterschied sich der hiesige Dialekt gewaltig von allem, was Natalie bisher als „Englisch" im Ohr gehabt hatte. Wie gut zu wissen, dass zumindest Mathilde Deutsch mit ihr sprechen würde.

Irgendwann musste das eintönige Trommeln des Regens auf das Flachdach des Hotels Natalie doch in den Schlaf gelullt haben, denn als sie die Augen wieder aufschlug, war es bereits taghell. Erschrocken blickte sie auf die Uhr: kurz vor acht. Damit war es glücklicherweise nur eine Stunde später, als ihr Plan fürs Aufstehen vorgesehen hatte. Die Helligkeit im Raum rührte daher, dass draußen tatsächlich die Sonne schien und, zumindest vom Bett aus, auch keine Wolke in Sicht war.

Natalie erhob sich schwungvoll. Zum ersten Mal seit ihrem Aufbruch von zu Hause verspürte sie so etwas wie ein Urlaubsgefühl.

Bald darauf saß sie im Speiseraum, lauschte den Unterhaltungen um sich herum und genoss das ausgiebige Frühstücksangebot. Allzu viel Zeit ließ sie sich allerdings nicht für Kaffee und Rührei mit Bacon und gegrillter Tomate, schließlich wollte sie an diesem Morgen so viel wie möglich von Dublin sehen. Laut Reiseführer schien es an touristischen Attraktionen ja nicht zu mangeln.

Das Hotel lag nicht weit vom Stadtzentrum entfernt, sodass Natalie sich entschloss, zunächst einmal zu Fuß zu gehen. Erwartungsvoll trat sie vor die Tür. Die Passanten auf der Straße glichen denen in jeder beliebigen Großstadt: Männer im Business-Outfit, Fahrradfahrer mit Warnwesten und Rucksäcken, Mütter mit Kleinkindern in sportlichen Buggys und ältere Damen mit großen Einkaufstaschen am Arm.

Direkt gegenüber, auf der anderen Seite der vierspurigen Straße glitzerte der Fluss Liffey, der mitten durch Dublin verlief, im hellen Schein der Morgensonne. Möwen segelten über das Wasser, schossen unter Brückenpfeilern hindurch und stießen ihre heiseren Schreie aus. Die Luft war spürbar salzhaltig, die Nähe des Meeres nicht zu leugnen. Beide Seiten des Flussufers waren gesäumt von imposanten mehrstöckigen Gebäuden. Verwitterte alte Backsteinfassaden fanden sich darunter ebenso wie die moderne verglaste Häuserfront des Hotels.

Einen Augenblick lang verharrte Natalie, um die Atmosphäre der fremden Stadt in sich aufzunehmen und die Wärme der Frühlingssonne auf ihrem Gesicht zu genießen. Regen und Wind, wie sie Natalie gestern beim Verlassen des Airports empfangen hatten, waren nur noch eine ferne Erinnerung … Als sie schließlich in flottem Tempo flussabwärts schritt, geriet sie unter ihrer Allwetterjacke tatsächlich ins Schwitzen. Zudem zog sich ihr Fußmarsch deutlich länger hin, als sie erwartet hatte.

Je näher sie der City kam, desto öfter begegneten ihr Doppeldeckerbusse mit offenem Verdeck, welche die Touristen von einer Sehenswürdigkeit zur anderen brachten, und desto voller wurden die Straßen und Gehwege. Natalie vermutete, dass Dublin zurzeit, nur wenige Tage vor Ostern, noch überlaufener war als sonst. Eigentlich war das ganz und gar nicht nach ihrem Geschmack. Mit zunehmendem Unbehagen bahnte sie sich ihren Weg durch die Menschenmassen, als sie endlich eine der Sehenswürdigkeiten aus dem Reiseführer zu erkennen glaubte: eine weiße Brückenkonstruktion, die in weitem Bogen den Fluss überspannte.

Das musste die berühmte Fußgängerbrücke Ha'penny Bridge sein, die hinüber ins Szeneviertel Temple Bar führte. Dort, wo man vor dreißig Jahren nichts als heruntergekommene Gassen und Häuser gekannt hatte, reihte sich heutzutage ein malerisch bunter und im Sommer blumengeschmückter Pub an den anderen. Natalie betrat die gusseiserne Brücke.

Unter einem elegant geschwungenen Bogen machte sie Halt. Sie drehte den übrigen Fußgängern den Rücken zu und betrachtete die Szenerie. Flussauf- und flussabwärts zogen sich die Gebäude der Großstadt, so weit das Auge reichte, und über die nächstgelegene Brücke drängte sich eine nicht enden wollende Schlange aus Autos, Lieferwagen und Bussen. Ein überdimensionaler Bienenkorb der Hektik und Geschäftigkeit war dieses Dublin, dachte Natalie, und für ihre Begriffe alles andere als eine von Mathildes vielgerühmten Schönheiten des Landes.

Oder kam es einfach nur auf den Blickwinkel an? Die weiße Laterne beispielsweise, die den Bogen über Natalies Kopf krönte, war vor dem indigoblauen Himmel ein echter Hingucker – eine strahlende Braut in Weiß an ihrem Hochzeitstag. Ebenso schön war die schmale Promenade am gegenüberliegenden Flussufer: Unter dem Holzdeck gluckste das Wasser, ein Schleier aus hellem Grün überzog die Baumkronen und darunter standen die Tische und Stühle eines Straßencafés. Nur wenige von ihnen waren um diese Uhrzeit besetzt, und der bloße Anblick der Szene atmete Ruhe und lud zum Innehalten ein.

Ein verlockender Gedanke, sich dort in die Sonne zu setzen, etwas zu trinken und der vorüberhastenden Menge keine Beachtung mehr zu schenken! So wie das junge Pärchen dort unten, das über einem Gebäckstück und einer Tasse Kaffee (oder Tee?) die Köpfe zusammensteckte und den Rest der Welt einfach ausblendete. Welche Geheimnisse und Vertrautheiten die beiden in diesem Augenblick miteinander teilen mochten?

Unwillkürlich näherte Natalie sich der Uferpromenade, und die Besucher des Cafés nahmen klarere Konturen an. Aus dem vornehmen Hut der Dame am Ecktisch wurde ein formloser schwarzer Filzhut und aus dem verliebten jungen Pärchen ein Paar, wie es gegensätzlicher kaum sein konnte: Der Mann trug Krawatte, Hemd und Jackett und hatte die dreißig mit Sicherheit überschritten; das Mädchen in den zerrissenen Jeans war im besten Falle gerade volljährig geworden. Sie hatte sich alle Mühe gegeben, ihre jugendlichen Gesichtszüge unter einer dicken Schicht Make-up zu verbergen; blauschwarz gefärbtes Haar und zwei Piercings taten ein Übriges, sie erwachsen und taff wirken zu lassen. Jetzt legte der Mann seine Hand auf die des Mädchens und sah ihr eindringlich in die Augen.

Natalie wandte den Blick ab. Eine Teenagerliebe, wie sie zuerst geglaubt hatte, war eine Sache, aber das hier – nein, danke! Ihr Wunsch, ebenfalls an einem der Tische Platz zu nehmen, löste sich in Luft auf. Sie kehrte der Promenade den Rücken und steuerte die nahe gelegene Bushaltestelle an. Vielleicht war es doch besser, ab hier den Touristenbus zu nehmen, sich ausschließlich auf die Sehenswürdigkeiten zu konzentrieren und dabei nach dem besonderen Zauber Irlands zu suchen, der ihre Mutter offenbar in seinen Bann gezogen hatte.

Am frühen Nachmittag kehrte Natalie ins Hotel zurück. Ihre Augen schmerzten von der grellen Sonne, der sie auf dem Oberdeck des Busses ausgesetzt gewesen war – eine Sonnenbrille hatte definitiv nicht auf ihrer Packliste gestanden! –, und ihr Kopf brummte von all den Informationen, die sie unterwegs erhalten hatte. Und das, obwohl sie nur in Temple Bar und beim Trinity College mit seiner alten Bibliothek für eine ausführliche Besichtigung ausgestiegen war. Danach hatte sie einen Bummel durch den bekannten St.-Stephen's-Green-Park und eine Einkaufsstraße unternommen. Nun blieb ihr gerade noch Zeit für eine munter machende Dusche, ehe Mathilde sie wie vereinbart am Hotel abholen würde.

Eilig verstaute sie anschließend ihre Kleidung im Koffer und nahm den Aufzug zum Foyer. Um fünfzehn Uhr dreißig wollte Mathilde sie hier treffen. Mit klopfendem Herzen blickte Natalie sich um. In wenigen Sekunden würde sie der Frau gegenüberstehen, mit der ihre Mutter einen guten Teil ihrer Jugend verbracht hatte!

Doch in der gemütlichen holzvertäfelten Sitzecke saßen lediglich drei junge japanische Touristen; das Sofa unmittelbar neben der Tür zum Frühstücksraum war leer. Ein Mann stand mit dem Rücken zu ihr am Empfangstresen und unterhielt sich mit dem Hotelangestellten. Keine Spur von einer Frau mittleren Alters oder irgendjemandem, den Natalie sich unter dem Namen „Matty" vorstellten konnte. Dabei war es Punkt fünfzehn Uhr dreißig!

Sie parkte ihren Koffer am Fuß der Treppe und nahm ihr Handy aus der Jacke. Mit Sicherheit hätte Mathilde ihr im Fall einer Verspätung eine Nachricht geschickt.

In der Tat hatte sie eine Nachricht erhalten – und zwar bereits morgens um neun Uhr dreißig! *Liebe Natalie,* las sie, *es tut mir so furchtbar leid, ganz entsetzlich leid, aber ich kann nicht persönlich kommen, um dich abzuholen!!! Als ich vorhin losfahren wollte, wollte mein Wagen partout nicht anspringen. Das ist zwar nichts Neues bei unserem alten Volvo, aber mit ein wenig*

Zureden ist er bisher noch immer gelaufen. Nur nicht heute, da es darauf ankommt, und so rasch ist bei uns auf dem Land weder eine Autoreparatur durchgeführt noch ein Leihwagen zu bekommen. Deshalb kann ich dich wie gesagt nicht selbst abholen, aber die gute Nachricht ist: Ein Nachbar und Freund von mir, dem ich dich bedenkenlos anvertrauen kann, ist heute ohnehin in Dublin und wird dich an meiner Stelle im Hotel abholen. Conor McGarvey wird sich an der Rezeption melden, sodass du dort nur nach ihm zu fragen brauchst, und schon bist du in den besten Händen. Er wird dich unterwegs auf unseren irischen Straßen definitiv weniger durchrütteln, als ich es getan hätte. ☺ Also, noch einmal: Es tut mir entsetzlich leid, dass es nicht klappt wie besprochen, und ich kann es nun noch viel weniger erwarten, die Tochter meiner lieben Gitte endlich in die Arme zu schließen! Love, Matty

Natalie schluckte. Was für ein Pech! Obwohl es wahrscheinlich keinen großen Unterschied machte, ob sie nun mit Mathilde, die sie quasi nur vom Schreiben kannte, oder mit einem vollkommen Fremden einmal quer durch Irland fuhr. Natalie wünschte nur, sie hätte die Nachricht schon früher gelesen, um sich innerlich auf die neue Situation einstellen zu können!

Seufzend rollte sie ihren Koffer zum Empfangstresen, um nach besagtem Mr McGarvey zu fragen, als der Mann, der noch immer davorstand, sich umwandte und sie fragend anblickte. „Miss Natalie Breuer? How are you? Ich bin Mattys Nachbar Conor McGarvey und hier, um Sie mit nach Killeen zu nehmen."

„Oh!" Mehr brachte Natalie in diesem Augenblick beim besten Willen nicht über die Lippen. Vor ihr stand der Mann in Jeans, Krawatte und Jackett, den sie in dem kleinen Café an der Liffey-Promenade gesehen hatte. Auch wenn mittlerweile die

Krawatte fehlte, erkannte sie das kurz geschnittene hellbraune, an den Schläfen bereits heller werdende Haar, die hohe Stirn und das markante Kinn. Dies also war Mathildes Nachbar, nein, *Freund;* ein gut aussehender Mann mit einer Beziehung zu einer Frau, die schätzungsweise halb so alt war wie er …

Worauf habe ich mich da nur eingelassen?, schoss es Natalie durch den Kopf, während sie um Fassung rang und endlich seine ausgestreckte Hand schüttelte.

„Nice to meet you, Mr McGarvey!", brachte sie mühsam heraus.

Ihr Gegenüber lächelte. „Ebenfalls, Miss Breuer! Ich hoffe, Sie sind nicht allzu schockiert, dass Sie wegen Mattys Malheur mit dem Auto nun mit mir vorliebnehmen müssen?"

„Nein, das ist schon in Ordnung." Natalie hoffte, ihr Englisch klang nicht ganz so eingerostet, wie es sich anfühlte. Sie konnte von Glück sprechen, Mattys einheimischen Nachbarn leidlich zu verstehen, auch wenn das vermutlich nur an seiner langsamen, betonten Aussprache lag. „Es ist sehr nett von Ihnen, mich mitzunehmen."

„Nun, dann lassen Sie uns keine Zeit verlieren. Wir haben etliche Kilometer vor uns, und ich hätte nichts dagegen, wenn wir Dublin noch vor der Rushhour hinter uns lassen. Ist das alles, was Sie an Gepäck haben?" Noch während er sprach, bemächtigte er sich ihres Koffers, nickte dem Hotelangestellten einen Abschiedsgruß zu und strebte zum Aufzug. „Kommen Sie, mein Wagen steht in der Tiefgarage."

Natalie beeilte sich, ihm zu folgen. Mattys „lieber Freund" schien ihr reichlich kurz angebunden zu sein. Oder aber es war nichts als eine lästige Pflicht für ihn, Natalie mitzunehmen, und er gedachte diese so rasch wie möglich hinter sich zu bringen.

In der Tiefgarage angekommen, machte der junge Mann vor einem Geländewagen älteren Baujahres Halt, verstaute Natalies Koffer darin und streckte lächelnd die Hände nach ihrem Rucksack aus. Wenn er lächelte, zogen sich seine Mundwinkel so weit auseinander, dass sein ohnehin kräftiges Kinn noch markanter wirkte, und plötzlich erinnerte Natalie sich nur noch mühsam daran, mit welcher Intensität genau dieser Mann die viel zu junge Frau im Café angeblickt hatte.

Stumm reichte sie ihrem Chauffeur den Rucksack, und dieser öffnete ihr zuvorkommend die Beifahrertür auf der ungewohnten linken Wagenseite.

Das beiderseitige Schweigen hielt an, bis sie die Brücke überquert hatten und auf eine der stark belebten Straßen eingebogen waren. Ihr Fahrer nahm die Linkskurven so eng, dass Natalie stets das Gefühl hatte, der Wagen würde im nächsten Augenblick den Randstein rammen. Unwillkürlich verkrampfte sie die Hände im Schoß.

„Keine Bange, es wird nicht lange dauern und Sie haben sich an den Linksverkehr gewöhnt", kommentierte Conor mit einem Seitenblick. „Mir jedenfalls geht es immer so, wenn ich in den USA Auto fahren muss: Ein paar Kilometer, und schon fühle ich mich ganz zu Hause auf der für meinen Begriff verkehrten Straßenseite."

„Ich hoffe es!" Natalie löste ihre Hände voneinander und versuchte, es sich ein wenig bequemer zu machen. „Wie lange werden wir denn in etwa unterwegs sein bis Killeen? Ich weiß bislang nur, dass sich der Ort praktisch auf der anderen Seite der Insel befindet."

„So ist es, wir fahren hinüber an die Westküste. Falls der Verkehr nicht zunimmt, werden wir die Ringautobahn um Dublin in einer halben Stunde hinter uns lassen und haben dann noch etwas mehr als drei Stunden Fahrt vor uns."

Rasant und ohne zu blinken wechselte ihr Chauffeur in einem der zahllosen Kreisverkehre die Spur. Offenbar waren Dublins Busfahrer hierzulande nicht die einzigen temperamentvollen Fahrer. Wie war Matty nur auf die Idee gekommen, dass dieser Conor McGarvey sie weniger „durchrütteln" würde? Natalie beschloss, den Blick für den Rest der Fahrt ausschließlich aus dem Seitenfenster zu richten und sich zudem mit weiteren Fragen abzulenken.

„Oh! Mit einer so langen Fahrt habe ich nicht gerechnet. Und Sie haben sicher nichts dagegen, mich die ganze Strecke zu chauffieren?"

„Nein. Die einzige Alternative wäre nämlich der Bus, und weshalb sollten Sie Zeit und Geld für eine Busfahrt verschwenden, wenn ich ohnehin in der Stadt zu tun hatte und meiner Nachbarin einen Freundschaftsdienst erweisen kann, indem ich Sie mitnehme?"

In der Stadt zu tun, dachte Natalie. *So kann man ein Tête-à-Tête mit einer viel zu jungen Frau natürlich auch nennen …*

Laut sagte sie: „Ich bin Ihnen jedenfalls sehr dankbar dafür. In einem heißen Bus habe ich heute bereits lange genug gesessen!"

„Eine Stadtrundfahrt, vermute ich. Hat Ihnen denn wenigstens gefallen, was Sie dabei zu sehen bekamen?"

„O ja, durchaus, vor allem die Straßen um Stephen's Green und das Trinity College. Die Old Library hat mich sehr beeindruckt!"

„Aber?" Erneut richteten sich die grünen Augen ihres Fahrers fragend auf Natalie. „Ihr *Durchaus* lässt darauf schließen, dass Sie nicht hundertprozentig glücklich waren mit Ihrer Sightseeingtour."

„Nun ja, nicht das Sightseeing an sich, sondern eher die Menschenmassen überall", korrigierte sie. Auf keinen Fall wollte sie vor ihm den Eindruck erwecken, als gefiele ihr Dublin – oder Irland insgesamt – nicht. „Ist Dublin immer so … lebendig?"

„So überlaufen, meinen Sie?" Ihr Gesprächspartner benutzte genau den Ausdruck, den Natalie höflicherweise hatte vermeiden wollen. „So kurz vor den Osterfeiertagen ist es wohl noch ein wenig heftiger als üblich, aber ja, voll sind die Straßen eigentlich immer. Die Stadt ist eben ein Touristenmagnet. Doch ich kann Ihnen eines versprechen: Wenn Ihnen das nicht gefällt, werden Sie Killeen lieben! In unserer Bucht ist es manchmal so ruhig, dass man das Gras wachsen hören kann. Oder Sie hören, wie die Flut die Felsen hinaufklettert, je nachdem, wo Sie sich gerade befinden."

„Klingt traumhaft!", seufzte Natalie.

Conor lachte. „Ich sehe schon, Sie und Matty werden ein tolles Gespann bilden."

„Ein Gespann? Sorry, diesen Begriff kenne ich nicht, mein Englisch ist nicht das Beste." Natalie konzentrierte sich auf das Naheliegende, denn Mr McGarveys Lachen hatte das Potenzial, sie vollkommen aus dem Konzept zu bringen. Tief und voll rollte es geradezu aus seiner Brust nach oben und war in seiner Wirkung noch umwerfender als sein Lächeln.

„Ein Gespann, das sind zwei Pferde vor einem Wagen, zwei Ochsen vor einem Pflug, die sich im Idealfall in ihren Eigenschaften wunderbar ergänzen", erläuterte er geduldig.

„Ach so. Dann kennen Sie Matty und ihre ‚Eigenschaften' wohl sehr gut?"

„Zumindest gut genug, um das beurteilen zu können. Matty ist, nun ja, eben ganz Sie selbst. Sie dürfen gespannt sein."

„Schön!“ Was auch immer ihr Gesprächspartner mit dieser Metapher ausdrücken wollte: Natalie *war* gespannt auf Mathilde!

„Da wir gerade von ihr sprechen: Matty hat mir etwas für Sie mitgegeben. In der Annahme, dass Sie sich in Dublin wahr scheinlich kaum die Zeit zum Lunch nehmen werden, hat sie einen ganzen Picknickkorb für Sie gepackt. Hier, wenn Sie mal für einen Augenblick das Lenkrad halten würden …“

Damit beugte er sich bereits nach hinten, und Natalie blieb nichts anderes übrig, als an seinem gebeugten Rücken vorbei nach dem Lenkrad zu greifen und den Wagen in der Spur zu halten. Der Mann hatte wirklich Nerven! Aber zumindest hatte der Verkehr mittlerweile deutlich nachgelassen.

Endlich hatte Conor in dem wirren Durcheinander auf der Rückbank gefunden, wonach er suchte. Im Tausch gegen das Lenkrad reichte er Natalie einen in die Jahre gekommenen, prall gefüllten Picknickkorb.

„Ich hoffe, es macht Ihnen nichts aus, während der Fahrt zu essen. Ich möchte nur ungern eine Pause einlegen“, erklärte er.

„Sofern es Ihnen nichts ausmacht, dass ich Ihren Wagen vollbrösele“, gab Natalie mit einem Blick auf den Stapel dicker, in Papier eingewickelter Sandwiches zurück.

„Ich schätze, ein paar Krümel mehr oder weniger machen hier keinen großen Unterschied.“ Achselzuckend wies Conor auf den Boden der Fahrerkabine, wo sich der Schlamm seiner letzten Angeltour abgelagert hatte und mit ein paar Kieseln, getrockneten Blättern und den Fetzen einer alten *Beara Chronicle*-Ausgabe so etwas wie einen zweiten Fußabstreifer bildete. „Also, essen und trinken Sie, so viel Sie mögen. In der grauen Thermoskanne ist Kaffee, in der anderen Tee, da Matty nicht wusste, was Sie vorziehen.“

„Wie lieb von ihr. Aber Sie essen doch sicher mit?! Diese Menge reicht für mindestens vier Personen!“

„Ja? Ich habe noch gar nicht hineingesehen. Allerdings hätte ich mir denken können, dass es Matty mit dem Proviant ein wenig zu gut meint. Und es duftet in der Tat verführerisch!“

„Ganz meine Meinung.“ Natalie nahm das oberste Sandwich vom Stapel, wickelte es aus und reichte es ihm hinüber. „Bitte schön. Ich glaube, es ist Schinken mit Käse und Essiggurke. Oder soll ich Ihnen etwas anderes heraussuchen?“

„Das ist genau richtig, danke!“ Ohne zu zögern nahm Conor einen großen Bissen. Der Anblick machte Natalie schlagartig bewusst, wie hungrig auch sie mittlerweile war. Ihr Frühstück lag mehr als acht Stunden zurück und, wie Matty richtig vermutet hatte, seitdem hatte sie sich tatsächlich keine Zeit mehr zum Essen genommen. Genießerisch biss sie in das knusprige, mit Putenfleisch belegte Baguette.

Der heiße Kaffee tat ein Übriges, um Natalie ihr Unbehagen über Conors Gegenwart im Allgemeinen und seine Fahrweise im Besonderen vergessen zu lassen. Deutlich lockerer als zuvor ging sie auf seine gelegentlichen Bemerkungen ein und bewunderte ansonsten die vorüberziehende Landschaft.

Schon vor einer Weile war das Küstengebirge um Dublin herum einer Ebene aus Wald und Wiesen gewichen. Schwarz-weiß gefleckte Kühe, Pferde und ein paar wenige Schafe bevölkerten die Weiden, doch von Dörfern oder anderweitiger menschlicher Besiedelung war von der Autobahn aus nicht viel zu sehen. Abgesehen von den Verkehrsschildern, die jeweils in Englisch und Irisch beschriftet waren, und der Tatsache, dass sie auf der „falschen“ Straßenseite fuhren, wirkte Irland für Natalie in diesem Moment nicht viel anders als ihre Heimat. Sie ging davon aus, dass sich das wahre Irland erst abseits der großen Straßen entdecken ließ.

Als es zu dämmern und, genau wie am vorherigen Abend, zu regnen begann, konnte Natalie sich nur noch mühsam auf die Landschaft konzentrieren, und schließlich fielen ihre Augen zu. Die Aufregung des Fluges und die unruhige Nacht im Hotel forderten ihren Tribut.

Erst als der Wagen eine scharfe Kurve nahm, schrak sie verschlafen hoch. „Sie wachen gerade rechtzeitig auf“, stellte ihr Fahrer zufrieden fest. „Wir sind fast am Ziel. Soeben haben wir Kenmare hinter uns gelassen, und vor uns liegt Killeen.“

„Schon?“ Natalie rieb sich die Augen, doch allzu viel war draußen nicht mehr zu erkennen: vor ihnen eine einspurige, von einer pflanzenüberwucherten Mauer begrenzte Straße und seitlich davon gelegentlich ein schwaches Licht. Auf der gegenüberliegenden Seite herrschten nichts als Dunkelheit und Nieselregen.

Doch ehe sie sich Sorgen um die Abgeschiedenheit dieses Ortes machen konnte, bog ihr Chauffeur ein weiteres Mal links ab. Zwischen regennassen Bäumen und Büschen kroch der Geländewagen einen Schotterweg hinauf, und schließlich konnte Natalie vor sich ein etwas helleres Licht ausmachen.

„Ist das –“, setzte sie an, während die Frage sich bereits von selbst beantwortete: Das Scheinwerferlicht strahlte durch die Glaswände eines Wintergartens, und kaum war der Wagen auf dem knirschenden Schotter der Auffahrt zum Stehen gekommen, stürzte ein riesiger Hund aus der zugehörigen Tür. Dicht gefolgt von einer Frau in Dreiviertelhosen und einer flatternden bunten Tunika.

„Da seid ihr ja, meine Lieben“, rief die Frau. „Hattet ihr eine angenehme Fahrt? Ach, was bin ich froh, dass ihr endlich da seid!“ Damit war sie auch schon bei der Beifahrertür angelangt, die Natalie soeben öffnete, und breitete einladend die Arme aus.

„Natalie – wie schön!“

Und ehe Natalie sich versah, spürte sie Mattys Arme um die Schultern und ihren Atem im Nacken, samt einem einzelnen Regentropfen, der ebenso gut eine Träne sein konnte. Natalie war angekommen.

Kapitel 5

Jedes Werden in der Natur,
im Menschen und in der Liebe,
muss abwarten, geduldig sein,
bis seine Zeit zum Blühen kommt.
Dietrich Bonhoeffer

Entgegen seiner ursprünglichen Absicht nahm Conor, sobald er sich von den beiden Frauen verabschiedet hatte, den direkten Weg nach Hause. Nach dem morgendlichen Treffen mit Joyce fehlte ihm einfach die Energie, um noch in der Redaktion vorbeizufahren und die mitgebrachten Unterlagen zu sortieren.

Wie konnte sich ein Kind – oder vielmehr ein Teenager – innerhalb eines halben Jahres nur so extrem verändern? Das letzte Mal, als er Joyce gesehen hatte, war sie eine Zwölfjährige mit blonden Zöpfen und Shorts gewesen, und heute war sie eine Dreizehnjährige, die es ganz offensichtlich darauf anlegte, dass jedermann sie für erwachsen und ganz und gar nicht einverstanden mit dem spießigen Rest der Welt hielt. Wo war nur die lebensfrohe, anhängliche kleine Schwester seiner Verlobten Johanna geblieben?

Tief in Gedanken versunken fuhr er den Hügel hinab, an Mattys Bootshaus vorbei und schließlich in seine Grundstückseinfahrt. Dunkel und kalt lag sein Haus vor ihm, und niemand stürzte ihm mit einer freudigen Begrüßung entgegen. Hätte er Mattys Einladung zum Essen doch annehmen sollen? Andererseits wäre er, gedankenverloren, wie er war, wohl keine sonderlich angenehme Gesellschaft für die beiden Frauen gewesen.

Conor betrat die Küche, entzündete den Gasherd und kochte sich eine Kanne Tee. Wie so oft würde es auch heute nur ein Stew mit Gemüse und Würstchen geben, das er im Wohnzimmer vor dem Kaminfeuer verspeiste. Den dampfenden Teller vor sich auf dem Tisch, streckte er sich schließlich auf dem Sofa aus.

Fünf Jahre lang hielt er mittlerweile den Kontakt zu Joyce – auch ohne Johanna. Anfangs hatte sie ihm jeden Monat mindestens eine Postkarte geschrieben, kindlich verziert mit Schnörkeln, Blumen und Herzen. Später, als ihre Eltern es sich leisten konnten, ihr ein Handy zu kaufen, textete sie ihm ohne Punkt und Komma, obwohl er ihr höchstens einmal pro Woche antwortete. Conor, der Redakteur, war der Größte für Joyce: gebildet, humorvoll und unglaublich reich in den Augen eines armen Einwandererkindes aus Osteuropa. Vor allem schenkte er nicht nur der Studentin Johanna, seiner Verlobten, Aufmerksamkeit und Zuneigung, sondern auch ihr, der kleinen Schwester.

Johannas plötzliches Verschwinden hatte an seiner Zuneigung zu Joyce nichts geändert, sie eher noch verstärkt. Seine Verlobte hatte sich quasi über Nacht aus Conors Leben verabschiedet – stürmisch und unerwartet wie ein Tornado. Auf die gleiche Weise, wie sie auch in sein Leben getreten war …

Conor hatte gerade erst die winzige Lokalzeitung *Beara Chronicle* übernommen und war deshalb aus einer Kleinstadt in den

Wicklow Mountains an die Kenmare Bay gezogen, hielt aber weiterhin engen Kontakt zu seinem vorherigen Arbeitgeber in Dublin.

In Gedanken noch ganz bei den Ratschlägen, die er an diesem Herbsttag in der Dubliner Redaktion erhalten hatte, ging er den Bachelors Walk entlang. Seine Hände tief in den Jackentaschen vergraben, den Kopf gesenkt wegen des stürmischen Windes am Flussufer, achtete er wenig auf das, was sich um ihn herum abspielte. Es war also nicht weiter verwunderlich, dass er mit einem entgegenkommenden Passanten zusammenstieß.

Genauer gesagt war es ein Fahrrad, das Conor vom äußersten Rand des Fußweges aus rammte. Mit flatterndem braunen Mantel und einem empörten Ausruf ging die Radfahrerin zu Boden, wobei sie einen ganzen Stapel Papiere um sich und ihr Fahrrad verteilte. Diese wiederum wurden sofort vom Wind erfasst und davongetrieben, teils auf die Fahrbahn, teils hinüber zur Liffey.

„Verzeihung, das tut mir so leid!", versicherte Conor und bückte sich zu der jungen Frau hinab. „Ich hoffe, Sie haben sich nicht verletzt?"

„Verletzt oder nicht, wen kümmert's?!", rief diese mit starkem Akzent. „Ich brauche meine Papiere! Los, helfen Sie mir, sie wieder einzufangen!"

Sprach sie, ließ ihr Fahrrad auf dem Gehsteig liegen und hinkte ihren Papieren hinterher. Conor nahm ebenfalls die Verfolgung auf, und gemeinsam gelang es ihnen, jedes einzelne Blatt Papier zu retten. Einschließlich desjenigen, das in einem Ast am Flussufer hängen geblieben war. „Ich fürchte, dieses hier ist leicht eingerissen", bemerkte Conor, während er die Papiere an ihre Eigentümerin weiterreichte. „Aber zumindest kann man die Notizen darauf noch lesen."

„Glück gehabt! Sonst hätte ich Sie persönlich zu meinem Professor ins Seminar geschickt, um die Notizen noch einmal zu verfassen. Und der kann über so etwas mächtig zornig werden!" Die blauen Augen der jungen Frau blitzten, als wäre sie selbst besagter Professor.

„Oh! Wie gesagt, es tut mir schrecklich leid, dass ich Sie umgestoßen habe. Bitte verzeihen Sie!", betonte Conor erschrocken und hob das Fahrrad für sie auf.

Daraufhin brach die junge Frau in fröhliches Gelächter aus. „Wenn Sie jetzt Ihr Gesicht sehen könnten! Wie ein … ein Spatz, wenn es blitzt, oder wie man dazu sagt. Ich habe doch nur Spaß gemacht!"

„Oh", wiederholte sich Conor, nicht ganz sicher, ob er in ihr Lachen einstimmen oder beleidigt sein sollte, weil der Scherz auf seine Kosten gegangen war. Er entschied sich für Ersteres. Ihr Lachen war einfach zu ansteckend, das sommersprossige Gesicht unter dem windzerzausten rotblonden Haar zu spitzbübisch. Obwohl ihr starker Akzent auf etwas anderes schließen ließ, verkörperte sie das perfekte Klischee einer Irin.

„Da bin ich aber erleichtert!", grinste er zurück. „Ich habe meine Zeiten unter der gestrengen Rute eines Professors nämlich längst hinter mir. Dennoch: Wenn ich zur Entschädigung irgendetwas für Sie tun kann, lassen Sie es mich wissen."

„Nun, da wäre schon etwas …" Die Rotblonde streckte ihr linkes Bein aus: Ihre Strumpfhose war unter dem Rocksaum eingerissen, und ein paar Blutstropfen quollen aus einer großen Schramme. „Sie könnten mich und mein Fahrrad zu dem Café dort drüben bringen, damit ich die Wunde versorgen kann."

„Selbstverständlich!" Besorgt beugte Conor sich über die Wunde. „Sie sind also doch verletzt – weshalb haben Sie das nicht gleich gesagt? Kommen Sie, setzen Sie sich auf Ihr Rad und ich schiebe Sie hinüber."

Behutsam half er ihr auf den Sattel und schob das Fahrrad zu dem Büchercafé etwa hundert Meter die Straße hinab. Wie sich herausstellte, war die Polin Johanna Wolodin im „The Winding Stair" keine Unbekannte, da sie ihre (gebrauchten) Bücher stets hier erwarb. Die Angestellte half Conor nicht nur, die Wunde zu säubern und mit einem Heftpflaster zu versehen, sondern servierte Johanna und ihm überdies Tee und Scones auf Kosten des Hauses.

Sie verbrachten eine sehr vergnügliche Stunde an dem kleinen Tisch im Schaufenster des Ladens. Wie gebannt lauschte Conor dem Geplauder der lebhaften Polin und erfuhr dabei hundert Einzelheiten über ihr Studium der Anglistik und Amerikanistik, ihre Kommilitonen und Professoren und ihre große Familie. Am Ende dieser Stunde schob Conor das Fahrrad samt Johanna so weit in Richtung ihres Zuhauses, wie diese es zuließ, und bat sie zum Abschied um ihre Handynummer.

Als das Semester sich dem Ende zuneigte, waren die beiden ein Paar. Conor fuhr nach Dublin, sooft seine Arbeit dies zuließ, zeigte Johanna die größten Attraktionen seiner Heimat und ließ sich vor allem von ihrem übersprudelnden Temperament mitreißen. Als er schließlich seinen ganzen Mut zusammenraffte und ihr einen Heiratsantrag machte, nahm sie diesen mit Freuden an, und Conor durfte zum ersten Mal ihr Zuhause besuchen. Die polnische Großfamilie, bestehend aus Johannas Eltern, ihren vier Geschwistern sowie Schwagern und Schwägerinnen samt Kindern, lebte in einem heruntergekommenen Wohnviertel nahe den Docks. Es war ganz offensichtlich, dass Johanna sich dieser Tatsache schämte. Nichtsdestotrotz herrschte ein liebevolles

Miteinander in der Familie, und Conor wurde sofort in die Gemeinschaft mit einbezogen, allen voran von der siebenjährigen Joyce.

Sie war es auch, die schon bald begann, Hochzeitspläne für ihre Schwester zu schmieden. Fantasievolle Pläne von einer Hochzeit auf dem Schloss, als das sie sich Conors Zuhause vorstellte. Hochzeitspläne, aus denen niemals etwas werden sollte.

Denn von heute auf morgen erreichte Conor nur noch Johannas Mailbox, und als er gerade voller Sorgen seine Tasche packte, um nach Dublin zu fahren und persönlich nach ihr zu sehen, rief Joyce bei ihm an: Johanna hatte Irland verlassen. Sie war fort.

Die junge Polin hatte ein Stipendium für ein amerikanisches College erhalten, es angenommen und war dorthin aufgebrochen, ohne Joyce, ihre Eltern oder Conor in irgendeiner Weise darüber zu informieren; vermutlich aus der begründeten Furcht, er oder ihre Familie würde sie davon abhalten.

Joyce war so wütend auf ihre Schwester, wie eine Achtjährige nur sein konnte. Ihren ganzen Zorn und sämtlichen Schmerz entlud sie bei Conor, und wochenlang trauerten die beiden gemeinsam der Verlobten und Schwester nach.

Joyce' Trauer legte sich ein wenig, als ihre Schwester wieder Kontakt zur Familie aufnahm, doch Conors blieb. *Er* erhielt keine Nachrichten von Johanna, sodass ihre Verlobung niemals offiziell gelöst wurde. Nur von Joyce erfuhr er gelegentlich Neuigkeiten aus Johannas Leben, die auch nach Abschluss ihres Studiums nicht wieder nach Hause zurückgekehrt war.

Im Lauf der Zeit hatte sich Conors anfängliche Trauer in ein dumpfes Gefühl des Verlustes und Versagens verwandelt. Seine Gefühle waren nicht tief genug gewesen, um Johanna zum Bleiben zu bewegen, seine Liebe nicht stark genug.

Mittlerweile glaubte er allerdings, auch dieses Gefühl überwunden zu haben. Was bestehen geblieben war, war die herzliche Verbindung mit Joyce, seiner selbst ernannten kleinen Schwester.

Seit ein paar Monaten waren ihre Nachrichten jedoch immer seltener und knapper geworden, waren wochenlang sogar ganz ausgeblieben.

Vor allem aus diesem Grund hatte Conor sich am heutigen Tag nach Dublin aufgemacht: Er musste sich vergewissern, dass in Joyce' Leben alles seinen geregelten Gang ging. Dass es Johannas Familie gut ging. Was in Joyce' Fall definitiv *nicht* zutraf!

Nicht nur ihr Äußeres, auch ihre innere Einstellung war ein einziger Protestschrei. Protest gegen die christlich-konservative Einstellung ihrer Eltern und Schule, gegen ihre ärmliche Herkunft und die nach wie vor bescheidenen Lebensverhältnisse der Familie – und selbst gegen Conor.

Jedenfalls hatte sie ihn heute kaum an sich herangelassen, auf jede seiner Fragen nur eine knappe Antwort gegeben und versucht, ihn so rasch wie möglich abzufertigen. Am Ende war sie mit einem Jungen von dannen gezogen, der aussah wie ihr männliches Spiegelbild. Abgesehen davon, dass er zusätzlich zu seinen Piercings noch mehrere Tattoos hatte. Zurückgeblieben war Conor mit einem Gefühl absoluter Hilflosigkeit. Es schmerzte ihn, seine „kleine Schwester" so abdriften zu sehen und nichts dagegen unternehmen zu können. Doch es stand schlicht nicht in seiner Macht, ihre Lebensbedingungen zu ändern …

Mit einem tiefen Seufzer schob Conor die Reste seiner Mahlzeit beiseite. Vielleicht konnte er Joyce wenigstens für kurze Zeit aus dem Einflussbereich der Stadt und dieses Jungen holen, indem er sie während der Ferien zu sich einlud? Nichts anderes hatte doch Matty mit der jungen Frau aus Deutschland getan, die auch mit irgendwelchen Problemen zu kämpfen hatte und deren Haar den gleichen Karamellton besaß wie Irish Cream Fudge …

Lauter Vogelgesang weckte Natalie früh am nächsten Morgen. Auch zu Hause zwitscherten morgens die Vögel vor ihrem Fenster, aber dieses „Konzert" hier war um ein Vielfaches intensiver als das, was sie gewohnt war. Vor allem im Vergleich zu der Stille, die nachts geherrscht hatte: Keinerlei menschliche Stimmen oder quietschende Gartentore der Nachbarhäuser waren hier zu vernehmen, kein Motorengeräusch von der Straße her und nicht ein einziges brummendes Flugzeug am Himmel. Deshalb hatte sie wohl so tief und traumlos geschlafen wie seit Monaten nicht mehr.

Ein gedämpftes, gleichmäßiges Murmeln war der einzige Laut gewesen, den Natalie mit ein wenig Mühe hatte ausmachen können, als sie vor dem Zubettgehen die Balkontür des Gästezimmers geöffnet hatte. War dies der Klang der Flut, die die Felsen hinaufkletterte, wie Mattys Nachbar es ausgedrückt hatte? Aufgrund der Dunkelheit war das in der vergangenen Nacht leider nicht mehr auszumachen gewesen.

Umso eiliger hatte Natalie es nun, der Sache bei Tageslicht auf den Grund zu gehen. Noch im Pyjama streifte sie Kapuzenjacke und Schuhe über und trat hinaus auf den Balkon. Überrascht schnappte sie nach Luft. Vor ihr, quasi zu ihren Füßen und damit viel näher als erwartet, lag die Bucht von Kenmare: still und glatt wie ein Spiegel die Wasserfläche und dicht darüber die Wolken von dem gleichen rauchigen Blau; eingerahmt vom tiefen Grün der gegenüberliegenden Hügel und des Gartens vor Natalie. Für einen Augenblick stahl sich die Sonne durch die Wolken, und ein Regenbogen wölbte sich über den Himmel, küsste mitten in der Bucht mit einem intensiven Aufleuchten die Wasseroberfläche und war dann bereits wieder verschwunden.

Natalie schloss die Augen, überwältigt von der reinen, stillen Schönheit dieses Ortes. Von der Ruhe, die er atmete. Von dem Frieden, der sich hier und jetzt mit einer lange nicht mehr verspürten, angenehmen Wärme in ihr ausbreitete. Noch deutlicher als gestern in Mattys Umarmung hatte sie das Gefühl, angekommen zu sein. Zu Hause zu sein an einem Ort, den sie nie zuvor gesehen hatte und mit dem sie dennoch vollkommen eins und vertraut war.

Eine Gänsehaut kroch über ihren Rücken, als ihr klar wurde, dass sie nahezu das gleiche Gefühl schon einmal verspürt hatte, auch wenn es damals nur im Traum geschehen war. In jenem Traum in der Nacht vor Mamas Beerdigung: Natalie war durch einen wundervollen Garten gestreift und dabei dem Mann begegnet, der diesen geschaffen hatte. Gemeinsam mit ihm hatte sie unter einem Baum gesessen, und bei seinem Anblick, in der Freude seiner Gegenwart, hatte ihr Herz dasselbe Lied des Nachhausekommens gesungen wie in diesem Augenblick …

Natalie öffnete ihre Augen und ließ erneut den Blick schweifen. Begierig nahm sie diesmal jede Einzelheit in sich auf, von dem Baumstumpf in der Mitte von Mattys Garten über den in die Bucht hineinragenden Pier und das gegenüberliegende Inselchen bis hin zu den beiden Schwimmern zwischen Insel und Pier. *Schwimmer?* Natalie stutzte und sah genauer hin.

Bei den beiden unerschrockenen Gestalten im sicher eiskalten Atlantikwasser handelte es sich tatsächlich um Matty und ihren

Hund. Mit kräftigen Zügen kraulte sie auf den Steg zu, Captain Noah stets eine Nasenlänge voraus. Jetzt stieg der Neufundländer aus dem Wasser, kletterte die tangschwarzen Felsen hinauf und schüttelte sich nach Kräften. Dabei rutschten seine riesigen Pfoten ab, und er landete erneut im Wasser. Matty lachte laut auf, und unwillkürlich stimmte Natalie mit ein. Nicht nur beim Sprechen, auch beim Lachen klang Mattys Stimme tief wie die eines Mannes und unterstrich auf außergewöhnliche Weise ihre ansteckend fröhliche, energiegeladene Art.

Matty musste ihr Lachen vernommen haben. Noch ehe sie die Leiter zur gemauerten Anlegestelle erklomm, streckte sie die Arme aus dem Wasser und winkte Natalie zu.

„Guten Morgen, Nat, ich hoffe, du hast gut geschlafen! Bin gleich bei dir, und dann gibt's Frühstück."

„Kein Grund zur Eile, ich war noch nicht mal im Bad", rief *Nat* grinsend zurück. Es hatte am gestrigen Abend keine Stunde gedauert, bis *Matty* Mathilde auch für die Tochter ihrer Freundin Gitte ein passendes Namenskürzel gefunden hatte.

In ihrem schreiend bunten Neoprenanzug eilte Matty nun über die Straße und den Hang hinauf zum Haus, und bald darauf trafen sich die beiden Frauen am Frühstückstisch.

„Ich dachte, zur Feier deines ersten Tages hier mache ich dir ein echtes Irish Breakfast!" Mit diesen Worten belud Matty den Tisch mit mehreren Tellern und Platten. „Hier: Rührei mit Bacon, gebackene Bohnen, Würstchen, Tomaten, Pilze, Toast. Nur eines habe ich dir erspart: Black and White Pudding, denn beides finde ich selbst grässlich!"

Als sie Natalies skeptischen Blick bemerkte, fügte sie lachend hinzu: „Ich weiß, es ist ein bisschen viel auf einmal und nicht unbedingt alltagstauglich, früh am Morgen derart aufzukochen.

Deshalb sagte ich ja: zur Feier deines ersten Tages! Ab morgen darfst du dich gerne mit Toast und Marmelade oder Käse oder auch Müsli begnügen, wenn du magst."

„Na, in dem Fall will ich mein Bestes tun!" Unbefangen griff Natalie zu. Es war ihr selbst ein Rätsel, wie ungezwungen sie sich in Mattys Gesellschaft bereits geben konnte. Sicher hatte es bei der ersten gemeinsamen Mahlzeit gestern ein, zwei verlegene Gesprächspausen gegeben, aber doch wesentlich weniger als sonst für Natalie üblich. Und heute war der Umgang mit Matty bereits so selbstverständlich, als wäre Natalie selbst früher deren beste Freundin gewesen.

„Geht ihr beiden eigentlich jeden Morgen schwimmen?", erkundigte sich Natalie nach dem ersten Schluck Frühstückstee, der ihrem kaffeeverwöhnten Gaumen wesentlich besser mundete als erwartet.

„Nun, nicht gerade im tiefsten Winter, aber sobald die Luft etwa zehn Grad Celsius hat, ja. Jonathan ist das seit jeher gewohnt, und sobald wir verheiratet waren, schleppte er mich jeden Morgen mit. Anfangs eher gegen meinen Willen, aber es dauerte nicht lange, bis ich selbst Geschmack daran fand. Du kannst dir kaum vorstellen, wie unglaublich frisch und lebendig du dich nach der Bewegung im eisigen Wasser fühlst! Und heute sorgt allein schon der Captain dafür, dass wir unsere tägliche Runde schwimmen."

Captain Noah hob träge den Kopf, als er seinen Namen vernahm, doch gleich darauf verfiel er auf seinem dicken Polster in der Esszimmerecke wieder in den Halbschlaf.

„Ich würde Jonathan gern kennenlernen", gestand Natalie. „Vor allem nach dem, was du mir gestern über eure – also Mamas, Jons und deine – gemeinsame Geschichte erzählt hast."

„Aber gerne!“, strahlte Matty. „Sobald ich heute Nachmittag meinen Wagen aus der Werkstatt zurückbekommen habe, fahren wir zu ihm. Er ist nach dem Schlaganfall zwar noch längst nicht wieder der Alte, aber auf deinen Besuch freut er sich schon seit Tagen. Und bis dahin nutzen wir die Zeit für eine eingehende Besichtigung von Killeen. Du willst sicherlich mit eigenen Augen sehen, wo deine Mutter und ich einst die glücklichsten Ferien unseres Lebens verbrachten.“

„Ja, das möchte ich tatsächlich. Ich wünschte nur, Mama hätte mir selbst davon erzählt.“

„Das verstehe ich. Aber manche Menschen neigen dazu, ihre kostbarsten Erinnerungen für sich zu behalten wie einen Schatz, den man nicht teilen kann, und genau so war deine Mutter – früher jedenfalls. Nun holen wir beide das eben miteinander nach, was denkst du?!“

Ohne eine Antwort abzuwarten, wechselte Matty das Thema: „Es macht dir doch nichts aus, dir alles bei Regen anzusehen? Falls wir nämlich warten, bis du Killeen bei durchgehendem Sonnenschein erkunden kannst, könnte dein Urlaub vorüber sein, ehe wir die Gelegenheit dazu finden.“

„Natürlich nicht“, lächelte Natalie. Immerhin wartete Esthers Schirm noch auf seinen ersten Einsatz. Und dazu würde er gleich kommen, wie ihr ein Blick aus dem Fenster bestätigte.

Eine halbe Stunde später standen sie vor Killeen Manor, der ersten Station von Mattys Besichtigungstour. Das alte Herrenhaus war bestens instand gehalten – fast noch besser, als Natalie es von dem Foto ihrer Mutter her in Erinnerung hatte.

„Das ist Jonathans Elternhaus und damit der Ort, wo deine Mutter und ich während der Sprachferien wohnten. Ich würde es dir liebend gerne von innen zeigen, doch das ist heute leider nicht möglich. Auf jeden Fall waren wir beide damals mächtig beeindruckt von den prächtigen, feudal ausgestatteten Räumen. Obwohl – oder gerade weil – die Einrichtung schon damals ziemlich abgenutzt und ‚von gestern' war, fühlten wir uns wie zwei Ladys aus einem Jane-Austen-Roman. Heute, unter dem neuen Eigentümer, ist das Haus allerdings wesentlich besser in Schuss!"

„Haben Jonathans Eltern es denn verkauft?"

„Das mussten sie, ja. Die Sprachschule war in finanzieller Hinsicht ein einziges Desaster, und ohne nennenswertes Einkommen konnte die Familie das Haus einfach nicht so instand halten, wie es das verdient hätte."

„Wie schade!"

„Allerdings." Mattys Züge verzogen sich schmerzlich. „Ich kann dir sagen, wir alle haben dem alten Kasten ordentlich nachgetrauert. Aber letztendlich war es besser so, als sich ein Leben lang nur für die Instandhaltung eines Hauses abzumühen. Der Amerikaner dagegen, der es sich heute als Feriendomizil hält, kann sich das alles problemlos leisten und", nun lächelte Matty bereits wieder, „dank seiner fairen Bezahlung konnten wir neben Holly Cottage auch einen guten Teil des Grundstücks behalten, wie du gleich sehen wirst. Komm hier entlang durch den Garten!"

Mit großen Schritten steuerte Matty auf den Weg zu, der von der imposanten, rund um einen Springbrunnen angelegten Hauszufahrt zu besagtem „Garten" führte – den Natalie eher als Park bezeichnet hätte. Tatsächlich war er auch für die Öffentlichkeit zugänglich.

Direkt hinter der Terrasse des Hauses lag ein Rosengarten: schwellende Knospen, ein von Rosenranken bewachsener

Pavillon und etliche moosbegrünte Statuetten ließen schon jetzt erahnen, was für einen berauschenden Anblick er zur Blütezeit bieten würde.

„Wunderschön!", seufzte Natalie bewundernd.

Matty registrierte es erfreut: „Nicht wahr? Dabei ist der heutige Garten nur ein Bruchteil dessen, was Killeens Gärten in früheren Zeiten ausmachte. Noch zwei Generationen vor Jonathan gab es hier ein riesiges ummauertes Areal voll südländischer Pflanzen, einen Felsengarten, einen Wassergarten einschließlich Wasserfall und eine ‚Stumpery', also einen Garten mit Baumstammskulpturen. Ganze Scharen von Gärtnern waren damals beschäftigt, um ihren Herrschaften einen wahrhaft spektakulären Anblick zu bieten."

„Das glaube ich sofort! Und ehrlich gesagt finde ich es auch heute noch beeindruckend genug. Allein dieser Baumriese dort mitten auf dem Rasen!" Mit ausgestrecktem Arm wies Natalie auf die angrenzende Rasenfläche. Ihren Schirm hatte sie trotz des Nieselregens längst in der Tasche verstaut, um freie Sicht zu haben, und sie spürte kaum noch, wie der Regen in ihren Kragen rann.

Im Zentrum der Rasenfläche breitete ein ausladender Nadelbaum seine Zweige wie einen schützenden Schirm über das Gras. Natalie stellte sich vor, wie nicht nur Unmengen von Vögeln, sondern auch Generationen von Kindern sich ein gemütliches, verborgenes Nest zwischen den Zweigen gebaut hatten.

„Ist das eine Zeder?"

„Richtig. Atlas-Zeder nennt man sie auf Deutsch, soviel ich weiß. Sie ist mehr als hundert Jahre alt und ursprünglich kein heimisches Gewächs", bestätigte Matty. „Wahrscheinlich hat einer von Jonathans Vorfahren sie von einer Reise mitgebracht und hier angepflanzt. Auch die Gewächshäuser dort am Ende der Wiese gibt es seit etwa einhundertzwanzig Jahren."

„Kaum zu glauben! Woher stammt denn dieser blaue Schimmer hinter den Glasscheiben?"

„Vermutlich von den Hortensien, die sie dort drinnen ziehen. Ich kenne mich nicht wirklich gut mit Pflanzen aus, musst du wissen, aber eines kann ich dir versichern: Nirgendwo auf der Welt blühen die Hortensien in einem so intensiven Blau wie in Irland. Sogar in dem Urwald, zu dem mein Cottage-Garten im Lauf der Jahre geworden ist, wachsen etliche davon. Wenn ich auch nicht sagen kann, wo genau …"

„Wirklich?" Der Gedanke an ein leuchtend blaues Blütenmeer in Mattys Garten mit der stillen Bucht und den grünen Hügeln im Hintergrund ließ Natalies Herz ein wenig rascher schlagen.

Nachdem sie die Rasenfläche samt den Gewächshäusern hinter sich gelassen hatten, säumten auf beiden Seiten hohe Bäume ihren Weg. Noch nie hatte Natalie (in natura!) Rhododendren gesehen, die sich zu regelrechten Bäumen ausgewachsen hatten. Daneben streckten sich Baumwurzeln und sattgrüne Farne wie die Tentakel eines Tintenfischs in alle Richtungen, und ein paar Hanfpalmen kämpften sich durch das Dickicht.

„Hiermit hätten wir die Grenze von Killeen Manor erreicht", erläuterte Matty. „Alles, was jenseits dieses Dickichts liegt, gehört nach wie vor uns Callaghans. Hier links geht es zur Kapelle und den Hang hinunter, an Holly Cottage vorbei, direkt zur Bucht und zum Boathouse. Was möchtest du zuerst sehen?"

„Die Bucht!", erklärte Natalie, ohne zu überlegen. „So sehenswert sich eine eigene Familienkapelle auch anhört: Ich war schon seit Jahren nicht mehr am Meer, und jetzt, da ich es bereits riechen und hören kann, möchte ich endlich auch mal meine Füße ins Wasser tauchen."

Laut auflachend schlug Matty ihr auf die Schulter. „Du bist eine Frau nach meinem Herzen! Und nach Captain Noahs natürlich, nicht, Captain? Vielleicht können wir die Dame sogar noch dazu überreden, mit uns schwimmen zu gehen?! Also, auf zum Boathouse!"

Auf ihr Kommando hin setzte sich der Neufundländer, der bislang geduldig an Mattys Seite getrottet war, schwanzwedelnd an die Spitze der Gruppe, und Matty und Natalie beeilten sich, ihm zu folgen.

„Aber sei nicht enttäuscht, Nat", warnte Matty. „Einen Sandstrand oder die Wogen des offenen Atlantiks können wir dir nicht bieten, lediglich –"

„Lediglich eine charmante kleine Bucht, deren Anblick mich schon heute Morgen vom Balkon aus vollkommen verzaubert hat!", beendete Natalie liebevoll.

„Genau das wollte ich damit ausdrücken!" Matty zwinkerte. „Aber noch schöner ist es natürlich, es aus deinem Mund zu hören. Pass auf, hier am Hang kann es bisweilen sehr rutschig sein. Hak dich am besten bei mir unter!"

Arm in Arm gelangten Natalie und Matty schließlich zur Rückseite des alten Bootshauses, wo der Waldweg endete.

Kapitel 6

Aber dann kommt der Morgen, der beim Erwachen
einen vagen Duft durch das Fenster hereinwehen lässt,
etwas wie Erde als Luft, ein Geruch,
der aus den tiefsten Tiefen unseres Planeten aufzusteigen
scheint.
Arthur Miller

Dichtes Gebüsch wucherte bis an die rückwärtige Mauer des Boathouse, die beiden Fenster waren teilweise zugewachsen. Die Natursteine, aus denen das Gebäude errichtet worden war, waren feucht und moosig und begannen an der einen oder anderen Stelle bereits herauszubröckeln.

Rasch schritt Matty um das Gebäude herum zur Vorderseite. Hier, wo Licht und Luft an die Mauern kamen, wirkte alles ein wenig fröhlicher. Dennoch bemerkte Matty etliche Kratzer und Sprünge sowie einen Steinschlag in den Scheiben der zum Wasser gelegenen Fensterfront. Und kam es ihr nur so vor oder waren die Balken, die die breite Sonnenterrasse über dem felsigen Ufer trugen, in letzter Zeit deutlich morscher geworden? Noch heute Morgen, als sie vom Schwimmen gekommen war, hatte sie nichts davon wahrgenommen.

Innerlich seufzte Matty auf. Offenbar musste sie alles erst mit Natalies Augen – denen einer Besucherin – sehen, um festzustellen, wie heruntergekommen das gute alte Boathouse war. Wie dringend es eine Sanierung nötig hatte, die Matty und Jonathan sich absolut nicht leisten konnten! Schon zu der Zeit, als Jonathan noch gesund gewesen und seiner Arbeit nachgegangen war, hatten sie sich keine großen Sprünge leisten können, und heute, mit den immensen Pflegekosten, war es vollkommen undenkbar, Tausende von Euros in eine Renovierung zu stecken. Ganz gleich, ob es um das Boathouse ging oder um die Kapelle oben am Hang.

Nur mühsam besann Matty sich wieder ihrer Rolle als Gastgeberin. „Das ist es also – unser Boathouse!“, wandte sie sich betont fröhlich an Nat. „Nicht mehr das Jüngste und auch nicht unbedingt das Schönste, aber dennoch innig geliebt.“

„Es –“, Natalie zögerte nur einen winzigen Moment, „hat einen einmaligen Charakter! Eigentlich habe ich mir unter ‚Boathouse‘ einen Holzschuppen auf einer Plattform über dem Wasser vorgestellt, in dem die Boote geparkt werden – also eine Art Garage –, aber dies hier ist so viel mehr als das! Hier auf der Terrasse zu sitzen, sich den Wind um die Nase wehen zu lassen und den Ausblick zu genießen, muss traumhaft sein. Ganz zu schweigen davon, dass man schon mit wenigen Schritten im Wasser ist.“

Noch während sie sprach, nahm Natalie Kurs auf den Pier, der direkt unterhalb der Sonnenterrasse weit ins Wasser hineinragte. An seiner Spitze angelangt, hockte sie sich auf den Boden und entledigte sich ohne weitere Umstände ihrer Schuhe und Socken.

Jetzt, da die Flut fast ihren Höhepunkt erreicht hatte, waren die mit Seegras überzogenen Felsen am Rand der Bucht vollständig mit Wasser bedeckt, und vom Pier aus konnte man problemlos mit den Füßen darin plätschern.

„Du hast doch nichts dagegen, oder?", vergewisserte Natalie sich bei Matty. Diese schüttelte nur grinsend den Kopf.

Als ihre nackten Fußsohlen das Wasser berührten, zuckte Nat erschrocken zusammen. „Es ist tatsächlich noch kälter, als ich dachte", bemerkte sie und tauchte im nächsten Augenblick dennoch mit beiden Füßen vollständig ein.

Ein vergnügtes Lächeln legte sich auf ihr Gesicht, während sie ihre Füße zunächst zaghaft und dann immer kräftiger in den Fluten schwenkte.

Matty beobachtete sie amüsiert und fasziniert zugleich. „Es ist einfach unglaublich, wie sehr du gerade deiner Mutter ähnelst!", ließ sie ihre Gedanken laut werden. „So still und zurückhaltend sie oft auch war: Auf das Wasser reagierte sie in der gleichen Weise wie du. Du lächelst sogar genauso schreckensverzückt wie sie, wenn ihre Füße ins Wasser tauchten."

„Schreckensverzückt?", echote Natalie.

„Genau so lautete damals unsere Wortschöpfung." Matty ging neben Nat in die Hocke. „Stundenlang saßen wir in diesen beiden Wochen hier, so wie du jetzt, ließen die Beine ins Wasser baumeln und schwatzten. Jon lachte deswegen oft über uns oder köpfte direkt neben uns ins Wasser, sodass wir pitschenass wurden. Und manchmal, wenn die Sonne herauskam, ließen wir uns sogar dazu überreden, mit ihm schwimmen zu gehen. Wir schwammen hinüber nach Fairy Island, das ist die kleine Insel dort, oder einfach hinaus in die Bucht zum Floß …"

Die Erinnerung daran, wie anders der Alltag in Killeen damals ausgesehen hatte, ließ Matty verstummen. Die Bucht war voller Leben gewesen: Killeen Manor war bevölkert von jugendlichen

Sprachschülern und ihren Lehrern; am Pier lag ein großes Ausflugsboot; im Wasser tummelten sich Schwimmer und Kanufahrer neben dem Floß und einer Wasserrutsche; im Boathouse – im Vergleich zum heutigen Zustand damals fast neuwertig – wurden Tee, Kuchen und Eis verkauft. Lediglich ganz früh am Morgen hatte diese beschauliche Ruhe geherrscht, die mittlerweile den ganzen Tag über anhielt und Matty hin und wieder zur Verzweiflung brachte. Wenn es nur irgendeine Möglichkeit gäbe, ihrer Bucht wieder Leben einzuhauchen – und im besten Fall dabei auch noch Geld in die Kasse zu bekommen! Da das eine jedoch das andere voraussetzte, standen die Chancen denkbar schlecht.

„Nun ja, das ist lange vorbei", gestand sie sich endlich laut ein. „Und umso schöner ist es, jetzt *dich* hier bei mir zu haben. Wenn ich mir auch ein wenig Gedanken mache, dass du dir eine Erkältung holst, wenn du noch länger in deinen durchnässten Jeans auf dem Pier hockst."

„Natürlich, du hast recht. Vor lauter Begeisterung habe ich gar nicht darauf geachtet." Leicht schuldbewusst rappelte Nat sich hoch und zwängte ihre Füße – nass, wie sie waren – in die von Matty geliehenen Gummistiefel.

„Es wird ohnehin allmählich Zeit, dass wir zum Cottage zurückgehen", bemerkte Matty. „Dann kannst du dich umziehen, und ich rufe bei Bob in der Werkstatt an. Die Kapelle zeige ich dir dann ein anderes Mal."

„In Ordnung." Natalie nickte.

Kurz darauf hatten sie Pier und Boathouse hinter sich gelassen. Was sich leider nicht so problemlos zurücklassen ließ, waren Mattys deprimierende Gedanken. Als dunkler Schatten folgte ihr das Bild der bröckelnden Boathouse-Mauer durch den Garten bis zum Cottage hinauf.

Als sie mit der Autowerkstatt telefonierte, stand der morsche Pfeiler der Sonnenterrasse wie ein Mahnmal vor ihrem inneren Auge. Auch die Nachrichten aus der Werkstatt waren nicht dazu gemacht, sie aufzumuntern: Ihr Volvo brauchte mehr als nur eine neue Batterie. Die Zündung funktionierte nicht mehr, und es würde über eine Woche dauern, bis die entsprechenden und ausgesprochen teuren Ersatzteile eintrafen.

Matty lehnte den Kopf gegen den Küchenschrank und schloss die Augen. Weshalb musste dieser Ausfall ausgerechnet jetzt eintreten, da Natalie hier war und sie mit dieser herumreisen wollte, um ihr die Einmaligkeit ihrer Wahlheimat zu zeigen? Als Erstes hatte Matty ihr mit den Cliffs of Moher die spektakulärsten Klippen des Landes zeigen wollen, dann die Nationalparks von Killarney und den Wicklow-Mountains, den geschichtsträchtigen Rock of Cashel … Die herrlichsten Pläne hatte Matty geschmiedet, seit Natalie ihren Besuch angekündigt hatte, und nun stand all das plötzlich infrage.

Matty hörte erst wieder zu, als Bob ihr versicherte: „Aber Sie haben Glück, Matty: Ich kann Ihnen einen Leihwagen anbieten. Ist zwar eigentlich mein eigener alter Wagen, aber der ist noch gut in Schuss. Für kurze Fahrten über Land zumindest. Gleich heute nach der Mittagspause bringt mein Lehrling ihn vorbei."

„Das ist sehr nett von Ihnen, Bob, danke. Dann bis später."

Matty legte das Telefon beiseite. Was auch immer Bobs Einschränkung „für kurze Fahrten über Land zumindest" bedeuten mochte – sie hatten einen Wagen, um später zu Jon zu fahren und das benachbarte Kenmare zu besichtigen. Das war doch immerhin *ein* Grund zur Dankbarkeit! Und so glücklich und entspannt, wie Nat vorhin in der Bucht schon gewesen war, konnten die geplanten Ausflüge vielleicht auch ein paar Tage warten.

Hatten sie nicht die Schönheiten des Landes unmittelbar vor der Haustür?

Halbwegs getröstet wandte sich Matty den Vorbereitungen fürs Mittagessen zu.

Wie sich herausstellte, war Bobs „Leihwagen“ ein altersschwacher Renault-Kastenwagen, der den Hang hinauf zu Holly Cottage nur mit Mühe bewältigte und sich zudem äußerst widerwillig in den vierten Gang schalten ließ. Den Großteil der Strecke zum Pflegeheim legten Matty und Natalie daher im dritten Gang mit entsprechend dröhnendem Motor zurück.

„Kein Wunder, dass Bob mir nichts für dieses Vehikel berechnen wollte. Eher müsste er mich dafür bezahlen, dass ich das alte Monstrum mal wieder bewege!“, übertönte Matty das Röhren der Maschine und drückte das Gaspedal kurz vor einer Kurve temperamentvoll durch.

Natalie malte sich lieber nicht aus, was geschehen wäre, wenn ihnen in dem Moment, als sie sich auf der verkehrten Seite der Fahrbahn befanden, ein Wagen entgegengekommen wäre. Nun verstand sie auch, was Matty am Vortag gemeint hatte, als sie ihr schrieb, dass Conor sie auf dem Weg nach Killeen weniger „durchrütteln“ würde: Gegen Matty fasste der Mann seinen Wagen in der Tat mit Samthandschuhen an!

Der Besuch bei Jonathan war dennoch ein voller Erfolg. Als Fachkraft befand sich Natalie im Pflegeheim auf vertrautem Terrain, und da sie Jon nicht in gesundem Zustand gekannt hatte, gab es aufgrund seines Anblicks auch keinen Moment der

Verlegenheit. Vollkommen unbefangen reichte sie ihm die Hand zur Begrüßung, und ebenso selbstverständlich kommunizierte sie mit ihm „von Mund zu Tablet". Die beiden verstanden sich auf Anhieb so gut, wie Jon sich einst mit Gitte verstanden hatte.

„Du machst mich wieder jung, Natalie", tippte Jon. *„Es ist, als würde Gitte vor mir stehen, so wie sie in deinem Alter gewesen sein muss."*

„Danke! Ein schöneres Kompliment könntest du mir nicht machen", entgegnete Natalie strahlend, und Jons Mundwinkel hoben sich deutlich an.

„Nur zu, ihr beiden, macht mich ruhig eifersüchtig!", scherzte Matty. „Ich kann auch allein hinunter in den Park gehen, damit ihr euch hier drinnen in Ruhe unterhalten könnt."

„Sei nicht albern", schrieb Jon. *„Ich begnüge mich doch nicht mit der Gesellschaft* einer *hübschen jungen Frau, wenn ich auch die von zweien genießen kann."*

„Alter Charmeur!" Liebevoll tätschelte Matty seinen gesunden Arm, ehe die drei sich auf den Weg nach draußen machten, um die Regenpause für einen Spaziergang zu nutzen.

Bei der Erinnerung daran lächelte Matty noch immer, als sie am folgenden Morgen ihren Garten betrat. Natalie hatte sich nach dem Frühstück kurz in ihr Zimmer zurückgezogen, um mit ihrem Vater zu telefonieren, und Matty nutzte die Gelegenheit, um sich im Garten zu betätigen. Das war längst überfällig, wie ihr gestern klar geworden war.

Nicht nur das Boathouse zeigte deutliche Spuren von Verfall, auch ihre Kapelle, ihre Bucht, ihr Garten – alles war in den vergangenen Jahren vernachlässigt worden. Und zwar nicht ausschließlich aus finanziellen Gründen oder Zeitmangel, sondern einfach weil es im Grunde keine Verwendung mehr besaß.

Niemand außer ihr selbst – und bis vor Kurzem Jon – nutzte das Boathouse und den Pier, niemand außer ihr kam in die Kapelle, um dort zu beten, oder erfreute sich an einem gepflegten Garten.

Am Verfall der Gebäude konnte sie momentan nichts ändern, denn solange keine finanziellen Mittel vorhanden waren, war an eine Sanierung nicht zu denken – und dementsprechend auch nicht daran, die Gebäude anderweitig zu nutzen. Selbst wenn sie tatsächlich eine Vorstellung davon gehabt hätte, wozu. Gegen die Vernachlässigung des Grundstücks an sich konnte sie dagegen sehr wohl etwas unternehmen, auch ohne große Ausgaben.

Und genau das tat Matty nun. Jede noch so kleine Verschönerung ihres Gartens war besser, als Trübsal zu blasen und den Dingen einfach ihren Lauf zu lassen. Sie hatte Jon oft genug bei der Gartenarbeit geholfen, um die gröbsten Grundlagen zu kennen, und außerdem war dies eine sinnvollere Betätigung als manche ihrer gescheiterten Ablenkungsversuche in der Vergangenheit. Gestern hatte selbst die gutherzige Mrs Donovan eine andere Decke benutzt als die von Matty gefertigte!

Voller Eifer öffnete Matty die Tür ihres Geräteschuppens und musterte das Gartenwerkzeug. Womit hatte Jon im Frühling immer begonnen? War es das Rasenmähen gewesen? Zumindest stand der Rasenmäher zuvorderst im Schuppen. Dafür war der Boden heute jedoch viel zu feucht. Schließlich entschied Matty sich, zunächst einmal den winterlich welken, teilweise abgestorbenen Pflanzen zu Leibe zu rücken.

Sie war eben dabei, den zweiten Busch zu beschneiden, als sie Nats Schritte hinter sich hörte. „Schon fertig telefoniert?“, fragte sie ein wenig überrascht.

„Ja. Mein Vater hatte leider nicht viel Zeit, er hat nachher einen Termin. Jedenfalls lässt er dich unbekannterweise grüßen.“

„Danke, wie nett von ihm! Sieh mal, ich habe einen der Hortensienbüsche gefunden, von denen wir gestern sprachen." Sie hielt Nat die Reste einer großen, dürren Blütendolde entgegen. „Das ist – nein, *war einmal* – eine blaue Hortensienblüte. Wenn ich mich nicht irre, denn eigentlich ist Jon der Pflanzenkenner in unserer Familie."

Natalie nahm die Blüte entgegen. So welk die Blütendolde auch war, klammerten sich die winzigen, einst blauen Blütenblätter doch fest an den Stängel. Plötzlich dachte sie an das Lilienblatt aus dem Grabgesteck ihrer Mutter, das sie noch immer in ihrem Kalender aufbewahrte, und daran, wie die erfrorenen Lilienblätter damals auf dem Grab verteilt gewesen waren. Auch der Duft der feuchten, moosigen Erde hier im Garten erinnerte sie an den Geruch, der anfangs von dem frisch zugeschaufelten Grab ausgegangen war. Und nun stand sie anstelle ihrer Mutter im Garten von deren Jugendfreundin und spürte zum ersten Mal die kleinen braunen Blütenreste der Hoffnung, die sich trotz aller Trauer hartnäckig an den Stängel klammerten und des kommenden neuen Lebens harrten.

„Also, was möchtest du heute gern unternehmen, Nat?", riss Mattys Frage sie aus ihren Gedanken. „Möchtest du noch einmal nach Kenmare fahren, nachdem wir dort gestern Abend nur noch so wenig Zeit hatten, oder lieber erst hinauf zur Kapelle gehen?"

„Ehrlich gesagt", erklärte Natalie zögernd, da sich diese Idee eben erst in ihr festsetzte, „würde ich am liebsten einfach hierbleiben und mit dir im Garten arbeiten. Ich … Es ist so still und friedlich in Holly Cottage, und das würde ich gerne einfach nur genießen."

„Indem du im Garten arbeitest?"

„Genau das", bestätigte Natalie. „Ich stelle es mir einfach atemberaubend vor, wenn dein Garten voller Blüten ist, mit der Bucht und den Hügeln im Hintergrund, und es würde mich freuen, wenn ich irgendwie dazu beitragen könnte."

„Na gut." Matty nickte. „Wenn es dir Freude macht, dann freue ich mich mit dir! Schnapp dir im Hausflur rasch die Gummistiefel, die du gestern schon getragen hast, und dann arbeiten wir gemeinsam weiter."

Natalie tat, wie ihr geheißen. Kurz darauf hielt auch sie eine Schere in der Hand und schnitt nach Mattys Anweisung eine Staudenpflanze zurück. Über ihnen kämpfte sich die Sonne durch die Wolken und wärmte ihnen den Rücken, und unterhalb des Gartens schmatzte leise glucksend das Wasser gegen die Felsen. Immer wieder legte Natalie kurze Pausen ein und bewunderte das im Sonnenschein blaugrün schimmernde Wasser der Bucht, während Matty sie mit zahllosen Episoden aus ihrer und Gittes Jugend unterhielt.

Auch Captain Noah genoss den Vormittag: Er suchte sich im Gras ein weiches, sonniges Plätzchen, rollte sich darauf zusammen und schloss mit einem höchst zufriedenen Seufzer die Augen. Beinahe hätte Natalie in sein Seufzen mit eingestimmt. Trotz der körperlich anstrengenden Arbeit rekelten sich all ihre Sinne wohlig-entspannt in der Sonne …

Ehe Natalie sich versah, entschied Matty, dass es Zeit für sie war, ins Haus zu gehen und einen Lunch vorzubereiten. Nat wollte ihr in einigen Minuten folgen. Mittlerweile waren sie bei den

Büschen an der unteren Gartengrenze angelangt. Zwischen den knospenden Fuchsien und einem grünen Busch, der über die Mauer hinweg auf die Straße ragte, wucherten zahllose Brombeerpflanzen. Prompt verhedderte Natalie sich mit ihrem Ärmel in einer der stachligen Beerenranken, die sie eigentlich mit der Schere entfernen wollte.

Während sie über die Mauer gebeugt versuchte, sich ohne größeren Schaden wieder von der Ranke zu befreien, näherte sich ein Wagen. Er machte am Straßenrand Halt, und der Fahrer streckte seinen Kopf aus dem geöffneten Fenster.

„Hallo, Miss Breuer! Kann ich Ihnen helfen?"

Beim Klang der bekannten Stimme blickte Natalie auf. *Conor McGarvey.* Wahrscheinlich war er auf dem Weg zu seinem Haus, das Matty ihr gestern gezeigt hatte.

„How're you, Mr McGarvey?", grüßte Natalie. „Danke, nein, ich komme schon klar." Mit einer letzten behutsamen Drehung entwand sie den Brombeerranken ihren Arm und stellte fest, dass die Stacheln mindestens drei Löcher in ihrem geblümten Shirt hinterlassen hatten.

„Ziemlich stachlig, diese Ranken, nicht? Dafür lassen sich ihre Früchte zu extrem leckerer Marmelade verarbeiten", gab Conor zum Besten.

„Das kann ich mir vorstellen!" Verlegen zupfte Natalie an ihrem Shirt, in dem vergeblichen Versuch, die Löcher vor ihm zu verbergen.

„Und, wie gefällt Ihnen Killeen? Haben Sie sich schon etwas eingelebt?", erkundigte sich Conor leutselig. Dabei kannte er sich selbst kaum wieder: Außerhalb der Arbeit lag ihm eigentlich nichts ferner, als Small Talk zu betreiben, zumal mit einer Fremden. Aber Mattys Gast hatte etwas so kindlich-unschuldig

Melancholisches an sich, dass er sich unwillkürlich von ihr angezogen fühlte. Abgesehen von den Löchern in ihrem Ärmel zog sich ein Streifen Erde über ihre rechte Wange, und in ihrem Haar mit der faszinierenden Farbe hingen trockene Blätter. Sollte er sie darauf hinweisen?

Conor entschied sich dagegen, während Natalie antwortete: „Das habe ich, ja. Dieser Ort lässt einem aber auch gar keine andere Wahl, als ihn zu lieben, finden Sie nicht? Und für Matty gilt das Gleiche."

„Da gebe ich Ihnen vollkommen recht: Matty muss man einfach mögen!" Conor stieg aus seinem Wagen und gesellte sich zu Natalie. „Allerdings bin ich bisher noch niemandem begegnet, der ihr zuliebe hier in den Brombeeren hing", grinste er.

„Nun ja, eigentlich war ich auch dabei, die Büsche zu beschneiden." Natalie griff hastig nach der Gartenschere, die sie während der Befreiungsaktion neben sich abgelegt hatte. Hatte Mattys Nachbar auch unbedingt in dem Moment hier vorbeifahren müssen, als sie eine so unglückliche Figur machte?! Wie peinlich – auch wenn sie nicht recht wusste, warum es sie überhaupt kümmerte, was er über sie dachte.

„Eine gute Idee! Der Garten benötigt dringend ein wenig Aufmerksamkeit."

„Mag sein, aber für Matty gibt es im Moment wichtigere Dinge!", verteidigte Natalie ihre Gastgeberin. „Sie verbringt den größten Teil ihrer Zeit bei ihrem Mann." Sie kappte die verhängnisvolle Brombeerranke und griff als Nächstes nach einem Zweig des Busches, der über die Mauer hinweg in die Fahrbahn ragte.

„Natürlich, ich weiß. Das sollte auch lediglich eine Feststellung sein, kein Vorwurf. Was übrigens auch für meine Anmerkung gilt, dass die Rosenschere in Ihrer Hand nur bedingt dazu geeignet ist, mit dieser Stechpalme hier fertigzuwerden!" Conor nahm eines der fleischigen grünen Blätter an dem Zweig, der sich trotz Natalies Anstrengung nicht vom Busch abtrennen ließ, zwischen die Finger.

„Ach, eine Stechpalme ist das?" Natalie gab sich Mühe, nicht auf seine langen schmalen Finger zu starren, die doch so kräftig zupackten. „Ich dachte, alle Stechpalmen hier wären regelrechte Bäume, so wie der oben am Cottage. Und bis jetzt hat diese Schere auch bestens funktioniert. Allerdings muss ich zugeben, dass die Pflanzen oben im Garten deutlich nachgiebiger waren als dieser Busch hier."

„Eben! Ich bin sicher, Matty hat unter ihrem Gartenwerkzeug auch eine richtige Astschere. Sie brauchen Sie nur danach zu fragen. Oder noch besser: Ich hole Ihnen die Schere gleich selbst!"

Ohne weitere Umstände kletterte Conor über die niedrige Mauer – wobei er die Brombeeren nur ganz leicht streifte – und nahm Kurs auf den Werkzeugschuppen oben am Hang.

„Lassen Sie Ihr Auto denn einfach offen auf der Straße stehen?", rief Natalie ihm nach.

„Sicher, ich bin doch in ein paar Minuten zurück. Kommen Sie nun mit oder nicht?"

Achselzuckend folgte Natalie Mattys Nachbarn. Er würde schon wissen, was er tat.

„Übrigens stört es hier in Killeen niemanden, wenn die Zweige des Holly ein wenig in die Straße ragen, Miss Breuer. In der Vergangenheit genossen Büsche beziehungsweise Bäume dieser Gattung nämlich hohes Ansehen: Man baute Pferdewagen und Speere aus ihrem Holz, und ihr Laub diente als Viehfutter. Es gab sogar Strafen für das Absägen. Ein einziger Ast kostete den Missetäter eine ausgewachsene Kuh!"

„Sie scherzen!" Natalie hatte den hilfsbereiten Nachbarn inzwischen eingeholt und stieg an seiner Seite den Hang hinauf. „Gerade im englischsprachigen Raum sind Stechpalmenzweige doch ein beliebter Weihnachtsschmuck. Wie konnte es da Strafen fürs Abschneiden geben?"

„Richtig. Jüngere Zweige zu Dekorationszwecken abzuschneiden, war wohl schon immer erlaubt. Seit jeher verkörpern das immergrüne Laub und die roten Beeren, die gerade zur dunklen Winterzeit erscheinen, Hoffnung und Liebe, und wir Christen verbinden sie mit Leben und dem Blut Jesu."

„Das wusste ich nicht." Natalie lächelte. „In dem Fall sollte ich möglicherweise besser meine Finger von dem Busch lassen, ob nun mit oder ohne Astschere!"

„Das bleibt ganz Ihnen überlassen – und Matty natürlich."

Conor machte vor der geöffneten Schuppentür Halt. „Hier ist jedenfalls die Astschere."

Über Natalies Kopf hinweg griff er nach einer Schere mit langen Bügeln, die knapp unter der Decke der Schuppenwand hing. Prüfend strich er mit dem Daumen über die Klingen. „Sie sind zwar nicht mehr allzu scharf, dennoch sollte die Schere Ihnen die Arbeit ein wenig erleichtern."

„Ach, du bist es, Conor!", unterbrach Matty von der Schuppentür her. „Ich dachte doch, ich hätte eine Männerstimme im Garten gehört."

„Richtig. Du hast sicher nichts dagegen, wenn ich Miss Breuer deine Astschere gebe, Matty? Sie versuchte nämlich vergeblich, die Stechpalme unten an der Straße mit der Rosenschere zu beschneiden, als ich gerade vorbeikam."

„Aber natürlich nicht, Conor!" Erfreut blickte Matty von ihrem Nachbarn zu Nat. Offenbar war das Gefühl, das sie am

Abend von Natalies Ankunft gehabt hatte, nicht ganz verkehrt gewesen und die beiden kamen tatsächlich gut miteinander aus. „Du bist mir doch immer willkommen! Möchtest du vielleicht auch mit uns essen, wenn du schon mal da bist – oder musst du sofort zurück an die Arbeit?"

„Leider nein und ja – ich genehmige mir gerade nur eine kurze Mittagspause. Aber danke für das Angebot, Matty!"

Gemeinsam traten die drei aus dem Werkzeugschuppen hinaus in die Sonne. „Ihr beide habt schon ein gutes Stück Arbeit hinter euch, wie mir scheint."

Conor wies auf die Spur aus dürren, welken Pflanzenresten, die Matty und Nat hinter sich her durch den kompletten Garten gezogen hatten.

Matty lachte. „Das stimmt – und wenn wir die Reste erst einmal aufgesammelt und verbrannt haben, wird der Garten schon deutlich besser aussehen als noch heute Morgen."

„Ihr wollt ein Feuer damit machen?"

„So zumindest hat es Jon immer gemacht. Obwohl mir der Gedanke an ein großes offenes Feuer ohne ihn nicht so ganz geheuer ist", gestand Matty.

„Sofern ihr damit warten könnt, bis ich heute Nachmittag aus der Redaktion komme, helfe ich euch gerne dabei", bot Conor an.

„Tatsächlich? Das wäre großartig, nicht, Natalie? Dann bereiten wir nach dem Besuch bei Jon alles vor, warten aber mit dem Anzünden, bis du hier bist."

„Alles klar. Bis später also!" Mit einem Nicken verabschiedete sich Conor und eilte zurück zu seinem Wagen, an dem sich soeben hupend ein kleiner Transporter vorbeischob.

Kapitel 7

Groß bist du, Herr, und über alles Lob erhaben.
Und da will der Mensch dich preisen,
dieser winzige Teil deiner Schöpfung.
Du selbst regst ihn dazu an;
denn du hast uns zu dir hin geschaffen,
und unruhig ist unser Herz, bis es ruht in dir.
Aurelius Augustinus

Etliche Stunden später, als Natalie und Matty die Pflanzenreste auf einer trockenen Kiesfläche am Strand zusammengetragen hatten, gesellte Conor sich wieder zu den beiden Frauen.

„Dann leg mal los, mein Lieber!“ Erwartungsvoll reichte Matty ihrem Nachbarn das Feuerzeug. „Entfachen wir das Freudenfeuer!“

Lächelnd entzündete Conor den benzingetränkten Lappen inmitten des aufgeschichteten Pflanzenberges. Kurz darauf züngelten die Flammen vor dem dämmrigen Abendhimmel, und ihr Spiegelbild tanzte auf den sanften Wellen der Bucht.

„Ein Feuer am Strand – ist das nicht herrlich?“, rief Matty begeistert aus. „Eigentlich müssten wir uns Stöcke zurechtschneiden und Fische daran braten.“

„Bei diesem Qualm?“ Zweifelnd wies Conor auf die Säule aus beißendem Rauch, die von dem frischen Brennstoff aufstieg, und Natalie brachte sich mit einigen Schritten seitwärts in Sicherheit. „Ich fürchte, die würden – sofern sie nicht sofort in Flammen aufgehen – ziemlich intensiv nach Rauch und modrigen Pflanzen schmecken.“

„Gerade das macht ja den besonderen Reiz aus! Aber ich sehe schon, dafür seid ihr zwei viel zu erwachsen und vernünftig.“ Mit einem neckenden Blick umfasste Matty die beiden Gestalten am Feuer: Conor, der sich bei Gesprächen fast ausschließlich auf die Fakten beschränkte und selten einmal Persönliches von sich preisgab, und Natalie, die ebenfalls ein wenig brauchte, um aus sich herauszukommen, und sich Matty gegenüber gerade zu öffnen begann. Nur zu gerne gab sie den beiden die Chance, einander besser kennenzulernen – ganz ohne Hintergedanken und ebenso ohne ein geselliges „Grillfest“.

„Dann muss ich mich wohl mit heißer Schokolade begnügen, um diesen Anlass gebührend zu begehen. Darf ich euch auch eine Tasse mitbringen?“, fragte sie deshalb und machte sich bereits auf den Weg zurück zum Haus.

„Gerne“, bat Natalie. „Das ist jetzt genau das Richtige.“ Denn trotz der Wärme, die von den lodernden Flammen ausging, spürte sie nur zu deutlich die Kühle des Abends. „Warte, ich komme mit und helfe dir.“

„Nicht nötig, Nat, damit werde ich schon allein fertig. Pass du lieber hier mit Conor auf, dass das Feuer nicht außer Kontrolle gerät.“

„Na schön!“, stimmte Natalie zu, während Matty über ihre Schulter zurückrief: „Bin in ein paar Minuten mit drei Tassen heißer Schokolade wieder bei euch!“

Captain Noah folgte seiner Herrin, machte jedoch nach ein paar Schritten kehrt und ließ sich schwanzwedelnd zwischen Conor und Natalie nieder. Offenbar hatte er sich ebenfalls für die Rolle als Hüter des Feuers entschieden.

Unterdessen legte sich der Qualm ein wenig, und die Dämmerung ging endgültig in Dunkelheit über. Still und schwarz breiteten sich die Wasser der Bucht vor Conor und Natalie aus, beleuchtet nur vom Widerschein des Feuers. Über den Himmel zogen dichte Wolken, erkennbar an ihrem hellen Rand vor dem Nachtblau des Horizontes, und hin und wieder blinkte ein einzelner Stern zwischen ihnen auf.

Schweigend nahm Natalie die Szene in sich auf.

Auch Conor schwieg. Gelegentlich schob er mit einem langen Stock die Zweige und Blätter weiter ins Zentrum des Feuers und stand ansonsten unbeweglich an Ort und Stelle. Entweder genoss er die Atmosphäre des Abends genau wie sie oder er langweilte sich allein mit ihr, vermutete Natalie. So wie Matthias es getan hatte, der junge Mann, der sie kurz nach der Erkrankung ihrer Mutter mit ebendieser Begründung verlassen hatte …

Aber was auch immer der Grund für Conors Schweigen war, es konnte ihr gleichgültig sein, denn selbst wenn sie ihn nicht in Dublin mit dieser jungen Frau gesehen hätte: Sie hatte derzeit andere Probleme zu bewältigen, als nach einem möglichen Partner Ausschau zu halten. Diese Angelegenheit hatte sie nach der Trennung von Matthias ganz bewusst in Gottes Hände gelegt.

Demzufolge war Conor einfach ein freundlicher, hilfsbereiter Mensch und zudem Mattys Nachbar und ein freundschaftliches Verhältnis zu ihm ganz selbstverständlich für Natalie. Zaghaft lächelte sie ihn an. Seine Augen, die den gleichen verschleierten

Grünton besaßen wie der Connemara-Marmor, den Nat am Vortag im Souvenirladen in Kenmare bewundert hatte, richteten sich aufmerksam auf sie, während Conor schweigend zurücklächelte.

Ein unerwartetes Rascheln in den Bäumen zu ihrer Linken ließ beide im selben Augenblick aufschrecken. Auch Captain Noah richtete sich alarmiert auf. Das Rascheln verstärkte sich, und eine Sekunde später huschte ein kleiner dunkler Schatten über den Strand. Blitzartig griff Natalie nach Captain Noahs Halsband, um den Hund davon abzuhalten, dem Kleintier hinterherzujagen. Conor tat es ihr gleich – und plötzlich lagen ihre Hände übereinander am Hals des Hundes. Warm und kräftig schlossen sich Conors Finger um Natalies Hand und das Halsband zugleich und ließen, da Captain Noah sich unwillig dagegen wehrte, auch nicht los.

Conors Griff schmerzte, und dennoch breitete sich eine durchdringende Wärme in Natalie aus. Sie wünschte, Captain Noah würde noch möglichst lange gegen die Hände ankämpfen, die ihn zurückhielten. Doch ihr Wunsch ging nicht in Erfüllung: Mit einer ruckartigen Drehung seines dicken Schädels riss sich der Captain los und jagte seiner Beute hinterher ins Wasser.

„Tut mir leid, Miss Breuer. Ich hoffe, ich habe Ihnen nicht wehgetan, nur weil der Captain unbedingt diesen Otter jagen muss!", übertönte Conor das Hundegebell. Sein entschuldigender Blick vertiefte die Wärme in Natalies Wangen noch.

„Schon gut, ich –", setzte sie an, doch Mattys Rückkehr ersparte ihr den Rest der Antwort.

„Nanu, was ist denn mit dem Captain los? Nachts ist er doch noch nie baden gegangen." Matty trug eine Stirnlampe, was ihre widerspenstige Mähne noch weiter von ihrem Kopf abstehen ließ als üblich, und in ihren Händen eine Thermoskanne, drei Henkeltassen und eine Packung Plätzchen.

Halb bedauernd, halb erleichtert atmete Natalie auf. Der vertrauliche Augenblick war vorüber: Matty und die heiße Schokolade waren die perfekte Ablenkung von der Spannung, die sich zwischen ihr und Conor aufgebaut hatte.

„Ich dachte, wir machen es uns noch ein wenig gemütlich hier am Strand. Der Abend ist viel zu schön, um ihn jetzt schon zu beenden – auch wenn das Feuer bereits so gut wie heruntergebrannt ist."

Matty pfiff Captain Noah zurück an ihre Seite, stellte Tassen und Thermoskanne ab und entledigte sich eines Bündels, das sie auf dem Rücken getragen hatte: eine zusammengerollte Picknickdecke. Diese platzierte sie auf einer Felsplatte nahe der Feuerstelle, ließ sich selbst darauf nieder und klopfte einladend neben sich. „Kommt doch, im Sitzen schmeckte die Schokolade gleich noch mal so gut! Ein paar Marshmallows habe ich übrigens auch dabei – Moment!"

Aus der Tiefe ihrer Jackentasche fischte sie eine Tüte der klebrigen Süßigkeit und verteilte sie auf die drei Henkeltassen.

„Du bist einfach unschlagbar, Matty!", grinste Conor und nahm neben ihr auf der Picknickdecke Platz. „Ich kann mich gar nicht mehr daran erinnern, wann ich das letzte Mal Schokolade mit Marshmallows getrunken habe."

Captain Noah ließ sich zu Conors Füßen nieder, und Natalie nahm das schmale freie Plätzchen auf Mattys anderer Seite ein.

Wie anders als Johanna die junge Deutsche doch war, dachte Conor unwillkürlich. Bescheiden und still nahm sie die dampfende Tasse aus Mattys Hand, nachdem sie vorhin genau wie er fast andächtig schweigend die abendliche Stimmung genossen hatte.

Johanna hingegen hatte es nur selten geschafft, länger als fünf Minuten still zu sitzen oder nachdenklich zu schweigen. Nicht nur in Gedanken, sondern auch in ihren Gesprächen und bei gemeinsamen Unternehmungen hatte sie ständig die größten Sprünge vollzogen. Sie eilte von einem Gesprächsthema zum nächsten und von einem möglichst kurzweiligen Ereignis zum anderen. Wenn Conor ihr ein altes Grabkreuz oder eine Burg gezeigt hatte, hatte sie nur wenig Geduld für seine Erläuterungen aufgebracht. Befanden sie sich an einem Strand, brauchte Johanna ein Surfbrett, um ihre Energie mit der Wucht des Nordatlantiks zu messen, während es Conor genügte, die gewaltigen Brecher vom Ufer aus zu beobachten. Und Conors einziger Versuch, seine Verlobte an seinen Lieblingsangelplatz in den Hügeln Bearas mitzunehmen, war kläglich fehlgeschlagen. „Wenn du schon angeln musst, dann fahr doch mit einem Boot hinaus aufs Meer! Dort fängst du erstens sehr viel mehr als eine magere Forelle, und zweitens ist es auch viel aufregender als hier an diesem See fernab der Zivilisation", hatte sie argumentiert.

Abwechslung, Action und Abenteuer – das war es, was Johanna geliebt hatte. Eigentlich war das Studium in Amerika nur die logische Folge dieser Vorliebe gewesen: Sie hatte der Verlockung des Unbekannten, Neuen einfach nicht widerstehen können, als sie das Angebot aus den Staaten bekommen hatte.

Nun, wahrscheinlich war es so besser. Auf Dauer hätte Conor mit ihrem Enthusiasmus nicht mithalten können, sodass Johanna ihm mit ihrem Verschwinden lediglich die Entscheidung abgenommen hatte. Was ihm heute in diesem Zusammenhang sehr viel mehr Sorgen bereitete, war Joyce und deren Versuch, auf möglichst spektakuläre Weise aus ihrem bisherigen, in vielerlei Hinsicht eingeschränkten Leben auszubrechen …

„Conor?“ Mattys Stimme holte ihn zurück zu ihrer kleinen Versammlung ums Feuer. „Wie wäre es mit einem Plätzchen?“

„Gerne, vielen Dank.“ Conor griff in die offene Packung, die seine Nachbarin ihm entgegenhielt.

„Du bist wirklich eine Verführerin, Matty!“, neckte Natalie, die ebenfalls ein Plätzchen in ihrer Hand hielt. „Erst die Idee mit dem Fisch, dann die Marshmallows in der Schokolade und jetzt die Plätzchen – was kommt als Nächstes? Wahrscheinlich passe ich gar nicht mehr in meine Jeans, wenn ich wieder abreise.“

„Was dir durchaus nicht schaden würde“, konstatierte Matty trocken. „So schlank, wie du bist! Und was deine Frage nach der nächsten Köstlichkeit angeht …“ Sie grinste verschmitzt. „Ich denke da an Irish Fudge. Oben im Cottage müsste ich noch ein Päckchen davon haben.“

„Fudge? Meinst du damit diese cremigen Karamellstückchen, die fast noch klebriger und süßer sind als Marshmallows?“

„Genau die, liebe Nat. Cremiger, süßer und köstlicher als alles, was du je genascht hast! Wenn es auch keinen anderen Grund für mich gäbe, hier in der Gegend zu wohnen, dann wäre es doch der Vanilla Fudge aus dem ‚Auld Sweet Shop‘ im Städtchen. Oder was sagst du zu diesem Thema, Conor?“

„Ich kenne das Geschäft, habe aber noch nie einen Fuß hinein gesetzt.“ Wie von selbst fiel Conors Blick auf Natalies Haar. Mehr denn je erinnerte es ihn im Licht des verglimmenden Feuers an die Farbe jener Süßigkeit. Wie es sich wohl anfühlte, das karamellblonde Haar durch seine Finger gleiten zu lassen?

„Ich schätze, ich bin nicht unbedingt der süße Typ“, fügte er erklärend hinzu, und Matty lachte laut auf.

„Aber davon kosten solltest du trotzdem einmal. Und du natürlich auch, Nat.“

„Bitte nicht mehr heute!“ Natalie nahm einen Schluck aus ihrer Tasse. „Es sei denn, du willst riskieren, dass ich voll überschäumender Energie die ganze Nacht in meinem Zimmer herumtanze.“

„Also, in meinen Ohren hört sich das großartig an“, erklärte Matty. „Ich ließe mich sogar dazu überreden mitzumachen. Je mehr Leben in der Bude, desto besser!“

Sie seufzte kurz auf. „Manchmal vermisse ich einfach die alten Zeiten, als meine Kinder, und früher auch die Sprachschüler, unsere Bucht bevölkerten. Erinnerst du dich noch daran, Conor, wie sie bis in die späten Abendstunden mit ihren Kajaks auf dem Wasser waren oder aufgeregt lärmend von einer Segeltour auf offener See zurückkehrten? Ach nein, ich glaube, damals lebtest du noch gar nicht in der Gegend.“

„Richtig. Aber ich habe in einer alten *Chronicle*-Ausgabe von der Schließung der Sprachschule gelesen. Wirklich bedauerlich. Doch in unserem digitalen Zeitalter hört sich eine Sprachschule auch eher nach einem Anachronismus an als nach einem lohnenden Geschäftsmodell, fürchte ich.“

„Ja, leider.“ Diesmal kam Mattys Seufzer aus tiefstem Herzen. Für einen Augenblick starrte sie trübsinnig hinaus auf die Bucht. Eine Kette schwacher gelblicher Lichter zog sich am gegenüberliegenden Ufer den Hügel hinauf. Vielleicht sehnte sich auch in einem dieser Häuser ein Mensch nach mehr Gesellschaft oder trauerte längst vergangenen, besseren Zeiten hinterher …

Doch Matty war nicht gewillt, an einem so herrlichen Abend derart trübsinnigen Gedanken zu erliegen! Liebevoll drückte sie Natalies Arm und betonte: „Umso schöner, einen Gast zu haben, der mit uns am Feuer sitzt und die allgegenwärtige Ruhe ein wenig stört.“

„Ich fühle mich wirklich sehr geschmeichelt, als Ruhestörerin bezeichnet zu werden, Matty. Das ist mit Sicherheit das erste Mal in meinem Leben“, lächelte Natalie.

Und Conor fügte hinzu: „Wenn dir so sehr an ein wenig Unruhe gelegen ist, Matty, kann ich vielleicht meinen Teil dazu beitragen: Ich werde während der Osterferien ebenfalls einen Gast haben, den du gerne kennenlernen darfst.“

Erst in dem Moment, als er es aussprach, wurde Conor bewusst, dass er seine Entscheidung bereits getroffen hatte – und dass es richtig war, Joyce zumindest kurzzeitig aus ihrem gewohnten Umfeld und dem Einflussbereich ihrer Freunde zu holen. Ihr die Augen dafür zu öffnen, dass es auch noch ein anderes Leben gab. Dass es Menschen wie Matty gab, die sich trotz Verlust und widriger Umstände eine lebensbejahende, energiegeladene Einstellung bewahrten.

„Ein Mädchen aus Dublin. Sie kommt aus einem schwierigen sozialen Umfeld und braucht meiner Meinung nach dringend mal einen Tapetenwechsel“, erläuterte er deshalb.

„Ein Kind also? Das freut mich für dich, Conor!“, begeisterte sich Matty. „Und natürlich werden wir gerne auch einmal etwas mit euch beiden zusammen unternehmen, wenn ihr möchtet.“

„Nun, ein Kind kann man sie eigentlich nicht mehr nennen. Joyce ist dreizehn und – gelinde ausgedrückt – in einer ziemlich rebellischen Phase.“

„Auch gut!“, versicherte Matty. „Durch diese Phase mussten wir schließlich alle einmal – obwohl das bei mir schon geraume Zeit zurückliegt.“

„Ich würde mich tatsächlich über deine Unterstützung freuen!“ Conor stellte seine leere Tasse beiseite und schenkte Matty ein herzliches Lächeln. Wenn er sich früher meist etwas überfallen gefühlt hatte von ihrer anteilnehmenden, tatkräftigen Art – in diesem Fall war er sogar dankbar dafür! „Falls ihr hier nämlich vor Langeweile die Decke auf den Kopf fällt, ist weder ihr noch sonst jemandem geholfen."

„Mit vereinten Kräften werden wir das schon zu verhindern wissen, nicht wahr, Nat?"

Die Angesprochene nickte halbherzig. Insgeheim war sie wenig überzeugt davon. Seit Conor die Worte „ein Mädchen aus Dublin" ausgesprochen hatte, sah sie die junge Frau mit dem blauen Haar und den Piercings vor ihrem inneren Auge, und falls „das Kind" eine ähnlich geartete Bekanntschaft Conors darstellte wie seine Freundin, war Natalie nicht gerade erpicht auf eventuelle gemeinsame Unternehmungen.

Doch Matty war nicht mehr zu bremsen. Sie nahm einen letzten Schluck von ihrer Schokolade und sprang auf. „Irgendwo hier im Dickicht habe ich Jons altes Kajak verstaut, und ich denke, wenn wir es ein wenig generalüberholen, ist es durchaus noch brauchbar für deine Joyce, Conor. Das müsste ihr doch gefallen!"

Matty schnallte sich erneut die Stirnlampe um, schaltete sie ein und leuchtete suchend in die Büsche am Felsenrand. „Oder habe ich es doch unter der Boathouse-Terrasse verstaut?", fragte sie sich dabei halblaut.

„Ich denke, morgen bei Tageslicht haben wir deutlich bessere Chancen, dein Kajak zu finden, Matty, und es dauert ohnehin noch ein, zwei Tage, bis Joyce hier sein wird. Also machen wir doch besser Schluss für heute. Das Feuer benötigt jedenfalls keine Aufsicht mehr."

Conor deutete auf das kleine Häufchen Glut, den letzten Überrest der Gartenabfälle, und erhob sich ebenfalls. Dann streckte er Natalie die Hand entgegen. „Kommen Sie, Miss Breuer, gehen wir zum Haus zurück, ehe uns Matty noch dazu verdonnert, jetzt sofort die ganze Bucht mit ihr abzusuchen."

„Natalie", murmelte diese und ließ sich von ihm in die Höhe ziehen. Wie schon einmal an diesem Abend hatte sie den Eindruck, dass ihre Hand perfekt in seine passte. Wie in einen maßgeschneiderten, schützenden Handschuh. „Nennen Sie mich doch Natalie oder auch Nat, so wie Matty."

„Gern, sofern ich ab jetzt einfach Conor für dich bin."

Schon war er dabei, die Glut mit einer Handvoll Steine abzudecken, während Natalie mit einem seltsam leeren Gefühl in ihrer Rechten Picknickdecke, Thermoskanne und Becher einsammelte. Schließlich nahmen sie Matty mit ihrer Stirnlampe in ihre Mitte und machten sich auf den Weg zum Cottage.

Mattys Tatendrang erwies sich auch am folgenden Morgen als ungebremst. Als Natalie zum Frühstück erschien, berichtete Matty begeistert: „Vorhin beim Schwimmen habe ich noch einmal nach dem Kajak für Conors Gast Ausschau gehalten und es tatsächlich unter der Boathouse-Terrasse entdeckt, Nat! Und nicht nur eines, sondern gleich zwei. Meiner ersten Inspektion zufolge braucht es nur ein paar Stunden Arbeit und eventuell eine neue Abdichtung, um sie wieder fahrtüchtig zu machen und ein wenig aufzupeppen. Ich dachte, ich mache mich gleich nach dem Frühstück an die Arbeit. Wie du siehst, habe ich mich bereits entsprechend ausgerüstet."

Bezeichnend blickte sie auf ihren grauen Overall mit aufgekrempelten Hosenbeinen und vereinzelten Farbklecksen auf

Brust und Bauch. „Ist eigentlich Jons Eigentum, aber die beste Arbeitskleidung, die ich auftreiben konnte. Schick, nicht?"

Mit der Teekanne in der Hand drehte sie sich einmal um sich selbst, sodass die weiten Overall-Ärmel flatterten und ein umgeschlagenes Hosenbein sich löste, nach unten klappte und Matty ins Stolpern brachte. Gerade noch rechtzeitig gelang es ihr, die Teekanne auf dem Tisch abzusetzen. „Falls du mir bei der Arbeit Gesellschaft leisten möchtest, finde ich sicher ein ähnlich modisches Outfit für dich!", scherzte sie unverdrossen weiter.

„Wie könnte ich dazu Nein sagen?! Ich hoffe nur, dass du noch ein solches Prachtexemplar in Jons Schrank findest!" Natalie kicherte. „Aber wenn du nichts dagegen hast, würde ich mich lieber wieder im Garten nützlich machen", setzte sie bittend hinzu. „Wie ich gestern gesehen habe, blühen neben der Stechpalme schon ein paar Hyazinthen, und ich würde gern das Unkraut zwischen den Blumen entfernen, damit sie richtig zur Geltung kommen."

„Aber natürlich, Nat! Wenn es dir Spaß macht, darfst du dich gerne in meinem Garten austoben. Und wenigstens eines von den Kajaks bekomme ich heute auch alleine fertig."

„Schön!" Natalie lächelte erfreut. Sie hatte das Gefühl, das Lächeln auf ihren Lippen wurde im Alltag mit Matty allmählich zum Dauerzustand. Eilig leerte sie ihre Tasse, um möglichst bald mit der Arbeit beginnen zu können.

Keine halbe Stunde später machte Matty sich auf den Weg zum Boathouse, und Nat trat, angetan mit Handschuhen und einer großen grünen Gartenschürze aus Jons Beständen, hinaus in den Garten. Unter der großen Stechpalme und Namensgeberin von Mattys Cottage blieb sie stehen. Die kräftige, dunkle Borke des Stammes entlang wanderte ihr Blick hinauf in die dichte

Krone aus saftig grünen Blättern und roten Beeren. Nach Conors gestrigen Erläuterungen sah sie den Baum – vorher nichts als ein grünes, teilweise stachliges Gewächs, das man in der Weihnachtszeit zu Dekorationszwecken gebrauchte – nun mit völlig neuen Augen.

Hoffnung und Liebe, Leben und das Blut Jesu symbolisierten die sommers wie winters grünen Blätter und die kleinen roten Früchte. Mattys Stechpalme besaß wahrhaftig jede Menge von diesen Symbolen der Hoffnung, der Liebe und des Lebens, das aus dem Blut Jesu entsprang. *Genau wie Matty mit ihrem Frohsinn und ihrer unerschütterlichen Hoffnung auf die Genesung ihres Mannes, die dem Vertrauen auf ihren himmlischen Vater entspringt,* dachte Natalie unwillkürlich.

Und während sie auf dem Boden niederkniete, um sich den zarten Pflanzen am Fuße der Stechpalme zu widmen, fragte sie sich, ob es tatsächlich Zufall war, dass die Blumen ausgerechnet hier blühten. Aber wie dem auch war, sie benötigten dringend mehr Licht und Luft, als Wildkräuter, Farn und Moos ihnen momentan ließen. Voller Elan griff Natalie nach der kurzen Unkrautharke und machte sich ans Werk.

Sie kannte nicht alle Pflanzen, deren Blüten nach und nach zum Vorschein kamen, doch zumindest erkannte sie kleine Traubenhyazinthen, Narzissen und eine ganze Ansammlung von Tulpen in den unterschiedlichsten Farben. Jeder einzelne der samtigen tiefvioletten oder von pink nach weiß verlaufenden Blütenkelche mit seinen lichtgelben Staubgefäßen bildete ein Kunstwerk für sich, und in ihrer Fülle ergänzten sie sich zu einem Bild, das seinem Schöpfer alle Ehre machte.

Immer wieder hielt Natalie nachdenklich inne. Wie viel Sorgfalt, wie viel Liebe Gott doch in jedes einzelne Detail seiner

Schöpfung gesteckt hatte und immer noch steckte! Nie zuvor war sie sich dessen so bewusst gewesen wie hier an diesem Ort und in diesem Augenblick, wo es nichts weiter gab als den feuchten, fruchtbaren Erdboden, die Pflanzen und sie, die sie diese Pflanzen ans Licht zurückholte.

Und mit jeder weiteren Blüte, die sie von der Decke aus welken Blättern und der Last des erdrückenden Gebüschs befreite, wuchs eine tiefe Zufriedenheit in ihr. Selbst die Zeit verlor ihre Bedeutung – es spielte keinerlei Rolle, wie lange es dauern würde, die Blumen zu ihrer vollen Blüte zu erwecken. Oder wie viel Anstrengung es sie kosten würde. Jedes einzelne Blütenblatt war ihre Mühe wert. Eine ungeahnte Freude erfüllte Natalie: Sie nahm aktiv Anteil an Gottes Schöpfung!

Vollkommen entspannt und dennoch fokussiert rückte sie Unkraut für Unkraut zu Leibe. Je näher sie dem Baumstamm kam, desto häufiger traf ihre Harke auch auf kräftigere, dunklere Wurzeln, vermutlich die der Stechpalme. Ob es unter diesen Umständen überhaupt ratsam war, weiterhin die Harke zu benutzen? Auf keinen Fall wollte sie dem Baum Schaden zufügen!

Noch ehe sie in dieser Frage zu einem Ergebnis kam, vernahm sie Schritte auf dem Schotterweg.

„Guten Morgen, Nat", rief Conor, umrundete den Hortensienbusch am Terrassenrand und musterte bewundernd die freigelegten Blumen neben Natalie. „Erstaunlich, dass die Blumen in diesem undurchdringlichen Gebüsch überlebt haben und sogar blühen. Es heißt nämlich, in unserem irischen Klima schwindet nichts so rasch dahin wie ein vernachlässigter Garten."

„Tatsächlich? Das kann ich mir gut vorstellen. Aber meiner Meinung nach ist dies auch ein ganz besonderer Ort, nicht irgendein x-beliebiger Garten." Natalie entfernte ein Büschel Farn und richtete behutsam die Narzisse auf, die sich darunter verborgen hatte.

„So muss es wohl sein!“ Conor ging neben ihr in die Hocke. „Vor allem für Menschen mit einem Blick für die kleinen, bescheidenen Schönheiten – einem Blick für das Wesentliche eben. Aber eigentlich komme ich, um Matty und dir mitzuteilen, dass ich morgen nach Dublin fahren werde, um meinen Gast abzuholen. Zuerst dachte ich daran, euch anzubieten, mit mir zu fahren und eventuell unterwegs etwas zu besichtigen, aber es ist wohl besser, ich verbringe zuerst ein wenig Zeit allein mit Joyce.“

Conor erinnerte sich an die Entgeisterung, mit der Joyce reagiert hatte, als er am vergangenen Abend mit ihr telefoniert hatte. Sie hatte nur zu deutlich gemacht, welche Zumutung es für sie bedeuten würde, tagelang von ihren Freunden und jeglichem Vergnügen in der Stadt getrennt zu sein, und deshalb seine Einladung kategorisch ausgeschlagen. Ihre Eltern allerdings, mit denen Conor im Anschluss sprach, sahen die Angelegenheit ähnlich wie er und akzeptierten sein Angebot mit Freuden. Vermutlich würde Conor also morgen einen äußerst widerwilligen, schlecht gelaunten Teenager nach Killeen befördern in der Hoffnung, dass sich Joyce' Widerstreben im Laufe der Woche in Einverständnis oder sogar Vergnügen an ihrem Aufenthalt wandelte …

„Das ist vollkommen in Ordnung für mich, Conor, ich muss nicht schon wieder nach Dublin“, erklärte Nat. „Hier fühle ich mich so wohl wie ein Fisch im Wasser. Und langweilig wird es mir so rasch auch nicht.“

Für einen Augenblick erhob sie sich von den Knien, streckte den Rücken durch und ließ ihren Blick über die vielen Quadratmeter des Gartens wandern. Ihr Herz klopfte rascher bei dem

Gedanken, welche Schätze sich noch darin verbargen und nur darauf warteten, von ihr ans Tageslicht gebracht zu werden.

„Aber da du schon einmal hier bist: Kannst du mir vielleicht verraten, was ich mit diesen Wurzeln anfangen soll?“ Sie deutete auf das immer dichter werdende Wurzelwerk zwischen den blühenden Pflanzen. „Darf ich sie entfernen oder gehören sie zu der Stechpalme, die ich damit nur zu Fall bringen würde?“

„Hm.“ Vorsichtig betastete Conor eine der freigelegten Wurzeln. „Sie gehören zu der Stechpalme, zweifellos!“, befand er schließlich. „Hollys oder auch Ilex sind Herzwurzler, das heißt, ihre Wurzeln wachsen nicht nur pfahlförmig in die Tiefe, sondern wuchern auch oberflächlich in die Breite, wodurch das gesamte Wurzelwerk so etwas wie eine Herzform bildet. Für dich bedeutet das, dass du dir keine Sorgen machen musst, wenn du die eine oder andere oberflächliche Wurzel mit der Harke verletzt. Solange das nicht überhandnimmt, kommt der Baum deshalb noch lange nicht zu Schaden, geschweige denn zu Fall.“

„Da bin ich aber erleichtert. Nicht dass Holly Cottage plötzlich ohne ‚Holly‘ dasteht!“

„Keine Sorge“, grinste Conor. „Ordentliche Wurzeln verleihen einer Pflanze mehr Leben und Kraft, als man gemeinhin denkt. Kennst du das afrikanische Märchen von der Palme mit der schweren Last?“

„Nein, leider nicht. Wie lautet es denn?“ Natalie schob die lange Gartenschürze unter ihre Beine, kniete sich darauf und lauschte fasziniert Conors Worten.

Kapitel 8

„Eine kleine Palme wuchs am Rande einer Oase. Eines Tages kam ein Reisender vorbei. Er sah die kleine Palme. Aber statt sich an ihrem prächtigen Wuchs zu freuen oder sich in ihrem Schatten von der Reise zu erholen, ärgerte er sich über die kleine Palme und ihre Pracht.

Der Mann nahm einen schweren Stein und hob ihn in die Krone der Palme, dann suchte er schadenfroh lachend das Weite. Die kleine Palme versuchte, den Stein abzuschütteln. Aber es gelang ihr nicht. Sie war verzweifelt.

Da sie den Stein nicht aus ihrer Krone bekam, blieb ihr nichts anderes übrig, als mit ihren Wurzeln immer tiefer in die Erde vorzudringen, um besseren Halt zu finden und nicht unter der Last zusammenzubrechen. Schließlich kam sie mit ihren Wurzeln bis zum Grundwasser. Sie sog das lebensspendende Nass auf und wuchs trotz der Last in ihrer Krone zur kräftigsten Palme der Oase heran.

Nach mehreren Jahren kam der Reisende wieder. Voller Schadenfreude suchte er nach der verkrüppelten Palme, falls es sie überhaupt noch gab. Aber solange er auch suchte, er fand keinen verkrüppelten Baum.

Plötzlich jedoch bog sich die größte und kräftigste Palme der Oase zu ihm herunter und sagte: „Danke für den Stein, den du mir damals in die Krone gelegt hast. Deine Last hat mich groß und stark gemacht!"

„Deine Last hat mich groß und stark gemacht …", wiederholte Natalie versonnen, als Conor das Märchen beendet hatte. Traf etwas Ähnliches auch auf die Blumen zu, denen Natalie hier ans Tageslicht half? Möglicherweise war die Decke aus Blättern und Unkraut nicht nur Last für sie gewesen, sondern gleichermaßen auch der schützende Schirm für ihre frühe Blüte?

Für einen Augenblick war nichts weiter zu hören als das Zwitschern der Vögel in der Baumkrone über ihren Köpfen, dann beendete das Röhren eines PS-starken Motors die Stille. Über knirschenden Kies hinweg näherte sich das Röhren, und schließlich hielt ein roter Sportwagen vor Holly Cottage.

Während Conor alarmiert aufsprang, stieg der Fahrer aus, zupfte eine Fluse von seiner karierten Golfhose und kam auf die beiden zu. Mit seinem gestylten blonden Haar, dem trendigen Vollbart, der extravaganten Brille, der Golfhose und dem Poloshirt wirkte der junge Mann auf Natalie wie einem Lifestyle-Magazin entstiegen. Hätte er im nächsten Augenblick eine Golfausrüstung aus dem Wagen geladen, wäre sie nicht im Geringsten erstaunt gewesen. Stattdessen aber grinste er breit.

„Na, wie sieht's aus, Conor, willst du deinen kleinen Bruder denn gar nicht begrüßen? Hat mein glänzendes Aussehen dir etwa die Sprache verschlagen?"

Fragend wanderte Natalies Blick von dem Neuankömmling zu ihrem schweigenden Nachbarn.

Endlich fand Conor seine Sprache wieder. „Hallo, Fionn, wie geht's?", brummte er in Richtung des Sportwagenfahrers, ehe er sich rasch wieder Natalie zuwandte.

„Darf ich vorstellen, Nat: Das ist mein jüngerer Bruder Fionn, der mich eben mit seinem Besuch überrascht. Fionn, das ist Miss Breuer, Mattys Gast aus Deutschland."

„Mattys Gast?" Für den Bruchteil einer Sekunde verfinsterte sich Fionns Blick, doch er hatte sich rasch wieder gefangen. Sein Mund verzog sich zu einem breiten Grinsen, und seine blauen Augen blitzten auf, während er Natalie die Hand reichte. „Sehr erfreut, Miss Breuer. Wie schön, dass eine junge Dame aus dem fernen Deutschland ausgerechnet unsere entzückende Bucht besucht!"

„Ja, sie ist tatsächlich entzückend, Mr McGarvey", entgegnete Natalie. Conor dagegen murmelte verhalten: „Unsere *entzückende Bucht* – seit wann denn dieser Meinungsumschwung?"

„Nein, bitte, nennen Sie mich Fionn!" Nonchalant ignorierte der Jüngere Conors Einwand. „Der Name Fionn ist viel zu bekannt und bedeutungsvoll, um ihn durch ein Mr McWhatever zu ersetzen. Sie kennen doch sicherlich die Geschichte meines weltberühmten Ahnherrn Fionn MacCool, Natalie?!"

„Eigentlich nicht, nein."

„Oh, das sollten Sie aber! Fionn MacCool war der heldenhafte Riese, der in grauer Vorzeit einen Felsendamm von der Nordküste Irlands über das Meer bis hinüber nach Schottland baute."

„Ach ja, davon habe ich gelesen. Sie sprechen vom Giant's Causeway, nicht wahr?" Natalie erinnerte sich vage an die Legende um die Entstehung dieses Naturwunders, von dem sie im Reiseführer gelesen hatte.

„Haargenau, liebe Natalie!" Fionns intensiver Blick ließ sie nicht eine Sekunde los. „Und in der gleichen Art und Weise, wie die Menschheit heute von Fionn MacCool spricht, wird sich die

Nachwelt in ein paar Tausend Jahren an mich, den ebenso heldenhaften Fionn den Jüngeren erinnern!“

Der junge Mann begab sich in Heldenpose: Er warf sich in die Brust, stellte sein rechtes Bein auf einen leeren Blumentopf am Terrassenrand, als wäre dieser ein besiegter Widersacher, und schwang mit dem Arm ein imaginäres Schwert.

Natalie lächelte. So wenig sie Aufschneider für gewöhnlich mochte, dieser Fionn mit seinem jungenhaften Grinsen, das so gar nicht zu seinem Hipster-Aussehen passte, war ihr einfach sympathisch.

„Und mit welcher Art von Heldentat wollen Sie diesen Ruhm erringen, wenn ich fragen darf?“, ging sie auf ihn ein.

„Ach, mir schwebt da so einiges vor! Sie werden es zu gegebener Zeit schon sehen – und du auch, großer Bruder. Brauchst mich gar nicht so skeptisch anzusehen!“ Spielerisch stieß Fionn Conor vor die Brust.

Conor machte keine Anstalten, auf den Scherz einzugehen. Seine Miene war nicht nur skeptisch, dachte Natalie, sondern auch ausgesprochen düster. Seine faszinierenden Connemara-Marmor-Augen waren zu schmalen Schlitzen verengt, und auch sein Mund wirkte seltsam verkniffen. Aus irgendeinem Grund mochte Conor seinen Bruder nicht sonderlich gern.

„Nein, im Ernst, Fionn“, sagte Conor steif. „Was willst du hier?“

„Das ist doch ganz offensichtlich: Ich besuche dich!“, erklärte Fionn ungerührt. „Ist schließlich eine Weile her, dass wir uns das letzte Mal getroffen haben.“

„Gerade deshalb bin ich auch so erstaunt, dich hier zu sehen.“

„Erstaunt und zumindest ein klein wenig erfreut, hoffe ich doch. Und, wie wäre es jetzt mit einem Gespräch unter Brüdern und vielleicht auch einem erfrischenden kleinen Drink dazu?“

„Falls du darauf bestehst und dich auch mit einer Tasse Tee zufriedengibst", stimmte Conor achselzuckend zu. „Ein paar Minuten kann ich wohl erübrigen, ehe ich wieder in die Redaktion fahre."

„Wenn das mal keine Bruderliebe ist!", seufzte Fionn in Natalies Richtung. „Er ringt sich mit Müh und Not ein paar Minuten seiner kostbaren Arbeitszeit für mich ab. Ich hoffe nur, es macht Ihnen nichts aus, dass ich Sie seiner Gesellschaft beraube?"

„Nein, selbstverständlich nicht."

„Schön. Dann komm, Conor, steig ein und wir fahren hinunter zu deinem Haus. Goodbye, Natalie! Ich bin sicher, wir sehen uns schon bald wieder." Er schenkte ihr ein weiteres strahlendes Lächeln, dann warf er sich auf den schwarzen Ledersitz und öffnete Conor die Beifahrertür. Sein Fuß fand das Gaspedal, Kies spritzte auf, und wenige Augenblicke später verschwand der Wagen mit den beiden Brüdern aus Natalies Blickfeld.

Gedankenverloren wandte sie sich wieder ihren Pflanzen zu. Im Gegensatz zu Fionn hatte Conor sich mit keinem Wort von ihr verabschiedet. Hatte nur mit finsterem Blick im Jaguar seines Bruders Platz genommen und ihre Anwesenheit offenbar vollkommen vergessen, nachdem sie sich zuvor so gut unterhalten hatten. Was ihn wohl so sehr an Fionns Gegenwart irritierte? Mussten Familienbeziehungen tatsächlich immer so kompliziert sein, wie es das Verhältnis zwischen diesen Brüdern offensichtlich war? Pflanzen, in all ihrer Unterschiedlichkeit, konnten doch auch weitgehend ungestört nebeneinander gedeihen und blühen …

Conor musterte seinen Bruder verstohlen. Fionn hatte sich tatsächlich kaum verändert seit ihrer letzten Begegnung. Falls überhaupt, war er noch ein wenig mehr auf „Manager des Jahres" getrimmt als bisher. Allein die Tatsache, dass er nun einen Jaguar Coupé fuhr, sprach Bände.

Aber so war sein kleiner Bruder schon immer gewesen. Seit jeher legte er größten Wert auf sein Erscheinungsbild. Er musste seine Mitmenschen beeindrucken, sei es nun durch sein Aussehen, seine Taten oder auch seinen Besitz. Kurzum: Er definierte sich ausschließlich über Äußerlichkeiten.

Als Conor zum Studium nach Dublin gegangen war, hatte Fionn gerade mit Müh und Not die Schule abgeschlossen und eine Ausbildung im Autohaus ihres Vaters begonnen. Wobei ihr Vater, ein sehr bodenständiger Mann, sich stets mehr mit der Werkstatt beschäftigte und Fionn sich mit seinem strahlenden Lächeln und seiner Beredsamkeit auf den Neuwagenverkauf spezialisierte. Er erwies sich als ausgesprochenes Verkaufstalent, aber das genügte ihm schon bald nicht mehr.

Trotz seiner eher ungenügenden schulischen Leistungen ergatterte er nach der Berufsausbildung einen Studienplatz, machte einen Abschluss in Management und betätigte sich anschließend in verschiedenen Firmen. Im Lauf der Jahre besuchte Fionn sein Elternhaus immer seltener, und der Kontakt zu Conor schlief nahezu vollständig ein. Die beiden so unterschiedlichen Brüder – der belesene, introvertierte, „fromme" Conor und der oberflächliche Sonnyboy Fionn – entfremdeten sich zusehends.

Seit Neuestem betätigte Fionn sich als Eventmanager – und offenbar sehr erfolgreich, wie Conor von ihrer Mutter erfahren hatte. „Er arbeitet quasi rund um die Uhr", hatte sie geklagt. Umso erstaunlicher fand Conor, dass er sich plötzlich und ganz ohne speziellen Anlass die Zeit nahm, seinen Bruder zu besuchen. Der Ältere konnte sein Misstrauen einfach nicht unterdrücken.

Auf ihrem Weg zu Conors Heim hatten sie mittlerweile das Boathouse erreicht, und Fionn brachte den Jaguar zum Stehen. „Die arme alte Bude hat auch schon mal bessere Tage gesehen!", erklärte er, ehe Conor ihn nach dem Grund für den unerwarteten Halt fragen konnte. „Unternehmen die Besitzer denn gar nichts, um das Gebäude zu erhalten? Ich meine, mit seiner sensationellen Lage hier in der Bucht ist es doch eine Schande, es so verfallen zu lassen!"

„Wohl wahr! Aber nicht alle Menschen schwimmen im Geld, so wie du es scheinbar tust", konterte Conor mit bezeichnendem Blick auf den Wagen.

„Die Eigentümer besaßen doch früher einmal die ganze Bucht einschließlich des Herrenhauses! Du willst mir doch nicht erzählen, dass sie heute vollkommen pleite sind?!"

„Das entzieht sich meiner Kenntnis. Ich weiß nur, dass Jonathan Callaghan seit einem Schlaganfall pflegebedürftig ist und seine Frau sich derweil Mühe gibt, alles so gut als möglich zu erhalten. Übrigens, dort vorne ist Mrs Callaghan." Er deutete mit dem Kinn auf Matty, die sich auf der Boathouse-Terrasse an einem der Kajaks zu schaffen machte. Sie hatte einen Eimer Wasser vor sich stehen, eine Sprühflasche mit Kunststoffreiniger in der Hand und schien den parkenden Jaguar auf der Straße nicht einmal zu bemerken.

„Ach, tatsächlich!" Fionn legte die Hand vor die Augen, blickte angestrengt gegen die Sonne und rief: „Huhu, Mrs Callaghan, wie geht's Ihnen? Schöner Tag heute, nicht?"

„Was soll denn das, Fionn?!", rügte Conor. „Du kennst Mrs Callaghan doch gar nicht!"

„Nun, das kann sich ja ändern", gab Fionn unbekümmert zurück. Und tatsächlich blickte Matty von ihrer Arbeit auf und kam, nachdem sie Conor erkannt hatte, auf den Wagen zu.

„Ein wunderschöner Tag!", bestätigte sie und strich sich mit ihrem nassen Gummihandschuh eine graue Locke aus dem Gesicht. „Guten Morgen, Conor. Und Sie sind?" Fragend musterte sie Fionn.

„Ich bin Fionn, Conors charmanter und gut aussehender kleiner Bruder, und sehr erfreut, Sie kennenzulernen, Mrs Callaghan!" Ungeachtet des verschmutzten Gummihandschuhs streckte Fionn Matty die Hand entgegen.

„Ach, wie schön – der Bruder! Dann hast du ja sogar schon heute Besuch, Conor", stellte Matty fest, ehe sie sich an den Neuankömmling wandte. „Meine Hand gebe ich Ihnen trotzdem nicht, kleiner Bruder Fionn, sonst verschmutzen Sie am Ende noch Ihre Nobelkarosse, und das wollen wir doch vermeiden!"

„Wie Sie meinen." Fionn zog seine Hand zurück. „*Ihren* Gast habe ich übrigens auch schon kennengelernt. Oben beim Cottage, als ich auf der Suche nach Conor war."

„Nat? Wie schön. Es sieht ja fast so aus, als zöge hier endlich wieder Leben ein!" Erfreut blickte Matty von Fionn zu Conor und hinauf zum Cottage, dann erklärte sie: „Ich habe eine grandiose Idee: Wollt ihr beiden heute Abend nicht zu Nat und mir zum Essen kommen? Ich koche uns etwas Feines, und ihr jungen Leute könnt euch zu dritt unterhalten. Na, wie klingt das?"

„Ich bezweifle, dass Fionn so lange bleiben kann", dämpfte Conor Mattys Begeisterung.

Doch Fionn überlegte nicht lange. „Das klingt tatsächlich grandios!", wiederholte er Mattys Worte. „Wir nehmen Ihre

Einladung gerne an!“ Seinem Bruder erklärte er: „So viel Zeit muss sein. Auf diese Weise lohnt sich mein Besuch bei dir wenigstens.“

„Dann wäre das abgemacht.“ Matty klatschte mit der Handfläche gegen die Wagentür, wobei sie nun doch einen deutlich sichtbaren Abdruck auf dem roten Lack hinterließ. „Ich sehe euch heute Abend um acht Uhr, in Ordnung? Und jetzt sollte ich mich wieder meiner Instandsetzungsarbeit widmen, damit ich heute wenigstens eines der Kajaks flottbekomme.“ Damit wandte sie dem Jaguar und seinen Insassen den Rücken zu und stapfte zurück zum Boathouse.

Fassungslos wandte Conor sich wieder seinem Bruder zu. „Was soll das denn nun bedeuten? Als wir uns das letzte Mal gesehen haben, hattest du nichts als hochnäsige Herablassung übrig für meine Nachbarn und dieses – ich zitiere – gottverlassene Nest, und nun lädst du dich offenbar nicht nur für einen ganzen Tag bei mir ein, sondern setzt dich auch freiwillig mit Mrs Callaghan an einen Tisch?“

Lässig hob Fionn die Achseln. „Weshalb sollte man seine Meinung nicht auch mal ändern? Vielleicht bin ich ja im letzten Jahr erwachsener und vernünftiger geworden.“

„Das kannst du einem anderen weismachen, aber nicht mir, Fionn! Irgendetwas führst du doch im Schild mit dieser Charmeoffensive gegen die beiden Frauen.“

„Und wenn schon!“ Mit einer lässigen Handbewegung wischte Fionn die Anschuldigungen des älteren Bruders beiseite. Zwar hatte Conor damit voll ins Schwarze getroffen – aber noch war der Zeitpunkt nicht gekommen, ihn einzuweihen. Wie es aussah, hatte das Schicksal Fionn nämlich eine weit bessere Art und Weise in die Hände gespielt, wie er sein Ziel erreichen konnte, als mit Conors Hilfe. Wie schon so oft war das Glück ihm auch heute hold …

Fröhlich pfeifend drehte er den Schlüssel im Zündschloss und legte die letzten Meter zu Conors Haus zurück.

An diesem Nachmittag fuhr Natalie allein zu Jonathan ins Pflegeheim.

Mittags waren Matty und sie nach einem raschen Lunch einkaufen gegangen, und nun stand Matty in der Küche, um das abendliche Festmahl vorzubereiten. Sie hatte fünf verschiedene Rezepte für ein Drei-Gänge-Menü sowie die dazugehörigen Zutaten herausgesucht und die Küche bereits in einen heillos chaotischen Zustand versetzt, ehe sie sich für eines der Menüs entschied, sodass sie kaum registriert hatte, als Natalie sich verabschiedete.

Im Pflegeheim verzog sich Jons Gesicht zu einer erfreuten Grimasse, als Natalie ihm von Mattys spontaner Einladung der beiden Brüder und ihrem gastgeberischen Ehrgeiz berichtete. *Das hört sich ganz so an, als würde meine Frau wieder zu ihrer alten Form auflaufen!*, tippte er auf seinem Tablet. *Immer nur bei mir im Pflegeheim herumzusitzen, tat ihr gar nicht gut. Ich habe mir schon Sorgen gemacht, dass sie ihre ganze Impulsivität verloren hat!*

Natalie lächelte ebenfalls. „Und ich fürchtete bereits, du wärst enttäuscht, wenn ich allein komme."

Vehement schüttelte Jon den Kopf, und ein halbwegs verständliches „Aber nein!" kam über seine Lippen.

Wie kommst du denn auf die Idee?, fuhr er schriftlich fort. *Jetzt haben wir beide doch eine hervorragende Gelegenheit, uns über die alten Freundinnen zu unterhalten. Das heißt, natürlich nur, wenn du gerne über deine Mutter sprechen möchtest.*

„O ja!", nickte Natalie. Sie hatte das Gefühl, mit jedem Tag, den sie hier verbrachte, und mit jedem Gespräch weitere Seiten an ihrer Mutter zu entdecken, die ihr zu deren Lebzeiten vollkommen unbekannt gewesen waren. „Matty hat mir zwar schon viel von eurer gemeinsamen Zeit hier in Irland erzählt, aber ich würde gerne noch mehr darüber erfahren. Zum Beispiel würde mich interessieren, was dir persönlich von meiner Mutter – von Gitte – am besten in Erinnerung geblieben ist!"

Das ist nicht ganz einfach. Jonathans Finger verharrten zögerlich über der Tastatur, und Natalie erkundigte sich besorgt: „Wird dir das Schreiben zu anstrengend? Moment, ich helfe dir!" Sie rückte ihren Stuhl seitlich an seinen Rollstuhl heran und streckte ihren Arm aus, sodass Jons Unterarm auf ihrem zu liegen kam. „So besser?", vergewisserte sie sich.

Jon nickte dankbar. *Der Grund für mein Zögern war zwar eher der, dass ich erst nachdenken musste, aber so ist es tatsächlich besser.*

Dann fange ich vielleicht einfach mal mit dem Erlebnis an, das zu meinen liebsten Erinnerungen an jenen Sommer gehört. Es war eine Bootstour zu den Skellig Rock Islands vor Kerrys Küste. Seit man auf einer der beiden Inseln vor einigen Jahren den neuesten Star-Wars-Film gedreht hat, gelten diese heute als große Touristenattraktion, aber damals waren sie noch recht unbekannt. Außer Matty und Gitte wollte niemand aus der Sprachschülergruppe mit mir dorthin, sodass wir drei uns ganz allein auf den Weg machten. Es war ein windiger Tag, und auf der rauen See sauste unser kleines Fischerboot von einem Wellental ins nächste. Matty hatte die größte Freude daran, sie feuerte die Wellen jubelnd an, noch höher zu schlagen. Gitte dagegen wurde immer stiller und blasser; sie klammerte sich krampfhaft mal an die Reling, mal an meinen Arm. Als Matty das in ihrer Euphorie endlich bemerkte, wurde auch sie plötzlich ganz ruhig und anschmiegsam.

Jonathan hielt einen Moment inne, und erneut spielte so etwas wie ein Grinsen um seine Lippen.

„Sie war von Anfang an in dich verliebt, nicht?", vergewisserte sich Natalie.

Das war sie. Und auf dieser Bootstour fiel das sogar mir auf! Aber ehrlich gesagt mochte ich Gitte genauso gern. Sie war so zart und zurückhaltend und eine wundervolle Zuhörerin. Ja, ich denke, das habe ich noch am lebhaftesten in Erinnerung von ihr. Wenn sie mir zuhörte, sah sie mich auf eine Art und Weise an, die mir das Gefühl gab, in diesem Augenblick der wichtigste, bedeutendste Mensch auf Erden zu sein! Auf jeden Fall war ich, als dieser Sommer endete, in beide Freundinnen gleichermaßen verliebt. Erst durch Mattys Briefe und ihre spätere Rückkehr nach Killeen erkannte ich, für wen mein Herz wirklich schlug …

„Dann hat meine Mutter … hat sie deine anfänglichen Gefühle erwidert?"

Natalies Erstaunen über diese Erkenntnis musste an ihrem Gesicht abzulesen sein, denn Jon erwiderte: *Wusstest du das denn nicht?*

Nachdenklich schüttelte Natalie den Kopf und starrte aus dem Fenster. Während ihrer vormittäglichen Gartenarbeit waren dicke Wolken auf die Bucht herabgesunken, und mittlerweile regnete es in Strömen. Der mächtige zweistämmige Baum im Park war hinter einem Regenschleier verborgen.

Doch Natalie registrierte es kaum. Eine seltsame Vorstellung, dass Mama schon vor ihrem Vater in einen Mann verliebt gewesen war – und andererseits doch ganz natürlich! Jedenfalls bestätigte es Natalie einmal mehr, dass sie niemals aufgehört hatte, ihre Mutter durch die Brille eines Kindes zu betrachten. Nur gut, dass sie den Dingen, für die sie dadurch blind gewesen war, nun auf den Grund gehen konnte!

Dann tut es mir leid, dass ich dir mit meiner Geschichte Kummer bereitet habe, schrieb Jon besorgt.

„Nein, das ist schon in Ordnung. Es tut mir gut, meine Mutter im Nachhinein mit anderen Augen zu sehen", besänftigte Natalie. „Vor allem, da ich ja weiß, wie glücklich sie später mit meinem Vater war."

Das freut mich zu hören. Dennoch hätten wir damals den Kontakt nicht komplett abreißen lassen dürfen. Aber nun erzähl mir etwas von dir, Natalie. Wie gefällt dir dein Beruf? Ich meine, dass du eine gute Krankenschwester bist, sehe ich allein an deiner Fürsorge, er senkte den Blick auf seinen Unterarm, der noch immer auf ihrem ruhte, *aber bist du es auch gerne? Ist dein Beruf so etwas wie eine Berufung für dich?*

„Eine Berufung?", fragte Natalie überrascht. Was sollte sie auf eine seltsame Frage wie diese nur antworten? Zögerlich ergriff sie das Wort, während Jon aufmerksam lauschte.

Jons Anteilnahme an ihren Berichten aus dem Klinikalltag wollte Natalie auch auf dem Heimweg nicht aus dem Kopf gehen, allem voran seine ursprüngliche Frage nach ihrem Beruf als Berufung.

War es nicht ein wenig hoch gegriffen zu erwarten, dass der Beruf gleichzeitig auch die Berufung war? Für wen traf so etwas schon zu? Jeder gab eben sein Bestes an dem Platz, den er irgendwann einmal als den seinen erwählt hatte. So wie sie sich auf Anraten ihrer Eltern vor Jahren für die Klinik und den Pflegeberuf entschieden hatte.

Ob sie aber tatsächlich Freude an ihrer Arbeit empfand, stand auf einem ganz anderen Blatt. Die Pflege ihrer Mutter war eine Sache gewesen – sie wollte einfach, dass ihre Mutter von jemandem versorgt wurde, der mit seinem Herzen dabei war –, aber was war mit der Stationsarbeit? Mit dem Hetzen von einem Patienten zum anderen, ohne dass sie sich zumindest gelegentlich Zeit für eine persönliche Frage nehmen konnte, oder anders gesagt: mit der Pflegearbeit ohne jegliche Zeit und Möglichkeit, auf andere Probleme als die rein medizinischen einzugehen, weil man sich eigentlich schon wieder am Bett des nächsten Patienten befinden sollte?

An manchen Tagen hatte Natalie in der Tat das Gefühl gehabt, vollkommen aufgerieben zu werden von ihrer Fürsorgepflicht gegenüber ihren Patienten einerseits und der Verpflichtung gegenüber ihren Klinikkollegen andererseits …

Der Gedanke daran, in weniger als zehn Tagen wieder in den Klinikalltag zurückzukehren, bereitete Natalie schon jetzt Magenschmerzen. Aufseufzend schaltete sie in einen höheren Gang, nur um daran erinnert zu werden, dass der uralte Leihwagen unmöglich in den vierten Gang zu bringen wahr. Laut röhrend wehrte er sich dagegen, sodass Natalie ihren Schaltversuch abbrach und sich stattdessen darauf konzentrierte, trotz des strömenden Regens und der mittlerweile angebrochenen Dunkelheit zumindest auf der Fahrbahn zu bleiben. Denn auch die

Scheibenwischer des Renaults hatten bereits bessere Tage gesehen: Natalie schien, als schränkte jede Wischbewegung die Sicht noch mehr ein, statt sie zu verbessern.

Nachdem sie die Brücke über den Kenmare River und die letzten Häuser des Städtchens hinter sich gelassen hatte, wurde die Sicht sogar noch schlechter. Regenschlieren bedeckten die Frontscheibe, und die schmale Landstraße besaß weder einen Mittelstreifen, der Natalie als Orientierung hätte dienen können, noch Leitpfosten am Fahrbahnrand.

Als plötzlich der schwarze Umriss eines Fußgängers vor der obligatorischen Begrenzungshecke sichtbar wurde, riss Natalie das Steuer reflexartig in die Gegenrichtung. Für einen Moment geriet der Renault ins Schlingern, fing sich aber rasch wieder. Mit zitternden Knien brachte Natalie ihn auf der Gegenfahrbahn zum Stehen. Nur gut, dass diese Strecke so wenig befahren war!

Unterdessen kam der Fußgänger immer näher. Er trug weder einen Schirm noch eine Regenjacke, wie Natalie erkannte, sondern lediglich eine große Umhängetasche. Die schmalen Schultern darunter gehörten eindeutig zu einer Frau. Wohin mochte sie bei diesem Wetter und derart unpassend ausgerüstet wohl unterwegs sein?

Kurz entschlossen setzte Natalie den Renault zurück, machte neben der Fußgängerin Halt und kurbelte die Scheibe auf der Beifahrerseite herunter. „Guten Abend. Kann ich Sie vielleicht irgendwohin mitnehmen?"

„Kommt drauf an", gab die schmale Person schnoddrig zurück. „Wohin fahr'n Se denn?"

„Nach Killeen, Holly Cottage." Natalie versuchte vergeblich, durch den Regenschleier vor dem Fenster einen Blick auf das Gesicht ihres Gegenübers zu erhaschen.

„Trifft sich gut", gab selbiges mit kindlicher Stimme zurück. „Muss auch nach Killeen, zu Conor McGarvey."

„Dann steigen Sie doch ein! Bei diesem Wetter sollte wirklich niemand zu Fuß unterwegs sein." Noch während Natalie sprach, öffnete sie die Beifahrertür und klopfte einladend auf den zerschlissenen Sitz.

„Alter, kein Drama! Regen ist auch nur Wasser", kam es gelassen zurück. Der Sitz wurde nach hinten geklappt, und eine vollkommen durchnässte Reisetasche landete auf der Rückbank. Eine Sekunde später ließ sich die Besitzerin der Tasche auf den Beifahrersitz fallen.

Wie ihre Sprache bereits vermuten ließ, war Natalies Mitfahrerin eine junge Frau. Eine *sehr* junge Frau. Aus ihrem blauschwarzen Haar tropfte das Regenwasser, und von den schwarz umrandeten Augen aus hatte sich die Schminke über das komplette schmale Gesicht verteilt. Die Piercings in Nase und Lippe schimmerten hell vor dem dunklen Hintergrund.

„Sie sind Conors Freundin aus Dublin!", entfuhr es Natalie.

„Freundin?" Die junge Irin wandte Natalie ihr Gesicht zu und hob fragend die verschmierten Augenbrauen, fuhr jedoch gleich darauf fort: „Gut, wenn Sie so wollen. Sie können mich aber auch einfach Joyce nennen."

„Joyce?" In ihrer erneuten Überraschung trat Natalie das Gaspedal härter durch als beabsichtigt, und der Renault schoss ungestüm vorwärts. Rasch brachte sie ihn wieder unter Kontrolle, während eine ungeheure Erleichterung sie durchströmte: Conors vermeintliche Freundin war niemand anderes als ein Kind, um das er sich aus irgendeiner Verpflichtung heraus liebevoll kümmerte! Das Kind, das er zu sich eingeladen hatte und eigentlich morgen in Dublin abholen wollte.

„Du bist also Joyce! Aber solltest du nicht erst morgen gemeinsam mit Conor hier eintreffen?", ließ Natalie ihre Gedanken teilweise laut werden.

„Tja – kleine Planänderung!", lachte Joyce viel zu rau für ihre kindliche Stimme. Falls es sie irritierte, dass Natalie – eine für sie vollkommen Fremde – in Conors Vorhaben eingeweiht war, ließ sie sich nichts davon anmerken. „Meine Eltern konnten's nicht erwarten, mich loszuwerden, und haben mich heute schon in den Bus nach Kenmare gesetzt. Von dort ging's leider nicht weiter, und Conor war auch nicht zu erreichen. Aber wie auch immer!" Betont gleichmütig starrte Joyce auf die Wasserpfütze, die sich zu ihren Füßen zu bilden begann, und fuhr schließlich fort: „Nun bringen Se aber besser mal diesen Wagen unter Kontrolle, der röhrt ja wie'n sterbender Hirsch!"

„Sterbender Hirsch ist gut", lächelte Natalie. „Aber dafür kann ich nichts, der Wagen ist nicht mehr so ganz funktionstüchtig. Eigentlich ist er auch längst ausrangiert und dient nur als Ersatz für Mattys Volvo."

Als Natalie der Dreizehnjährigen die Zusammenhänge zwischen dem Leihwagen, Matty, Conor und sich selbst endlich erklärt hatte, wurden oben am Hang bereits die Lichter von Holly Cottage sichtbar. Erleichtert nahm sie die letzten Kurven und hielt vor der Haustür. In wenigen Minuten mussten auch Conor und sein Bruder Fionn hier eintreffen.

Kapitel 9

Und nun will ich Zion trösten. Noch liegt die Stadt in Trümmern, doch ich werde mich über sie erbarmen und das ganze Land wieder aufblühen lassen. Ich werde diese Wildnis in ein Paradies verwandeln, schön und prächtig wie der Garten Eden. Freudenschreie und lauten Jubel wird man dort hören und Lieder, mit denen die Menschen mir danken.

Jesaja 51,3

Wie es aussieht, werden wir bereits erwartet!" Fionn deutete auf das Licht in den Fenstern von Holly Cottage und parkte seinen Jaguar mit gewohntem Schwung so nahe wie möglich am Hauseingang.

Conor nickte nur. Er hatte einen anstrengenden Tag in der Redaktion hinter sich. Wobei die Anstrengung hauptsächlich daher rührte, dass Fionn ihm den ganzen Tag im Nacken gesessen hatte.

Als hätte sein Bruder nichts Besseres zu tun, hatte dieser es sich in Conors Büro gemütlich gemacht, einen Kaffee nach dem anderen getrunken und Conor mit unzähligen Fragen von seiner jeweiligen Tätigkeit abgelenkt. Dieses Verhalten war so ganz und gar untypisch für ihre lose Beziehung im Allgemeinen und

Fionns übliches Benehmen im Besonderen, dass Conors Gedanken sich beständig um die Frage nach dem Grund dafür gedreht hatten statt um seine Arbeit. Den ganzen Tag über hatte er nicht mehr als einen Artikel bearbeitet, und dementsprechend frustriert war er nun.

Conor hatte sogar erwogen, Fionn mit einer Ausrede allein zu Matty zu schicken, und nur der Gedanke daran, dass sein Bruder sofort wieder mit Nat zu flirten beginnen würde, hatte ihn davon abgehalten. Die Szene von heute Morgen stand ihm noch zu deutlich vor Augen!

Conor schloss eben seine Wagentür, als sich von der Garage her zwei Gestalten näherten: Nat mit einem bedruckten Regenschirm über dem Kopf und an ihrer Seite, aber demonstrativ nicht mit unter dem Schirm, eine vollkommen durchnässte Joyce.

„Joyce?!" Conor traute seinen Augen nicht. „Was machst du denn hier?"

„Genau das frage ich mich auch, Alter!", gab Joyce bissig zurück. „Aber da du es warst, der mich eingeladen hat, solltest wenigstens *du* das wissen, Himmel noch mal!"

Durch die tropfenden Strähnen, die ihr in die Augen hingen, schenkte sie Conor einen Blick, der beinahe schon feindselig anmutete. Seine Brust verengte sich schmerzhaft. Noch vor einem Jahr hatte Joyce sich ihm zur Begrüßung an den Hals geworfen, und allein die Aussicht, eine ganze Woche bei ihm zu verbringen, hätte sie damals vor Freude tanzen lassen …

„Selbstverständlich", erwiderte er bedrückt. „Aber du weißt, was ich meine: Eigentlich wollte ich dich erst morgen in Dublin abholen."

„Tja. Dumm gelaufen, dass ich nun schon früher da bin, was?" Trotzig schob Joyce das Kinn vor und stapfte an Conor vorbei auf die Haustür zu. „Außerdem würd' ich es vorziehen, drinnen im Trockenen weiterzureden, falls du mir noch was zu sagen hast – beispielsweise, weshalb du mich *tatsächlich* in diese Einöde hier hast schicken lassen!"

Ohne Matty zu begrüßen, die mittlerweile die Türe geöffnet hatte, um ihre Gäste willkommen zu heißen, betrat Joyce das Haus, als ob es ihr eigenes wäre. Hilflos hob Conor die Schultern und blickte ihr nach.

Natalie trat an seine Seite und erklärte mitfühlend: „Ihre Eltern haben sie schon heute mit dem Bus losgeschickt. Da der jedoch nur bis Kenmare fährt und du per Handy nicht zu erreichen warst, ist sie einfach losgelaufen – so hat sie es mir jedenfalls erklärt, als ich sie auf der Straße Richtung Killeen aufgelesen habe."

„So ist das also." Conor stieß einen tiefen Seufzer aus. „Dann danke ich dir, dass du sie mitgenommen hast, Nat! Ich hoffe nur, sie war zu dir ein wenig höflicher als gerade eben. Falls nicht, entschuldige ich mich hiermit an ihrer Stelle bei dir – und auch bei dir, Matty, für den Auftritt eben!"

„Das geht schon in Ordnung", lächelte Natalie beruhigend, und Matty, die die ganze Szene stumm verfolgt hatte, fügte aufmunternd hinzu: „Mach dir nichts draus, Conor, sie fängt sich schon wieder. Früher oder später hat das noch jeder Teenager getan. Und nun tretet doch bitte ein, das Essen wartet!"

„Das höre ich gerne!" Fionn schob sich an Conor vorbei. „Einen guten Abend wünsche ich, Mrs Callaghan – oder darf ich Sie auch Matty nennen? Hier, ein kleines Dankeschön für Ihre freundliche Einladung!" Damit drückte er ihr eine Schachtel Pralinen in die Hand. „Ich hoffe doch, Sie mögen Süßes?!"

„Und wie, mein lieber Fionn!" Mit der Zungenspitze über die Lippen streichend nahm Matty das Logo des „Auld Sweet Shop" in Augenschein, das die Pralinenpackung zierte, dann schritt sie voran ins Hausinnere. „Und ich hoffe, ihr alle mögt die Meeresfrüchte, die ich zu Natalies Ehren zubereitet habe. In ihrer süddeutschen Heimat bekommt man dergleichen nämlich nicht fangfrisch, so wie hier."

Wenige Minuten später hatte Matty ein zusätzliches Gedeck für den unerwarteten Gast aufgelegt und servierte nach dem Tischgebet als Vorspeise Seafood Chowder, eine cremige Suppe aus den verschiedensten Meeresfrüchten. Zu diesem Zweck hatte sie sogar die von ihrer Schwiegermutter vererbte Wedgwood-Suppenterrine aus der Tiefe ihres Küchenschranks gekramt.

„Das duftet himmlisch, liebe Matty!", kommentierte Fionn, als sie den schweren, hübsch verzierten Deckel anhob, und Natalie bemerkte bewundernd: „Was für eine herrschaftliche Suppenschüssel, Matty!"

Die Angesprochene lächelte erfreut.

Joyce jedoch, mittlerweile in trockener Kleidung und mit noch dunkler umrandeten Augen, schnaubte verächtlich. „Pah! Feudale Relikte sind das und nichts anderes! Übrigens esse ich nichts, was mal gelebt hat und eigentlich im Meer seine Freiheit genießen sollte!"

Herausfordernd starrte sie von Conor zu Matty und wieder zurück. Conor holte einmal tief Luft, um ihr zu antworten, doch Matty kam ihm zuvor. „Tja, in dem Fall musst du dich heute wohl mit dem Wildreis begnügen, den ich euch nachher zum Seehecht auftischen werde."

Ungerührt schob sich Matty einen weiteren Löffel Seafood Chowder in den Mund. Sie erinnerte sich nur zu gut an ihre eigene Tochter in diesem Alter. Auflehnung gegen alles und jeden schien das oberste Gebot in dieser Entwicklungsphase zu sein, und je spektakulärer man diese in Szene setzen konnte, desto besser. Eine wirkungsvollere Möglichkeit, die Aufmerksamkeit aller Beteiligten auf sich zu ziehen, gab es schließlich nicht. Sie, Matty, hatte damals auf teilweise schmerzhafte Weise gelernt, sich auf keinerlei Diskussionen einzulassen; den Aufstand im Keim zu ersticken, indem sie schlicht und einfach bei der „Tagesordnung“ blieb.

Glücklicherweise folgte Nat ihrem Beispiel. Sie wandte sich an den neben ihr platzierten Conor und fragte: „Und, was gibt es Neues auf Beara? Was erwartet die Leser in der nächsten Ausgabe des *Chronicle?*“

Überrumpelt ging Conor auf ihre Frage ein. Fionn unterstützte seinen Bruder nach Kräften mit dem, was er heute an Conors Seite in der Redaktion mitbekommen hatte. Auf diese Weise entwickelte sich schon bald ein angenehmes Tischgespräch, und die Spannung, die Joyce verursacht hatte, wich.

Lediglich aus dem Augenwinkel heraus registrierte Matty, wie das Mädchen seinen Teller von sich schob, mit vor der Brust verschränkten Armen der Unterhaltung folgte und dabei gelegentlich betont gelangweilt aufseufzte. Erst als der Reis aufgetischt wurde, kam wieder Leben in den Teenager: Nach einem verstohlenen Blick in die Runde vertilgte Joyce hungrig einen ganzen Berg davon.

Sobald Joyce – als Letzte – ihren Teller geleert hatte, erhob sich Matty und begann, die Gedecke einzusammeln. „Ich hoffe, ihr habt noch ein wenig Platz für den Nachtisch gelassen: Es gibt Vanilleeis mit Karamellsoße und Fudge.“

„Woher wusstest du, dass genau das mein Lieblingsdessert ist, Matty?“ In gespielter Verwunderung zog Fionn die Brauen hoch und schenkte seiner Gastgeberin ein strahlendes Lächeln.

Joyce verdrehte genervt die Augen, doch Matty grinste zurück. So zurückhaltend und schweigsam Conor sein konnte, so extrovertiert und charmant war sein Bruder. Bereits bei der Vorspeise waren sie allesamt beim freundschaftlichen „Du“ angelangt, und nun erwiderte sie: „Das erkenne ich an deiner Nasenspitze, mein Lieber. Aber bilde dir nur nichts darauf ein, denn ich habe dieses Dessert in erster Linie wegen Nat und Conor gewählt.“

Sie zwinkerte den beiden zu. „Auch wenn ich euch gestern Abend nicht mehr zu Fudge überreden konnte – heute gibt es kein Entkommen!“

„Dann werden wir uns wohl in unser Schicksal ergeben, nicht, Nat?“ In Erinnerung an den vergangenen Abend schenkte Conor seiner Tischnachbarin ein Lächeln, das – anders als bei seinem strahlenden, aber oberflächlichen Bruder – direkt aus dem Herzen zu kommen schien.

„Wohl oder übel“, betonte Natalie mit Grabesstimme, und Matty balancierte gut gelaunt den Geschirrstapel in die Küche. Wie natürlich und gelöst Nat sich im Umgang mit Conor bereits geben konnte! Matty fand, dass diese beiden einander ergänzten wie Fudge und Vanilleeis mit Karamellsoße! Blieb nur zu hoffen, dass sie es bald auch selbst bemerkten …

Als Fionn die nächstgelegene Autobahnauffahrt erreichte, ging die Uhr bereits auf Mitternacht zu. Damit hatte er weit mehr als die geplanten zwei, drei Stunden gemeinsam mit Conor verbracht – und deutlich mehr Zeit als in den Jahren seit dessen Auszug aus ihrem Elternhaus.

Aber – Fionn grinste still vor sich hin – jede einzelne Minute, die er heute investiert hatte, war die Mühe wert gewesen. In seinen kühnsten Träumen hatte er nicht damit gerechnet, innerhalb eines einzigen Tages solche Fortschritte in seinem derzeitigen Projekt zu machen! Er hatte gehofft, eventuell einen eingehenderen Blick auf das Boathouse und das Grundstück an der Bucht zu werfen und Conor ein wenig darüber auszuhorchen, aber das war auch schon alles gewesen. Und bei seiner Ankunft, als sein Bruder ihm Matty Callaghans Gast vorgestellt hatte, hatte Fionn seine Felle bereits davonschwimmen sehen. Wenn die Grundeigentümerin doch noch Gäste hatte, war ihre finanzielle Situation vielleicht gar nicht so angespannt, wie er den Gerüchten zufolge angenommen hatte. Umso größer war seine Erleichterung gewesen, als sich herausgestellt hatte, dass die junge Deutsche gar kein zahlender Gast, sondern schlicht eine Freundin war.

Dass jedoch gerade ihre Anwesenheit ihm den Weg in Matty Callaghans Haus geebnet hatte, ging weit über Fionns Erwartungen hinaus. Als Fremder, der durch ein Gespräch mit seinem Bruder lediglich Informationen einholen wollte, war er nach Killeen gekommen. Gegangen war er als Freund genau jener Person, die der Verwirklichung seines Projektes im Wege stand. Wie lautete noch jener Slogan, mit dem Irlands „Bed and Breakfast"-Gastgeber warben? *You arrive as guests, but leave as friends.*

Ha! Erheitert schlug Fionn mit der flachen Hand aufs Lenkrad und trat das Gaspedal weiter durch. Die gute Mrs Callaghan hatte ja keine Ahnung, wen sie da heute Abend so bereitwillig an ihren Tisch geladen und zu ihrem Freund erklärt hatte!

Was jetzt noch nötig war, waren ein paar weitere Besuche, bei denen er die Mittfünfzigerin umschmeichelte und ihr einige

Worte über ihre finanzielle Situation entlockte, auf die er dann mit wohlmeinenden Ratschlägen eingehen würde. Und falls im Rahmen dieser Besuche ein kleiner Flirt mit Natalie herauskam, hatte er ganz gewiss nichts dagegen. Spätestens dann, wenn Natalie sich in ihn verliebte (wovon er ganz selbstverständlich ausging!), war ihre Freundin Matty Wachs in seinen Händen. Ob diese Fionns Pläne für die Zukunft ihres Besitzes später guthieß oder nicht, war zweitrangig. Wichtig war einzig und allein ihre Unterschrift auf dem Vertrag.

Während Fionn unter Dauerblinken auf der rechten Fahrbahn Richtung Dublin brauste, sah er vor seinem inneren Auge bereits das blumengeschmückte Portal der kleinen Kapelle und ein Brautpaar, das eben die Stufen hinunterschritt, ehe es mitsamt der ganzen Hochzeitsgesellschaft auf der prachtvoll dekorierten Terrasse des neuen Boathouse dinierte und dabei den Blick über die Bucht und Fionns Insel genoss …

Dass Joyce' Aufenthalt bei ihm anstrengend werden würde, hatte Conor erwartet – aber nicht in diesem Maße. Als er sie am folgenden Tag endlich dazu gebracht hatte, aufzustehen und sich fertig zu machen, war vom Vormittag nicht mehr viel übrig. Mit einer Tasse schwarzem Kaffee, die sie bei Conor „geordert" hatte, saß sie am Frühstückstisch und brütete finster vor sich hin.

„Was hältst du davon, wenn wir gleich eine Tour zu den Cliffs of Moher machen?", schlug Conor vor. „Zwar werden sich die Touristen heute, am Feiertag, dort gegenseitig auf die Füße treten, aber von den Klippen werden wir sicherlich trotzdem etwas zu sehen bekommen. Oder steht dir der Sinn eher nach dem Nationalpark drüben bei Killarney? An den Seen ist es sehr schön, und der Ausblick vom Pass ist einfach fabelhaft! Außerdem ist die Anfahrt dorthin sehr kurz."

„Weder noch", beschied Joyce kurz angebunden. „Seh keinen Sinn darin, mit dir durchs Land zu gondeln und mich unter irgendwelche euphorischen Touristen zu mischen, Alter!"

Bei letzterem Ausdruck, der neuerdings in jedem zweiten Satz von Joyce zu hören war, verzog Conor schmerzhaft das Gesicht, dennoch bemühte er sich weiter. „Nun, der Sinn wäre einfach der, etwas Neues zu sehen und Spaß dabei zu haben. Deine Schwester hat das immer sehr gemocht."

„Lass bloß Johanna aus dem Spiel!" Aufgebracht stieß Joyce gegen ihre Tasse, sodass sich der Kaffee auf die Tischplatte ergoss. „Diese treulose Tomate! Denkt an nichts anderes als an ihr eigenes Vergnügen."

„Schon gut", beruhigte Conor. „Trotz allem könnte es dir nicht schaden, einmal etwas mehr von deiner Heimat zu sehen als immer nur Dublin. Und da –"

„Und da deine Eltern es sich nun mal nicht leisten können, spiele ich eben den Wohltäter, wolltest du wohl sagen", ätzte Joyce.

„Das wollte ich ganz und gar nicht!" Während Conor mit dem Spültuch den Kaffee von der Tischplatte wischte, wünschte er sehnlichst, Joyce' destruktive Bemerkungen ebenso leicht beseitigen zu können. „Und dabei wären wir auch nicht allein – das war es, was ich sagen wollte. Matty und Natalie würden sich uns nämlich bei den Ausflügen anschließen. Nur heute am Feiertag haben sie schon andere Pläne, fürchte ich."

„Genau wie ich!" Joyce zog das Handy aus der Tasche ihrer zerfetzten Jeans, stöpselte die Kopfhörer ein und starrte demonstrativ auf das Display. „Brauchst mir nur dein Passwort zu geben, und schon kann ich meine Pläne verwirklichen. Wenn ich Murph jetzt nicht endlich ’ne Nachricht schicke, denkt er noch, in meiner Verbannung gibt’s nicht mal WLAN!“

„Murph ist dein Freund, nicht wahr?“, hakte Conor nach, doch von Joyce kam lediglich ein genervtes Grunzen.

Seufzend streckte er die Waffen und gab ihr das Gewünschte, eher er den Tisch abräumte und sich an seinen Computer setzte, um zu arbeiten.

„Und genau so haben wir den gestrigen Tag verbracht: jeder mit einem Bildschirm vor Augen und in finsterstem Schweigen! Abgesehen von dem Gedröhne natürlich, das ich trotz ihrer Kopfhörer mithören konnte“, schloss Conor betrübt.

Während Joyce noch schlief, hatte Conor sich am folgenden Morgen allein auf den Weg nach Holly Cottage gemacht, um die letzten Details der von Matty geplanten gemeinsamen Kajaktour zu besprechen, und Natalie bereits im Garten angetroffen.

„Ich bin gar nicht mehr davon überzeugt, dass ich ihr einen Gefallen damit getan habe, sie für eine Weile aus Dublin und ihrem dortigen Freundeskreis herauszuholen!“

„Sag das nicht.“ Natalie hörte auf, Erde in den Blumenkübel zu ihren Füßen zu füllen, und blickte mitfühlend zu ihm auf. „Allein die Tatsache, dass du sie eingeladen hast, zeigt ihr doch, wie viel dir an ihr liegt. Ich bin sicher, sie weiß das zu schätzen, auch wenn sie es im Moment nicht wirklich zeigen kann. Außerdem habe ich den Verdacht, dass Matty sie schon bald aus der

Reserve locken wird. Ist dir an Joyce' erstem Abend hier nicht aufgefallen, wie gut Matty sie zu nehmen weiß? Mit dem Dessert am Ende hat sie dem Mädchen sogar fast ein Lächeln entlockt!"

„Wirklich? Das ist mir entgangen. Vermutlich war ich zu beschäftigt damit, mir Mattys hochgelobten Fudge auf der Zunge zergehen zu lassen." Dass er mindestens ebenso sehr damit beschäftigt gewesen war, Nat bei exakt dieser Tätigkeit zu beobachten, verschwieg Conor allerdings. In der Tat hatte sich ein träumerisches Lächeln auf Nats Lippen gelegt, während sie ihr Dessert genoss, und das flackernde Kaminfeuer hatte ihr Haar mit einem seidig-sanften Schimmer versehen.

„Oh, das verstehe ich!", stimmte sie zu. „Dieses Konfekt ist wirklich köstlich. Man könnte süchtig danach werden! Auf jeden Fall", kam sie wieder auf Conors Kummer mit Joyce zu sprechen, „solltest du erst einmal Mattys Kajaktour abwarten, ehe du dir Gedanken darum machst, Joyce nach Hause zu schicken. Matty ist bereits dabei, ein herzhaftes Picknick vorzubereiten, damit uns unterwegs nicht die Kräfte ausgehen. Ich glaube, sie hat die halbe Nacht kein Auge zugetan in ihrer Vorfreude! Möglicherweise war es aber auch noch die Aufregung von gestern, die sie nicht schlafen ließ."

„Aufregung?" Fragend hob Conor die Augenbrauen.

„Weil Jon hier war, meine ich. Er hat sich einen Tag Auszeit vom Pflegeheim genommen, und Matty hat ihn nach Hause geholt. Gemeinsam haben wir oben in der Kapelle eine kleine Karfreitagsandacht gefeiert und den restlichen Nachmittag auf der Terrasse des Boathouse in der Sonne verbracht."

„Das freut mich für Matty – und natürlich auch für Jon! Sicherlich ist es nicht einfach, den Partner immer nur im Heim zu besuchen."

„Vor allem wenn man erst in den Fünfzigern ist, so wie die beiden.“ Mit der Spitze ihrer kleinen Schaufel schob Nat die Blumenerde von einer Seite des Tontopfes, der noch immer vor ihr stand, auf die andere, und fuhr nachdenklich fort: „So wic ich das sehe, würde Matty Jon gerne ganz nach Hause holen, aber irgendwie sperrt Jon sich gegen diesen Plan. Wobei aus medizinischen Gründen nichts dagegenspricht!“

„Ich kann das absolut nachvollziehen! Kein Mann zeigt sich vor seiner Frau gerne so unselbstständig und pflegebedürftig, wie Jon es zu sein scheint, oder will ihr zumuten, ihn zu versorgen“, erklärte Conor entschieden.

„Auch wieder wahr.“ Als Krankenpflegerin konnte Nat dieser Behauptung nur zustimmen. Viele Paare hatten nach der schweren Erkrankung eines Partners mit derlei Problemen zu kämpfen. Allerdings fragte sie sich, aus welcher Beziehungserfahrung Conor diese Erkenntnis schöpfen mochte. Vor ihrem inneren Auge blitzte das Bild auf, wie er mit der stark geschminkten Joyce an einem Cafétisch saß und vertrauliche Gespräche führte. Doch weder war Joyce Conors Freundin noch hatte Conor – oder Matty – jemals von einer anderen Frau in seinem Leben gesprochen. Demzufolge war Conor Single ... Weshalb sonst sollte er die Osterfeiertage mit Joyce verbringen und gemeinsam mit ihr, Matty und Nat einen Ausflug unternehmen?

Erschrocken über die Richtung, in die ihre Gedanken zum wiederholten Male wanderten, wandte Natalie ihre Aufmerksamkeit wieder der Tätigkeit zu, bei der Conor sie unterbrochen hatte.

Am Vortag hatte sie unter den jungen Eichen, die die Grenze zu Killeen Manor bildeten, ein ganzes Feld blühender Hasenglöckchen entdeckt: ein Meer aus kleinen blauen Blüten, die in der feuchten Frühlingsluft einen betörenden Duft verströmten.

Vollkommen hingerissen hatte Natalie Matty von ihrer Entdeckung berichtet. „Ach, du sprichst von den Bluebells“, lächelte diese. „Ehrlich gesagt wachsen die hier wie Unkraut. Aber wenn sie dir so sehr gefallen, hol dir gerne einen Armvoll ins Haus! Blumenvasen habe ich in Hülle und Fülle.“

„Wenn du nichts dagegen hast, würde ich lieber einige davon ausgraben und hier an der Terrasse wieder einpflanzen“, erwiderte Natalie. „Auf diese Weise können wir ihren Anblick und auch den Duft vom Haus aus noch viel länger genießen.“

Jon hatte ihr zugestimmt, und sobald Matty ihn abends zurück ins Pflegeheim gebracht hatte, hatten die beiden Frauen einige Tontöpfe aus dem Gartenschuppen gekramt, die Natalie nun mit frischer Erde befüllte. Eifrig beugte sie sich über den letzten Blumenkübel.

„Kann ich dir helfen?“, erkundigte sich Conor.

„Warum nicht – ich meine, wenn du wirklich Zeit dafür hast?“ Nat strich eine Haarsträhne hinters Ohr, die sich aus ihrem locker aufgesteckten Haarknoten gelöst hatte. Seltsamerweise störte es sie nicht im Geringsten, die besondere Ruhe „ihres“ Gartens mit Mattys Nachbarn zu teilen.

„Irgendwie muss ich mir die Zeit bis zu unserem Aufbruch ja vertreiben, und zu Hause wage ich mich kaum zu bewegen, aus Angst, dann eine unausgeschlafene und noch schlechter gelaunte Joyce um mich zu haben“, gestand Conor scherzhaft. „Du tust mir also einen großen Gefallen damit, mich hier so lange wie möglich beschäftigt zu halten.“

„In dem Fall gewähre ich dir natürlich gerne Asyl“, grinste Natalie. „Ich wollte eben diese Blumentöpfe mit ein paar Bluebells bepflanzen, die dort drüben unter den Bäumen wachsen, und sie dann hier auf der Terrasse platzieren.“

„Gut. Dann besorgen wir uns einen Schubkarren, um die Blumen samt Wurzelballen hierherzutransportieren.“ Entschlossen schritt Conor auf den Geräteschuppen zu.

Kurz darauf standen die beiden gemeinsam unter den jungen Eichen. Eine sanfte Brise kam von der Bucht herauf, spielte mit den sich eben erst entrollenden zartgrünen Eichenblättern und ließ die Bluebells mit ihren Blütenköpfchen nicken.

Unwillkürlich hielt Natalie inne, um die Szene mit allen Sinnen in sich aufzunehmen. Ihre Nasenflügel bebten, während sie den Blütenduft in tiefen Zügen inhalierte, in ihren moosgrünen Augen spiegelte sich das Blütenmeer, und ein träumerisches Lächeln legte sich auf ihre Lippen.

Die Hingebung, mit der Nat diesen für Conor alltäglichen Augenblick genoss, faszinierte ihn – wenngleich er sich bei dem Wunsch ertappte, er selbst wäre der Grund für ihr verzücktes Lächeln. Jedenfalls gedachte er, diesen Anblick so lange wie möglich auszukosten. „Wusstest du eigentlich“, bemerkte er deshalb, ohne Natalie dabei aus den Augen zu lassen, „dass Blumen sowohl die Intensität als auch die Qualität ihres Duftes zu verschiedenen Zeiten und aus verschiedenen Anlässen ändern können?“

„Tatsächlich?“ Verblüfft richtete Nat ihre Augen auf ihn, ihre Lippen formten sich zu einem fast hörbaren „Oh“ des Erstaunens.

Am liebsten hätte Conor die Hand ausgestreckt, um mit dem Finger der Form dieser Lippen zu folgen, doch Natalie fuhr bereits fort. „Ich dachte eigentlich, der Blumenduft ist genau wie die Blütenfarbe lediglich ein Mittel, um Insekten anzulocken?“

„Das auch, ja. Vor allem für Pflanzen, die auf nächtliche Besucher wie Motten angewiesen sind, ist der Duft immens wichtig. Lilien beispielsweise duften so intensiv, weil Motten und andere nächtliche Bestäuber die dunkleren Blüten bei Nacht sonst nicht wahrnehmen würden. Tagblumen hingegen kann man in verschiedene Dufttypen unterteilen."

Endlich riss Conor seinen Blick von ihr los. Er beugte sich hinab, pflückte behutsam eine der Bluebells und hielt sie Nat entgegen. „Blumen wie die Bluebells, oder auch Hyacinthoides, die von Bienen und Fliegen bestäubt werden, duften extrem süß, aber diejenigen, die auf Käfer angewiesen sind, tendieren zu einem würzigen, moschusartigen Duft. Ein amerikanischer Journalist hat zudem die These aufgestellt, dass einige Pflanzen ihre Blüten entsprechend entwickelt haben, um sowohl ihren Bestäubern als auch den Menschen zu gefallen. Getreu dem Motto, dass eine Pflanze mit schönen, duftenden Blüten durch menschliche Pflege eher überleben wird als eine „unschöne" und deshalb vom Menschen unbeachtete."

„Faszinierend!" Nats Finger streiften die seinen, als sie die duftende Blume entgegennahm. „Denkst du, er hat recht mit dieser These?"

„Für mich klingt sie ehrlich gesagt etwas spekulativ, doch um das konkret beurteilen zu können, reichen meine botanischen Kenntnisse nicht aus. Aber ist es letztendlich nicht gleichgültig, ob Gott die Pflanzen von vornherein in ihrer einzigartigen Vielfalt geschaffen hat oder ob er sie tatsächlich mit der Fähigkeit, sich das Gefallen des Menschen zu erarbeiten, ausgestattet hat? Meine Bewunderung für ihn als Schöpfer gehört ihm auf jeden Fall."

„Auf diese Weise habe ich das noch nie betrachtet", gestand Nat. „Aber du hast vollkommen recht: So oder so gebührt Gott als Schöpfer die Ehre! Und", verträumt spielte sie mit den blauen Blütenblättern, „ich bin ihm sehr dankbar dafür, dass er mir zurzeit die Möglichkeit gibt, ein wenig an seiner Kreativität teilzuhaben. Ich genieße es, knospendes, duftendes Leben um mich zu haben und etwas Neues, Schönes damit zu gestalten, nachdem ich zuvor so lange von Schmerzen, Leid und Verfall umgeben war." Natalie verstummte verlegen. Wie kam es nur, dass sie vor Conor, den sie erst seit einer Woche kannte, ihre tiefsten Gedanken preisgab? Sie ließ sonst doch nur höchst selten andere Menschen in ihr Inneres blicken.

Doch Conor zerstreute ihre Sorge, zu viel gesagt zu haben. „Ich verstehe, was du meinst", sagte er schlicht. „Gott gibt dir ‚Schönheit statt Asche' und ‚Freudenöl statt Trauer', so wie er es einst den Trauernden Israels versprochen hat."

„Haargenau!", strahlte Nat, und Conor fuhr fort: „Dann lass uns zusehen, dass wir heute noch ein paar dieser kleinen blauen Schönheiten", er neigte den Kopf zu den Bluebells hinunter, „hinauf zur Terrasse versetzt bekommen. Deswegen sind wir schließlich hier, richtig?"

„Richtig!", nickte Natalie, reichte Conor eine Grabegabel und machte sich ebenfalls wieder ans Werk.

Kapitel 10

Ich hab sie selbst gezogen
aus einem winzigen Kern.
Nun hat sie ihre Blüte geöffnet
gleich einem Stern.
Ich stehe davor und schaue
und fühle nicht der Arbeit Last.
Mir ist so still zu Mute
als sei Gott zu Gast.
Als wären meine Glieder
und Hände schön nicht mein,
als müsste ich nur
wie die Blüte: geöffnet sein.
Matthias Claudius

Während Matty die Sandwiches belegte, Tee und Eier kochte und Obst vorbereitete, summte sie fröhlich vor sich hin. Der gestrige Tag mit Jon war einfach herrlich gewesen!

Zugegeben, anfangs hatte es ihr ein wenig Angst gemacht, Jon mit seinem Rollstuhl, der Magensonde und den übrigen medizinischen Gerätschaften in Holly Cottage zu sehen, doch dank Nat und deren Fachwissen hatte sich Matty bald sicher gefühlt.

Mit vereinten Kräften schoben sie Jons Rollstuhl hinüber zur Kapelle und später zum Boathouse. Jon genoss es sehr, auf der Terrasse zu sitzen und den lange vermissten Ausblick auf seine Insel und die Bucht zu genießen, und Matty las ihm jeden Wunsch von den Augen ab. Zumindest versuchte sie es: Sie schob Jon von einer Ecke der Terrasse in die andere, damit ihn die Sonne nicht blendete und er den besten Ausblick genießen konnte. Sie legte ihm eine warme Decke um und setzte ihm eine Mütze auf, sobald die Brise auffrischte, damit er sich nicht erkältete. Sogar das Tablet nahm sie ihm jedes Mal vom Schoß, wenn er gerade nichts tippen wollte. Schlussendlich schrieb Jon: *Bitte gönn mir mal eine kleine Pause von deiner Aufmerksamkeit, Matty. Ich weiß ja schon gar nicht mehr, wo mir der Kopf steht.* ☺

Ein wenig beleidigt schob Matty ihm daraufhin seine Mütze über die Augen, statt sie zurechtzurücken, während Nat lachend bemerkte: „Keine Sorge, Matty, diese übertriebene Fürsorge ist typisch für Angehörige von Pflegebedürftigen."

Ja, Nat in ihrer unaufdringlichen, unterstützenden Art war gestern eindeutig die bessere Pflegerin für Jon gewesen, das musste Matty ihr neidlos zugestehen. Schließlich war es auch Nats Idee gewesen, ihn an Karfreitag für einen Besuch nach Holly Cottage zu holen. Insgesamt war es jedenfalls ein rundum wundervoller Tag gewesen, und Matty hatte es kaum übers Herz gebracht, ihren Mann abends zurück ins Pflegeheim zu bringen.

Würde jemals wieder ein Tag kommen, an dessen Ende sie sich nicht voneinander verabschieden mussten – an dem sie abends gemeinsam ins Bett gehen und nachts den Atemzügen des anderen lauschen durften? Mattys Frage verwandelte sich in ein stilles Gebet, während sie das letzte Sandwich in der Frischhaltebox verstaute.

Heute jedoch war ein neuer Tag – ein weiterer Tag, für den Matty die herrlichsten Pläne geschmiedet hatte, und sie konnte es kaum erwarten, diese in die Tat umzusetzen. Sie schob das Küchenfenster hoch und streckte den Kopf nach draußen. Wo Nat nur wieder steckte? In aller Frühe war sie bereits im Garten verschwunden.

Matty schmunzelte. Ihr vernachlässigter Garten hatte es Nat sichtlich angetan: Seit ihrem ersten Tag in Holly Cottage setzte sie ihren ganzen Ehrgeiz darein, den Abhang hinunter zur Bucht in ein blühendes Schmuckstück zu verwandeln.

Aber momentan war nichts von Nat zu sehen. Dafür kam Joyce die Zufahrt zum Haus heraufgeschlendert. Ihr schlaksiger Körper steckte in schwarzen Jeans und einem schwarzen eng anliegenden Top; lediglich die grellgelbe Sonnenbrille und die blauen Haarsträhnen bildeten einen Farbklecks. Den Blick starr auf ihr Handy gerichtet, stolperte Joyce über einen Stein. Matty konnte ihr genervtes Schnauben bis in die Küche hören.

Kopfschüttelnd fragte sich Matty, was sich Joyce unter einer Kajaktour im irischen Frühling eigentlich vorstellte. Ihr bestenfalls großstadttaugliches Outfit hatte Wind und Regen rein gar nichts entgegenzusetzen, und die Bedienung des Paddels dürfte sich als ziemlich schwierig erweisen, wenn Joyce ständig das Handy im Auge behalten musste. Nun ja, wahrscheinlich wäre es sogar ein Segen, wenn das Gerät gleich zu Beginn der Tour im Wasser landete.

Matty zumindest hätte nichts dagegen einzuwenden, und Joyce würde es guttun, den Blick einmal auf die herrliche Umgebung oder ihre Mitmenschen zu richten statt auf irgendwelche elektronischen Gerätschaften. Matty hatte nämlich das Gefühl, dass sich hinter Joyce' Fassade der Gleichgültigkeit ein äußerst sensibler und gleichwohl unternehmungslustiger Teenager verbarg. Man durfte nur nicht zu offensichtlich versuchen, diesen herauszulocken.

Matty rief Joyce eben einen Gruß zu – den diese gekonnt ignorierte –, als Nat und Conor samt einem Schubkarren voller Bluebells den Garten durchquerten. Bei der Terrasse trafen die drei aufeinander.

„Na, gut geschlafen?“, erkundigte sich Conor, während Nat Joyce einen guten Morgen wünschte. Diese nickte kaum merklich und steuerte die kleine Sitzbank unter dem Küchenfenster an.

„Was tut ihr denn da?“ Gereizt wies Joyce mit dem Handy auf den Schubkarren voller Blumen, die Nat bereits auszuladen begann. „Ich dachte, wir machen ’ne Tour mit dem Boot oder so?“

„Natürlich! Wir setzen nur rasch diese Bluebells ein, dann kann es losgehen“, versicherte Nat, und Matty beugte sich aus dem Fenster. „Das Picknick ist schon bereit“, verkündete sie, „und ich habe uns eine schöne kleine Route ausgesucht, sodass wir bis abends wieder zurück sind. Bleibt nur zu hoffen, dass der Wind uns die Regenwolken dort drüben vom Leib hält. Gegen die hilft, fürchte ich, die beste Regenjacke nichts!“

Mit dem Kinn deutete sie hinüber auf die andere Seite der Bucht: Die Berggipfel Iverahgs waren in tief hängende graue Wolken gehüllt, während der Himmel über Killeen mehr oder minder klar war.

„Und wenn schon, Regen ist auch nur Wasser!“, wiederholte Joyce das Argument, das sie an ihrem ersten Abend auch Nat gegenüber gebracht hatte. „Ob’s von oben kommt oder von unten, ist doch schietegal, Alter!“

„Nun, *diese* Alte hier hat nicht vor, während der Tour allzu nass zu werden. Ich bin meine Runde heute bereits geschwommen.

Aber wenn dir später danach ist, vom Kajak aus zu baden, habe ich selbstverständlich nichts dagegen, Joyce. Es ist schön erfrischend heute …"

„Baden? Das soll wohl 'n Aprilscherz sein", murmelte Joyce und hielt nachdenklich inne. „Ich geh besser noch mal zurück ins Haus und hole meine Regenjacke."

„Ja. Könnte eventuell nützlich sein", pflichtete Matty trocken bei. „Wir treffen uns dann gleich unten am Boathouse."

„Wie machst du das nur, Matty? Sie ist ja geradezu Wachs in deinen Händen", flüsterte Conor bewundernd, während Joyce, mit dem Handy in der Hosentasche statt vor den Augen, den Weg hinabeilte. „Wenn ich sie dazu aufgefordert hätte, eine Regenjacke mitzunehmen, hätte sie mich ausgelacht – im besten Falle."

„Nun, ich habe sie ja auch nicht aufgefordert, sie kam von selbst auf die Idee", grinste Matty verschmitzt. „Jetzt lasst uns aber rasch diese Bluebells pflanzen, damit wir ebenfalls aufbrechen können." Sie ließ das Picknick in der Küche zurück und eilte nach draußen, um mit Hand anzulegen.

Eine halbe Stunde später nahm Natalie ihren Platz in dem Zweierkajak ein. Hinter ihr saß Conor, während Joyce die Sitzschale im Bug von Mattys Kajak besetzte.

„Ist immer besser, das schwere Gewicht nach hinten zu packen", bemerkte Matty, während sie den wasserdichten Picknicksack in den Stauraum unter der Spritzdecke schob. „Und damit meine ich nicht unser Gepäck!" Fröhlich grinsend schwang sie ihren rundlichen Körper über den Rand des Piers, bestieg das

Kajak und stieß dieses schwungvoll und mit geübtem Griff vom Pier ab.

Captain Noah, der von seinem Frauchen streng zum Bleiben aufgefordert worden war, blickte dem Kajak winselnd hinterher. Zurückgelassen zu werden, war ganz und gar nicht nach seinem Geschmack!

Natalie und Conor bereitete der Start erheblich mehr Probleme. Dabei war es nicht unbedingt der Schwung, der ihnen fehlte – auch Conor hatte das Kajak kräftig abgestoßen –, sondern vielmehr der richtige Takt: In dem über drei Meter langen Wanderkajak synchron mit ihrem Hintermann zu paddeln, war deutlich schwieriger, als Natalie erwartet hatte. Das Kunststoffpaddel in ihren Händen war zwar leicht, aber trotz Mattys Anweisung ungewohnt zu handhaben. Zwei-, dreimal hintereinander gelang es ihr, das Paddel zeitgleich mit Conors einzutauchen, aber spätestens beim vierten Mal war sie zu spät dran und das Kajak bewegte sich kaum von der Stelle.

Joyce warf ihr einen halb abschätzigen, halb mitfühlenden Blick zu. Nachdem sie ihr Handy tatsächlich widerspruchslos in der Tasche verstaut hatte, gelang es ihr und Matty offenbar ohne Probleme, im Gleichtakt zu bleiben. Mühelos glitt ihr Kajak voran und nahm bereits Kurs auf Fairy Island, während Conor und Nat sich erst wenige Meter vom Pier entfernt hatten.

„Stemm deine Füße kräftig gegen das Brett vor dir, Nat. Das sorgt für eine bessere Kraftübertragung", riet Conor, und Matty, die sich zu ihnen umgewandt hatte, fügte hinzu: „Und tauch das Paddel auf Fußhöhe ein statt weiter vorne, und dann zieh es immer nah am Boot entlang nach hinten! Wenn du so weit ausholst, brauchst du länger für deinen Zug als Conor – das ist es, was euch aus dem Takt bringt."

„Na schön, ich versuch's", antwortete Nat ein wenig kläglich. „Aber wundert euch nicht, wenn ich schlappmache, ehe wir die Insel umrundet haben. Ich war noch nie Sportlerin des Jahres …"

„Dafür hast du Ausdauer!", ermunterte Conor. „Ich kenne wenige Menschen, die so hartnäckig und tatkräftig ihren Traum von einem perfekten Garten verfolgen wie du. Stell dir doch einfach vor, dein Paddel ist eine Harke, die du durch den Boden ziehst, um möglichst viel Unkraut zu entfernen und deinen Blumen Luft zum Atmen zu verschaffen."

„Jetzt machst du dich aber lustig über mich", beschwerte sich Nat. „Aber ich kann mir schon vorstellen, wie du das meinst, nämlich so!" Sie wandte sich halb um und schlug ihr Paddel dicht neben Conor auf die Wasseroberfläche. Eine Fontäne spritzte auf, traf Conors Oberkörper und erreichte wie beabsichtigt auch sein Gesicht.

Vollkommen perplex holte Conor Luft, wischte sich die Tropfen von der Haut und holte mit dem Ausruf „Na warte, du!" umgehend zur Rache aus. Sein Paddel ging nieder – doch in der Hektik viel zu nahe neben ihm selbst, sodass sich das kalte Wasser erneut über ihn ergoss.

„Eigentor!", verkündete Nat prustend. Joyce dagegen, die alles beobachtet hatte, rollte in altbekannter Manier mit den Augen und bemerkte deutlich hörbar: „Und so was nennt sich erwachsen!"

Lachend pflichtete Matty ihr bei, ehe sie kommentierte: „Ich seh schon, ihr beide harmoniert großartig! Jetzt müsste sich diese Harmonie nur noch auf eure Paddelkünste übertragen …"

„Man wird sehen", grollte Conor gespielt, während Nat sich die Lachtränen aus den Augen wischte. Sie konnte sich kaum mehr daran erinnern, wann sie sich – außerhalb von Mattys Garten – das letzte Mal dermaßen gelöst und glücklich, ja richtiggehend übermütig gefühlt hatte. Frei von allen Pflichten, von allen schwermütigen Gedanken und der heimlichen Sorge, irgendjemanden zu enttäuschen beziehungsweise einfach nicht zu genügen.

Hier und jetzt gab es nichts als sie selbst, den Wind, das Wasser und die Wolken, einen missmutigen Teenager, eine gute Freundin und deren Nachbarn – der im Übrigen mittlerweile in ihr Lachen eingestimmt hatte und das von seinem Haar und Kinn tropfende Wasser einfach ignorierte.

„Dann lass es uns noch einmal versuchen!“, forderte Natalie Conor auf. Doch auf das Gefühl, das sein zustimmendes Nicken, vor allem aber der Ausdruck seiner Connemara-Augen in ihr auslöste, war sie nicht gefasst: Ihr Magen flatterte, ihr Herz klopfte wie ein Hammer gegen die Schwimmweste, und sie spürte, wie eine heiße Röte in ihre Wangen stieg.

Rasch fuhr sie herum, sodass sie wieder in Fahrtrichtung saß, und tauchte ihr Paddel in der inständigen Hoffnung ein, dass Conor ihre Reaktion nicht bemerkt hatte. Zu ihrer Erleichterung tat er es ihr wortlos gleich, und unversehens glitt das Boot voran: Sie hatten zu einem gemeinsamen Takt gefunden.

„Sehr schön!“, freute sich Matty und stieß ihr eigenes Paddel ins Wasser. Joyce grinste verstohlen. Endlich ging es voran – und es machte überraschenderweise sogar Spaß!

Seite an Seite glitten die beiden Kajaks durch das Wasser der Bucht, das sich heute beinahe so rau gebärdete wie die offene See. Zarter Schaum krönte die blaugrünen Wellen unter den rasch dahinjagenden Wolken, durch die gelegentlich ein Sonnenstrahl blitzte. Noch hatte der Regen über Iveragh sie verschont, und während sie Mattys Insel im seichten Wasser umrundeten, lichteten sich die Wolken sogar leicht.

„Seht nur“, rief Joyce mit einem Mal, „dort ist ein Regenbogen – nein, es sind sogar zwei!“ In ihrer Aufregung entglitt ihr beinahe das Paddel, als sie auf einen der grünen Gipfel zeigte. Tatsächlich wölbten sich gleich zwei der bunten Bogen darüber. Über den kargen, mit kleinen weißen Punkten gesprenkelten Weideflächen leuchteten die Farben in einer für Natalie bislang ungekannten Intensität. Blau war nicht nur Blau und Rot nicht nur Rot, sondern jede Farbe bestand aus einer ganzen Palette von einander ergänzenden, ineinander verschmelzenden Farbharmonien, während abwechselnd erst der obere und dann der untere Bogen aufleuchtete.

Natalie hielt den Atem an, und auf Joyce’ Gesicht legte sich zum ersten Mal ein zartes, fasziniertes Lächeln. Für einen winzigen Augenblick ließ es erahnen, welch sensibles Wesen das Mädchen hinter seinem rebellischen Auftreten verbarg. Eine Minute oder länger verharrten die beiden Kajaks an Ort und Stelle, während ihre Insassen schweigend das Naturschauspiel genossen, bis sich eine neue Wolke vor die Sonne schob und die Regenbogen verschwanden.

„Wollt ihr hier Anker werfen oder fahr’n wir auch mal weiter?“, fragte Joyce endlich in gewohnter Ungnade. „Mir schlafen schon die Arme ein.“

„Was du nicht sagst!“, konterte Matty. „Veranstalten wir doch ein kleines Wettrennen, um dich wieder munter zu machen. Wer zuerst die andere Seite der Bucht erreicht, darf den Platz für unser Picknick bestimmen!“ Ohne eine Antwort abzuwarten, setzte Matty das Kajak in Bewegung, und Joyce beeilte sich, sie dabei nach Kräften zu unterstützen.

„Aber hallo, ihr habt nicht einmal ein Startsignal gegeben! Nennst du das etwa einen fairen Wettbewerb, Matty?", protestierte Natalie, doch Conor lachte nur. „Lass ihnen den Spaß! Ich glaube, da haben sich die zwei Richtigen gefunden. Sieh nur, wie sie sich in die Riemen legen. Man könnte glatt denken, sie kämpfen um olympisches Gold!"

„Stimmt." Nat verfolgte mit ihrem Blick das Boot, das regelrecht davonschoss, während die Gesichter der Insassen sich vor Anstrengung röteten. „Aber kampflos überlasse ich ihnen den Sieg nicht!" Damit legte sie ihre Hände wieder ordnungsgemäß um das Paddel und tauchte es ins Wasser. Zeitgleich schallte Joyce' Stimme übers Wasser: „Nun kommt schon, ihr beiden, sonst futtern wir euch alles weg!"

„Träum weiter, Joyce! Nat und ich haben euch im Nu wieder eingeholt!" Conor fiel in Nats Rhythmus ein, und auch ihr Kajak schoss voran.

Als sie sich fast auf gleicher Höhe mit Matty und Joyce befanden, brannten Natalies Handflächen und Schweiß sammelte sich in ihrem Nacken. Aber da war auch noch etwas anderes, etwas wie ein wohliger Schauer, der über ihren Rücken lief. „Nat und ich" – wie vertraut sich diese Worte aus Conors Mund angehört hatten. Wie selbstverständlich. Als ob er sie schon hundertmal ausgesprochen und nicht gerade zum ersten Mal in dieser Kombination in den Mund genommen hätte.

„Nat und ich" ... *Nat und Conor* ... War es sehr vermessen von ihr, davon zu träumen, dass eines Tages ein dauerhaftes „Wir" aus diesem plötzlichen „Nat und Conor" wurde?

Allein der Gedanke daran verlieh Natalie neuen Schwung, und sie begann, in raschem Tempo die Paddelzüge anzuzählen. „Eins, zwei, eins, zwei – komm schon, Conor, schneller!"

„Du siehst dich wohl schon auf dem Siegertreppchen! Oder willst du plötzlich doch noch zur Supersportlerin werden?“

Obwohl Nat mit dem Rücken zu Conor saß, spürte sie das unterdrückte Lachen, das seine Worte begleitete. „Beides natürlich, was für eine Frage!“, antwortete sie schlagfertig, und diesmal lachte Conor frei heraus, während Nat weiterhin laute Kommandos gab.

Dennoch waren es letztlich Joyce und Matty, die das Wettrennen für sich entschieden. Eine Bootslänge vor Conor und Nat trafen sie aufs Ufer, und Joyce stieß einen lang gezogenen Siegesschrei aus. Ihre Wangen waren hochrot vor Anstrengung, doch ihre Augen strahlten vor Vergnügen, als sie aus dem Kajak ins knietiefe Wasser stieg und sich fröhlich den steilen Felsstrand hinaufbemühte.

Nat hörte, wie Conor bei diesem Anblick einen tiefen Seufzer der Erleichterung ausstieß. Aus irgendeinem Grund, den er bislang weder Matty noch ihr erläutert hatte, lag ihm wirklich eine Menge an diesem Teenager.

„Na, so was! Das ist eigentlich nicht die Stelle, an der ich an Land gehen wollte“, unterbrach Matty Natalies Gedanken. Prüfend musterte sie das undurchdringliche Gebüsch und die üppig mit Seegras bedeckten Felsen davor. „Diese Meeresspaghetti hier hatte ich nicht bestellt! Ich fürchte, darauf lässt sich nicht besonders gut picknicken, Leute. Also, zurück mit euch ins Kajak, wir fahren weiter!“

„O nein! Wenn ich das geahnt hätte, hätte ich mich eben nicht so verausgabt“, stöhnte Nat. „Meine Arme fühlen sich an wie die eines Galeerensklaven!“

„Dann ruh dich ein wenig aus. Ich kann gerne eine Weile allein paddeln“, bot Conor an.

„Bist du sicher?"

„Ganz sicher. Oder hast du *daran* etwa Zweifel?" Conor beugte seinen Oberarm und zog den dicken grauen Aranpullover glatt, sodass sich seine Muskeln deutlich darunter abzeichneten.

„Wie könnte ich?!", zwinkerte Nat schelmisch. „Hättest du mir das nur mal demonstriert, ehe wir losgefahren sind, du starker Held!"

„Phhh!", schnaubte Joyce verächtlich, während sie geschickt ins Kajak zurückkletterte, und Matty grinste von einem Ohr zum anderen. Wer hätte gedacht, dass die beiden derart flirten konnten?!

„Keine Sorge, Nat, für den Rest des Tages lassen wir es etwas ruhiger angehen", versicherte Matty. „Auf Dauer halte ich dieses Tempo auch nicht durch." Mit dem Paddel stieß sie sich vom felsigen Grund ab, und kurz darauf nahmen die beiden Kajaks wieder Kurs auf die Mitte der Bucht.

Natalies Mühe bei der Auswahl der Pflanzen und Conors Sorgfalt beim Ausgraben der Wurzeln hatten sich ausgezahlt: In den vergangenen drei Tagen hatten sich die Bluebells auf der Terrasse prächtig entwickelt. Trotz des beständigen Nieselregens war die Luft schwer von ihrem Duft, und ihre Blütenglöckchen nickten in der Brise, als Natalie an diesem Morgen ins Freie trat.

Erfreut beugte sie sich über einen der Tontöpfe und prüfte die Feuchtigkeit der Erde. Wie erwartet fehlte es den Bluebells nicht an Wasser.

Freilandpflanzen zu gießen, schien in Irland überflüssiger Luxus zu sein, dachte Nat belustigt. Der Regen war in diesem

Fall der zuverlässigste Gärtner. Und selbst wenn es einmal nicht regnete, reichte allein die Luftfeuchtigkeit für viele Pflanzen aus. In feuchter Umgebung waren die Poren der Pflanzenblätter dauerhaft geöffnet und ermöglichten damit eine ungehemmte Fotosynthese und optimales Wachstum, wie Conor ihr neulich erklärt hatte. Es war die reine Freude, Pflanzen unter diesen Bedingungen beim Wachsen zu beobachten. Ob auch Gott diese Freude verspürte, wenn er sah, wie Menschen sich für seine lebensspendende Gegenwart in ihrem Leben öffneten und dadurch geistlich wuchsen?

Unwillkürlich erinnerte sich Natalie an die stille Freude des Gärtners aus ihrem Traum, und ihr wurde warm ums Herz. Sie fühlte sich ihm verbundener als je zuvor, während sie von der Terrasse weiter zu den Tulpen unter der Stechpalme schritt. Auch hier war alles in schönster Ordnung. Einige Tulpen ließen verwelkt ihre Blütenköpfe hängen, dafür hatten sich etliche neue Blütenkelche geöffnet oder würden es in Bälde tun.

Suchend blickte sie sich nach einem neuen Betätigungsfeld um. Nachdem sie während der Osterfeiertage anderweitig beschäftigt gewesen war, juckte es sie geradezu in den Fingern, wieder im Garten Hand anzulegen. Zwischen dunkelgrünen Farnwedeln hindurch bahnte sie sich ihren Weg zu dem kleinen Bach, der unten am Hang in die Bucht mündete und dem sie bislang kaum Beachtung geschenkt hatte. Captain Noah, der sich zu ihrem ständigen Begleiter ernannt hatte, folgte ihr auf dem Fuße.

Horste gelber Schlüsselblumen wuchsen am Bachufer, gelegentlich mischten sich darunter ein paar frühe Lichtnelken. Ein erfreulicher Farbklecks an einem trüben Tag wie diesem, befand Natalie. Allerdings hätte es das Regenwetter auch ohne diese

Aufmunterung nicht vermocht, ihre gute Laune zu trüben. Die herrlichen Ausflüge der letzten drei Tage und vor allem Conors Anteil daran waren ihr noch allzu präsent!

Ein lauter Ruf unterbrach ihre Gedanken. „Hallo, jemand zu Hause?“

Joyce. Vermutlich litt das Mädchen nach den ereignisreichen Feiertagen unter Langeweile. Oder sie suchte, nachdem Conor heute in der Redaktion war, anderweitig Gesellschaft.

Mit der erhofften Ruhe war es damit wohl vorbei. Nat seufzte leise. Andererseits sollte sie sich darüber freuen, dass Joyce seit ihrem Sieg beim Kajakwettrennen immer öfter hinter ihrem selbst errichteten Schutzwall hervorgekrochen kam. Immer häufiger legte sie ihr Handy weg, um stattdessen an ihrer Umgebung teilzuhaben, und gab gelegentlich auch Bemerkungen von sich, die weder ironisch noch pessimistisch klangen.

Captain Noah jedenfalls freute sich über die unerwartete Gesellschaft: Auf Joyce' Ruf hin verließ der Neufundländer das knöcheltiefe Wasser des Baches, das ihn wie jedes andere Gewässer magisch anzog, und lief ihr freudig und mit dem Schwanz wedelnd entgegen.

„Ach, du bist es!“, grüßte das Mädchen ein wenig enttäuscht, als sie Nat gewahrte. „Ist Matty nicht da? Im Cottage war sie jedenfalls nicht, da habe ich schon nachgesehen. Die Terrassentür stand offen.“

„Richtig. Sie ist unterwegs zum Einkaufen, und danach will sie ihren Mann besuchen.“

Wie Nat registrierte, hatte die Dreizehnjährige heute auf die tiefschwarze Umrandung ihrer Augen verzichtet, und das Top, das unter ihrer Regenjacke hervorschaute, war von einem dunklen Lila.

„Schade ... ich mein, kein Drama! Wollte sie nur was fragen", kommentierte Joyce. „Wie kommt eigentlich Conors Jacke auf eure Terrasse?", fuhr sie fort.

Natalie fragte sich, ob sie sich den lauernden Unterton in Joyce' Stimme nur einbildete, antwortete aber möglichst unbefangen: „Ich habe sie dort bereitgelegt, damit Conor sie mitnehmen kann, falls er nach der Arbeit hier vorbeikommt. Er hat sie mir gestern am See geliehen, erinnerst du dich nicht?" Nat stand die Begebenheit noch in jeder Einzelheit vor Augen ...

Bei strahlendem Sonnenschein waren sie am Morgen in den knapp vierzig Kilometer entfernten Ort Killarney aufgebrochen, um eine Wanderung durch den dortigen Nationalpark zu unternehmen.

Der Weg durch den Wald mit seinen moosüberwucherten Bäumen, den fantasievollen Geflechten aus oberirdisch verlaufenden Baumwurzeln und dem gedämpften Licht zog Nat sofort in seinen Bann, und die kristallklaren, eiskalten Bergseen fanden auch bei Joyce Gefallen. Gemeinsam mit Matty sprang sie im flachen Wasser von einem Felsbrocken zum anderen, um möglichst weit auf den See hinauszugelangen, während Captain Noah die beiden ausgelassen bellend umrundete.

Unglücklicherweise schüttelte sich der Neufundländer, von oben bis unten triefend nass, später genau über Nats zum Sitzen ausgebreiteter Jacke das Wasser aus dem Fell. Aus diesem Grund hatte Conor ihr, als Wolken und Wind aufzogen und Natalie fröstelte, seine Jacke geliehen.

Nat glaubte, noch jetzt zu spüren, wie Conor ihr in das Kleidungsstück geholfen hatte und seine Hände dabei für einige Sekunden auf ihren Schultern geruht hatten.

Sie lächelte versonnen.

„Stimmt!“ Joyce erinnerte sich in der gleichen Klarheit an den Vorfall wie Nat. In der Hauptsache deshalb, weil er ihr ganz und gar nicht behagt hatte. „Aber bild dir nur nicht ein, dass du deswegen was Besonderes bist. Conor würde das auch für jeden anderen tun. Außerdem ist er verlobt!“

„Er ist *was?*“ Ungläubig taumelte Nat einen Schritt nach hinten. Sie merkte nicht, wie sie dabei ein Büschel Primeln zertrat. Die Pflanzenstängel brachen, und die gelben Blüten wurden tief in den grasigen Untergrund gedrückt.

„Du hast mich schon verstanden. Conor ist v-e-r-l-o-b-t!“, machte Joyce ihrem Unmut über die Beobachtungen der letzten Tage in aller Deutlichkeit Luft. „Und zwar mit meiner Schwester Johanna. Sobald sie aus Amerika zurückkehrt, werden die beiden heiraten!“

„Aber er hat nie etwas –“

„Nie etwas davon erwähnt, meinst du? Gutmütig, wie er ist, wollte er dich wahrscheinlich einfach nicht verletzen, so verknallt, wie du ihn ständig ansiehst!“, erklärte Joyce herzlos. „Und versuch gar nicht erst, das zu leugnen, Nat. Ich kenne mich aus, ich habe nämlich auch einen Freund, Murph!“ Mit einem letzten durchdringenden Blick wandte Joyce Nat den Rücken zu und stapfte davon.

Starr vor Entsetzen blieb Natalie zurück. Conor war verlobt! Verlobt mit Joyce' Schwester. Das also war seine bisher verschwiegene Verbindung zu dem Mädchen – und der Grund, weshalb er sich für den Teenie verantwortlich fühlte und Joyce unter seine Fittiche genommen hatte. Sie gehörte gewissermaßen bereits zur Familie!

Natalies Gefühle dagegen, die sogar Joyce bemerkt hatte, ihre zaghafte Hoffnung auf ein zukünftiges „Conor und Nat“ – nichts als Unsinn! Pure Einbildung, dass der Blick aus Conors marmorgrünen Augen etwas anderes – mehr! – bedeuten konnte als unverbindliche Freundschaft. Und je eher sie das in ihren Kopf bekam, desto besser für sie.

Mit hängenden Schultern machte Nat sich auf den Weg zu Mattys Kapelle. Sie brauchte Zeit, um nachzudenken, und zwar ungestört von Joyce, deren durchdringendem Blick und scharfsinnigen Schlussfolgerungen.

Erleichtert schloss sie schließlich die Kapellentür hinter sich, während Captain Noah sich als Wächter davor niederließ. Sie kauerte sich im Halbdunkel in eine der Bänke, barg niedergeschlagen ihren Kopf in den Händen und brachte, wie stets in Angelegenheiten dieser Art, ihre Enttäuschung vor Gott.

Kapitel 11

Nur dann lebt ein Garten wirklich, wenn er ein Ausdruck des Glaubens, die Verkörperung einer Hoffnung und ein Loblied ist.

Russel Page

Zur selben Zeit saß Conor an seinem Schreibtisch in der Redaktion, aber an Arbeiten war nicht zu denken. Er war schlicht unfähig, sich auf den Bildschirm vor sich zu konzentrieren. Stattdessen ließ er in Gedanken die vergangenen Tage noch einmal Revue passieren ...

Auch wenn ihn am ersten Tag mit Joyce starke Zweifel an seinem Prinzip der „Förderung durch Tapetenwechsel“ befallen hatten, waren die Ausflüge zu viert ein voller Erfolg gewesen.

Er dachte an Joyce, wie sie mit kindlichem Staunen den doppelten Regenbogen über den Bergen betrachtete oder sich von Mattys übersprudelnder Energie mitreißen ließ und im Lower Lake von Killarney plantschte. Mit jedem Tag hatte sich Joyce' Widerspenstigkeit ein Stückchen weiter zurückgezogen und damit Raum für ihr wahres Ich gemacht.

Er dachte an Matty, die sich von Joyce' rebellischem Auftreten nicht im Geringsten beeindrucken ließ und das Mädchen unbemerkt dorthin lenkte, wo sie es haben wollte. Ihre Wirkung auf Joyce war weit besser, als er sich erhofft hatte.

Bei Nat blieben Conors Gedanken schließlich hängen. Hatte er sie bei ihrer gemeinsamen Fahrt von Dublin nach Killeen noch für eine eher wortkarge, zurückhaltende junge Frau gehalten, so hatte sie ihn während der letzten Tage eines Besseren belehrt. Neben ihrer Sensibilität für die sie umgebende Schönheit und ihrem gestalterischen Ehrgeiz besaß Nat auch Sinn für Humor, wie ihr tätlicher „Angriff" auf dem Wasser bewiesen hatte. Sie war fleißig und ausdauernd und entwickelte trotz ihres unterschwelligen Kummers eine beständig zunehmende, stille Zuversicht. Zumindest glaubte er, dies bei ihren Unterhaltungen im Garten und während ihrer gemeinsamen Ausflüge bemerkt zu haben. Und – das gestand sich Conor nun zum ersten Mal ein – er fand auch ihr Äußeres anziehend: den lässigen fudgefarbenen Haarknoten auf dem Kopf und die zarte Biegung ihres Nackens darunter; den eigenwillig nach oben geschwungenen Mund und die verträumten grünen Augen sowie die Selbstverständlichkeit, mit der sie Jons verschlissene, uralte Gartenschürze um ihre schmalen Hüften knotete.

Nachdem Conor die letzten Tage praktisch durchgehend in Nats Gegenwart verbracht hatte, zogen sich die ersten Stunden dieses Arbeitstages ohne sie bereits unerträglich in die Länge. Vielleicht konnte er heute Nachmittag ein wenig früher Schluss machen und gemeinsam mit Nat noch eine Stunde in Mattys Garten arbeiten.

Gedankenverloren klopfte Conor mit einem Kugelschreiber auf die Tischplatte, als das Telefon ihn abrupt auffahren ließ.

„*Beara Chronicle,* Sie sprechen mit Conor McGarvey", meldete er sich geschäftsmäßig. „Was kann ich für Sie tun?"

Anstelle einer Antwort vernahm er lediglich ein amüsiertes Kichern und wollte bereits wieder auflegen, als sich sein Gesprächspartner offenbar eines Besseren besann.

„Ich stelle fest, du bist immer noch ganz der alte arbeitsame, pflichtbewusste Conor", erklärte eine weibliche Stimme. „Kaum sind die Feiertage vorüber, sitzt du schon wieder in aller Frühe am Schreibtisch!"

Conors Herz stockte. Er kannte nur eine Person mit einem derart hart akzentuierten „R" und nur eine Frau, die ihn in dieser Weise aufziehen würde.

Johanna.

Was in aller Welt wollte sie von ihm, oder besser: Was wollte Johanna nach all den Jahren des Schweigens ausgerechnet *jetzt* von ihm?

„Johanna! Was willst du von mir?", platzte er auf ungewohnt ungestüme Weise mit genau dieser Frage heraus.

„Na, ein wenig herzlicher habe ich mir deine Begrüßung aber schon vorgestellt, Conor!", kam es gekränkt zurück. „Immerhin haben wir einander einmal die Ehe versprochen."

„Richtig! Bis einer von uns dieses Versprechen mit Füßen getreten und sich klammheimlich aus dem Staub gemacht hat", erinnerte Conor sachlich.

„Du bist mir also immer noch böse deswegen? Glaub mir, Conor, es tat mir selbst weh, dich damals wortlos sitzen zu lassen, aber ich musste es einfach tun! Meine Eltern, Joyce, du und deine Fürsorge … es war einfach alles zu viel für mich! Ich war kurz davor, an euren Plänen und Vorstellungen für unser gemeinsames Leben zu ersticken. Aber ich wusste, du würdest es genauso wenig verstehen wie meine Familie, wenn ich versuche, es euch zu erklären."

„Einen Versuch wäre es zumindest wert gewesen, denkst du nicht? Unsere Liebe wäre diesen einen Versuch wert gewesen!“

„Möglicherweise.“

Conor konnte sich lebhaft vorstellen, wie Johanna bei diesem Eingeständnis unbekümmert die Schultern zuckte und es im nächsten Augenblick bereits wieder vergessen hatte. Es war noch nie ihre Stärke gewesen, ihr eigenes Verhalten zu reflektieren oder sich tiefere Gedanken über die Gefühle ihrer Mitmenschen zu machen.

Die liebevolle Pflege, die Nat sogar Mattys Pflanzen zukommen ließ, stand in krassem Gegensatz zu dieser Sorglosigkeit.

„Jedenfalls tut es mir heute leid, und hiermit entschuldige ich mich auch ganz förmlich bei dir“, unterbrach Johanna seine abschweifenden Gedanken. „Kannst du mir bitte verzeihen?“

„Verzeihen?“ Conor schluckte. Zwei Tatsachen standen ihm in diesem Augenblick unmissverständlich vor Augen. Erstens: Er hatte sich getäuscht. Inzwischen konnte Johanna sich zumindest bis zu einem gewissen Grad in das Gefühlsleben anderer Menschen hineinversetzen.

Und zweitens: Es war in der Tat höchste Zeit, ihr zu verzeihen. Sosehr ihr Verhalten ihn damals auch gekränkt hatte, gab ihm dies doch nicht das Recht, ihr etwas nachzutragen. Johanna war genauso fehlbar wie alle anderen Menschen – was ihm dank seiner rosaroten Brille damals eindeutig entgangen war –, und jede zwischenmenschliche Beziehung lebte nicht zuletzt von Vergebung. Liebe nährte sich davon, die Fehler des anderen zu kennen, manchmal auch darunter zu leiden und sie dennoch zu verzeihen. Und dieses Prinzip galt für die Liebe zwischen Freunden ebenso wie für die Liebe zwischen den Geschlechtern.

„Ja, ich vergebe dir, Johanna!“, erklärte er entschlossen und registrierte erstaunt, dass er ihren Namen plötzlich ohne jegliches Herzklopfen aussprechen konnte. Dass er sich mit ihr unterhalten konnte, ohne sich dabei nach ihrem ausgelassenen Lachen und ihrer körperlichen Nähe zu sehnen. Selbst jetzt, mit ihrer Stimme im Ohr, war er in der Lage, an Nat und ihre Blumen zu denken.

„Außerdem tue ich hiermit ganz offiziell, was ich schon längst hätte tun sollen“, fügte er deshalb hinzu. „Ich löse unsere Verlobung.“

„Du löst unsere Verlobung? Das habe ich durch mein Verschwinden doch längst getan, Conor!“, lachte Johanna auf. „Aber ich verstehe schon: In deiner umständlichen, bürokratischen Art musst du eine solche Angelegenheit ganz offiziell aussprechen, nicht wahr?“

„So ist es!“ Conor blieb gelassen. Johannas spöttisches Lachen änderte nicht das Geringste an der Erleichterung, die ihn in diesem Augenblick durchströmte. Er war frei. Seine Gefühle für Johanna gehörten der Vergangenheit an. Sie existierten schlicht nicht mehr! Nicht einmal die wehmütigen Erinnerungen, die er in den Jahren seit ihrem Verschwinden genährt hatte, waren mehr von Bedeutung.

„Und nun nenn mir bitte den wahren Grund für deinen Anruf, Johanna“, drängte er. „Denn eigentlich wolltest du gar nicht mich sprechen, richtig?“

„Du hast mich durchschaut“, gestand Johanna leichthin. „Eigentlich wollte ich Joyce sprechen. Dad sagte, sie ist bei dir, doch leider beantwortet sie keine meiner Nachrichten, obwohl ich schon mehrmals versucht habe, sie auf ihrem Handy zu erreichen. Sie ist nicht zufällig gerade in der Nähe, oder?“

„Ist sie nicht. Aber ich werde ihr heute Abend gerne ausrichten, dass du sie sprechen willst, sodass sie zurückrufen kann, wenn ihr danach ist."

„Danke, das ist lieb von dir, Conor. Aber so warst du ja schon immer …"

Ganz offensichtlich erwartete Johanna eine Erwiderung auf ihre Schmeichelei, doch Conor hatte nicht die Absicht, darauf einzugehen.

„Dann leb wohl, Johanna!", bemerkte er kurzerhand, legte das Telefon beiseite und stürzte sich mit Feuereifer auf seine Arbeit. Je rascher er damit vorankam, desto eher konnte er heute Schluss machen und sich zu Nat in den Garten gesellen.

Trotz seines Arbeitseifers sah Conor Natalie erst am Nachmittag des folgenden Tages wieder. Ein bewaffneter Raubüberfall in einer Tankstelle auf der anderen Seite der Halbinsel hatte seine Anwesenheit erfordert. Einer der Nachteile einer so winzigen Zeitung wie dem *Beara Chronicle* war, dass Conor nicht nur als Redakteur, sondern auch als Nachrichtenreporter und Fotograf vor Ort fungieren musste, und als er zwei Stunden später als üblich in Killeen angekommen war, waren Nat, Matty und Joyce gemeinsam ausgeflogen. Lediglich eine Nachricht von Joyce hatte er auf seinem Handy vorgefunden: *Bin mit Matty und Nat im Pub, Essen. „Wanders Inn", falls du später nachkommen willst. Wäre cool.*

Ausgelaugt von seinem langen Arbeitstag, hatte Conor den Abend allerdings lieber allein verbracht, zumal in Mattys und

Joyce' Gegenwart beim Essen ohnehin nichts aus der erhofften Zweisamkeit mit Nat geworden wäre.

Umso größer war seine Freude, als er Nat tags darauf allein im Garten von Holly Cottage antraf. Matty und Joyce seien mit dem Kajak zur Insel hinübergefahren, um diese gemeinsam zu erkunden, teilte sie ihm auf seine Frage hin mit, ohne den Blick von ihren Pflanzen zu nehmen. Sie wirkte seltsam bedrückt, einsilbig und nicht eben begeistert von seinem Erscheinen.

Conor fragte sich, ob sie schlechte Nachrichten von zu Hause erhalten hatte. Möglicherweise lag es aber auch lediglich daran, dass die ausgelassene Stimmung während ihrer gemeinsamen Tagestouren mittlerweile auch bei ihr dem Alltag gewichen war.

Irritiert kaute er auf seiner Unterlippe, und die freudige Erregung, die er bei Nats Anblick verspürt hatte, wich einem gewissen Unbehagen. Unbehagen, das sich noch steigerte, während er sie bei der Arbeit beobachtete. War es Absicht, dass Nat ihm ständig den Rücken zuwandte und beharrlich schwieg, während sie den Stamm der einzigen Palme im Garten von den dürren Resten einer Winde befreite? Waren die hektischen Bewegungen, mit denen sie die hartnäckige Winde aus der Baumrinde riss, ein Zeichen für unterdrückten Ärger? Für seine Begriffe war dies die einzig logische Schlussfolgerung aus ihrem Verhalten.

Conors anfangs diffuse Hoffnung, Nat für sich zu gewinnen, die nach dem gestrigen Telefonat mit Johanna deutlich an Substanz gewonnen hatte, schwand zusehends dahin. „Wusstest du eigentlich, dass die Cordyline australis, oder auch Keulenlilie, wie man diese Pflanze nennt, streng genommen gar keine Palme, sondern eine Agavenart ist?", flüchtete er sich schließlich in eine banale Bemerkung, nur um das anhaltende Schweigen zu brechen.

„Tatsächlich?“ Nat beförderte die Winde in ihrer Hand auf den dafür vorgesehenen Schubkarren und wandte sich Conor zu, jedoch ohne ihm in die Augen zu sehen. „Nein, wusste ich nicht.“

Damit streckte sie sich bereits nach der nächsten dürren Ranke, die sich um eines der lanzenförmigen Palmblätter über ihrem Kopf gewunden hatte. Doch ihr Arm war zu kurz, um es zu erreichen. Natalie schnaubte ärgerlich.

Zum ersten Mal seit sie den Garten von Holly Cottage betreten hatte, spürte sie nichts von seiner besonderen Atmosphäre der Stille. Zum ersten Mal verspürte sie während der Arbeit darin nicht den geringsten Anflug von Dankbarkeit und Schöpferfreude. Alles, was sie empfand, war Ärger über die Winde, die sich derart hartnäckig und auf Kosten einer armen Palme namens Cordyline breitmachte. Und Ärger über sich selbst: Sie hatte sich in einen Mann verliebt, der bereits vergeben war und dennoch nicht aus ihren Gedanken weichen wollte. Weder gestern in der Kapelle, als sie versucht hatte, mit sich selbst ins Reine zu kommen, noch später im Pub. Und als wäre das nicht genug, suchte Conor sie heute schon wieder auf – und stand viel zu dicht bei ihr!

„Lass mich das erledigen“, forderte Conor Natalie auf, trat noch einen Schritt näher und reckte sich nach der Winde. Mit einem kräftigen Ruck durchtrennte er ihre Schlingen und beförderte die Pflanzenreste auf den Schubkarren. Statt sofort wieder zurückzuweichen, griff Conor nach Nats Händen. Trotz aller Zweifel war er fest entschlossen, die sich ihm bietende Gelegenheit zu nutzen. Rau und verschrammt von der Gartenarbeit waren ihre Finger und Handflächen und schmiegten sich dennoch in seine Hände, als wären sie speziell dafür gemacht …

Er zog sie so nah zu sich heran, dass Nat die grüne Marmorierung in seinen Augen erkennen konnte. Doch wo Marmor hart und unnachgiebig war, war der Ausdruck seiner Augen weich und … zärtlich?

Nats Atem stockte, und sie spürte, wie ihr das Blut in den Kopf stieg. War dies nicht genau das, was sie sich bis gestern noch erhofft hatte? Ihr Verstand setzte aus, und ihre Knie drohten nachzugeben, während Conor unbeholfen stammelte: „Nat, ich … nein, *du* sollst wissen, dass ich die letzten Tage sehr genossen habe, vor allem aufgrund unseres Zusammenseins. Jeden Tag durfte ich eine neue Seite an dir kennen- und schätzen lernen …"

Er ließ ihre Hände los und umfasste stattdessen ihre Taille. In diesem Moment kam Natalie zur Besinnung, und ihr Verstand nahm seine Arbeit wieder auf: Conor war verlobt! Ruckartig machte sie einen Schritt rückwärts und sagte: „Lass das, Conor, ich bitte dich! Lass mich in Ruhe!"

„Aber weshalb –"

Conors Hände, eben noch um ihre Taille geschlungen, sanken hilflos herab. „Ich dachte … ich hatte den Eindruck, du fühlst ganz ähnlich, Nat!"

„Und wenn schon, Conor, was spielt das für eine Rolle? Du bist verlobt!" Natalies Stimme überschlug sich beinahe.

„Wer sagt das?", forschte Conor schockiert nach.

„Joyce! Und das ist fast das Schlimmste daran: Bei allem, was ich dir in unserer gemeinsamen Zeit im Garten über mich erzählt habe, hast du nie ein Wort darüber verloren, Conor! Offenbar hältst du es für wichtiger, über Cordyline australis und den Duft von Bluebells zu dozieren, als mir diese entscheidende Kleinigkeit oder überhaupt irgendetwas Persönliches aus deinem Leben zu erzählen“, machte Natalie den Gedanken Luft, die sie seit gestern bedrängten. „Über wirklich entscheidende Dinge schweigst du dich aus, und zwar vom ersten Tag an!“

„Der Grund dafür ist ganz einfach der, dass das eine nichts mit dem anderen zu tun hat! Wir haben gemeinsam im Garten gearbeitet, und dementsprechend habe ich über Gartenthemen gesprochen, die dich, so meinte ich übrigens, ebenfalls interessierten“, erklärte Conor wieder halbwegs gefasst. Offenbar beruhte Nats Abweisung lediglich auf einem Missverständnis, das es aus dem Weg zu räumen galt. Und das würde er tun! „Es ist nicht so, dass ich etwas zu verbergen hätte. Du hast mich einfach nie nach meinem Privatleben gefragt!“

„Wenn ich das also getan hätte – hättest du mir dann von deiner Verlobten erzählt?“ Nat brachte es nicht fertig, Conor ins Gesicht zu sehen. Ein erneuter Blick von ihm, und sie würde alle hier angebrachte Vorsicht vergessen und seine Argumente allzu gutgläubig akzeptieren. Beharrlich richtete sie ihren Blick an ihm vorbei zum Wipfel der Palme.

„Vermutlich nicht. Und zwar aus dem Grund, dass meine Beziehung zu dieser Frau längst der Vergangenheit angehört. Wir hatten seit fünf Jahren keinen Kontakt mehr. Allerdings gebe ich zu, dass unsere Verlobung bis gestern nie offiziell aufgelöst wurde.“

„Gestern?“ Unwillkürlich zuckte Natalie zusammen. Ihr Misstrauen war berechtigt!

„Richtig. Johanna rief mich gestern an, doch lediglich, um mit Joyce zu sprechen. Jedenfalls wurde mir bei unserer kurzen Unterhaltung klar, dass ich schon lange nichts mehr für sie empfinde, und ich machte Nägel mit Köpfen, indem ich mein Heiratsversprechen unmissverständlich aufhob.“

„Aha. Und schon am darauffolgenden Tag gehst du hin und erklärst einer anderen Frau, dass … ach, ich weiß gar nicht, was. Auf jeden Fall geht mir das alles ein wenig zu schnell, Conor. Ein Mann, dessen Gefühle so plötzlich umschwenken, erscheint mir doch ziemlich leichtfertig und wenig vertrauenswürdig."

Innerlich um die richtigen Worte betend, erläuterte Conor geduldig: „Aber es waren gar nicht meine Gefühle, die erst gestern umschwenkten, Nat. Was ich gestern getan habe, war nur, offiziell die Konsequenz aus meinen längst erloschenen Gefühlen für Johanna zu ziehen! Du bist diejenige, Nat, der ich gerne näherkommen würde, und um mehr will ich dich heute auch gar nicht bitten: Gib mir eine Chance, dein Misstrauen auszuräumen, und uns beiden die Gelegenheit, einander besser kennenzulernen. Wohin uns das führen wird, wird sich dann zeigen."

Natalie senkte den Blick von den Palmwedeln auf ihre vor Aufregung bebenden Hände und schwieg. Entgegen aller Vernunft und der Vorwürfe, mit denen sie Conor eben konfrontiert hatte, fand sie seinen Vorschlag überaus verlockend – jetzt da sie wusste, dass er nicht vergeben war.

„Oder habe ich mich getäuscht und du empfindest überhaupt nichts für mich?", missdeutete Conor ihr Schweigen.

„Das ist es nicht!", bemühte Nat sich, sachlich zu bleiben, statt ihren Gefühlen nachzugeben. „Aber meine Zeit hier ist in drei Tagen zu Ende, und ich bin nicht die Art von Frau, die sich auf einen kurzen Urlaubsflirt einlässt."

„Und ebenso wenig bin ich die Art von Mann, dem an einer leichtfertigen Urlaubsbeziehung gelegen ist, Nat!"

Conors Bemerkung klang wie ein Versprechen, das aus tiefstem Herzen kam. Ganz allmählich ließ Natalie ihre Augen hinauf zu seinem Gesicht wandern, um seinem Blick schlussendlich doch zu begegnen. Falls sich im Vergleich zum Beginn ihres Gespräches überhaupt etwas geändert hatte, dann war es die Intensität, mit der Conor sie umfasste, als sich ein ermutigendes Lächeln auf seine Lippen legte. „Drei Tage sind eine Menge Zeit, wenn man sie effektiv nutzt, meinst du nicht?“

„Ich … weiß nicht“, murmelte Natalie. Noch immer zögernd strich sie eine Haarsträhne aus ihrer erhitzten Stirn, bekam dabei ein dürres Blatt zu fassen und ließ es langsam zu Boden segeln.

„Hier ist noch eins.“ Mit dieser Feststellung strich auch Conor über ihren Kopf und entfernte behutsam ein weiteres Blatt. An ihrem Hinterkopf verharrte seine Hand, und Natalie ließ ihn gewähren. Ihre Kopfhaut prickelte unter der federleichten Berührung.

„Lass es mich dir beweisen, Nat“, fuhr Conor fort, und seine Stimme war ebenso sanft und überzeugend wie die Hand in ihrem Nacken. „Wir machen einen kleinen Spaziergang, und ich erzähle dir alles, was du über mich und meine Vergangenheit wissen möchtest. Einverstanden?“

„Einverstanden“, nickte Nat schließlich.

Ermutigt davon, dass sie sich ihm nicht entzog, verschränkte Conor seine Finger mit den ihren, als sie sich auf den Weg machten. In wortlosem Einvernehmen schritten sie hügelaufwärts und damit weg von der Bucht, wo soeben Mattys tiefes Lachen übers Wasser schallte. Aufmerksam lauschte Nat Conors Schilderung des gestrigen Telefonats und seiner einstigen Beziehung mit Johanna.

„Da wären wir!" Matty stieg aus dem Kajak und half Joyce, es am Strand zu sichern. Captain Noah, der das kurze Stück bis zur Insel neben dem Kajak hergeschwommen war, verschwand umgehend zwischen den Bäumen. In den vergangenen Jahren hatte Matty die Insel nur selten besucht, und der Hund brannte darauf, das unbekannte Terrain für sich zu erobern.

Ebenso wie Joyce. „War die Insel früher mal bewohnt? Gibt es hier vielleicht eine Klosterruine mit vergrabenen Schätzen?", fragte sie und entledigte sich eiligst ihrer Schwimmweste. „Oder eine Gruft voll modriger Mönchsknochen?"

Noch während sie sprach, betrat sie voller Entdeckerfreude den dichten Laubwald, der einen Großteil der Insel bedeckte.

„Weder noch, fürchte ich", lachte Matty. „Zumindest haben wir bisher nichts davon entdeckt. Aber vielleicht gelingt es ja dir! Obwohl für die alten Knochen wohl eher der Captain zuständig ist, wenn ich es recht bedenke."

„Dann nichts wie hinter ihm her! Los, Matty, beeil dich, sonst verliere ich ihn aus den Augen!"

„Ich wüsste nicht, was an einer Gruft voll modriger Knochen so sehenswert sein soll", murmelte Matty, folgte Joyce aber weiter ins Unterholz. Dabei grinste sie verschmitzt vor sich hin. Wie es schien, übte die kleine Insel auf Joyce den gleichen Zauber aus, den sie früher auch für ihre Kinder und die Sprachschüler besessen hatte. Selbst wenn Mattys Wissens noch niemand auf die Idee gekommen war, nach Skeletten oder Ähnlichem zu suchen. „Eigentlich ist unsere Insel ja eher für ihre Märchenwesen bekannt", neckte Matty ihren Gast. „Feen, Zwerge und dergleichen. Du weißt schon."

Geheimnisvoll senkte sie ihre ohnehin schon tiefe Stimme und klang nun tatsächlich wie ein Märchenerzähler. „Die Zwerge beispielsweise bauen ihre Behausungen bevorzugt hier im Unterholz."

Matty nickte zu einem dichtbelaubten Rhododendronbusch, der sich zwischen höheren Bäumen und deren Wurzeln breitgemacht hatte und mit seinen ausladenden Ästen eine verheißungsvoll dämmrige grüne Höhle bildete.

„Pah, Kinderkram!", schnaubte Joyce, musterte den Rhododendron aber dennoch mit kritischem Blick. „Daran glaubst du doch selbst nicht!"

„Nein. Aber ich glaube daran, dass diese Welt aus weit mehr besteht als aus der sichtbaren Dimension", gestand Matty strahlend.

„Alter, komm mir jetzt bloß nich' mit Gott!" Joyce rollte genervt die Augen. „Das tun meine Eltern und Conor schon oft genug."

„Nun, wenn das so ist, will ich jetzt nichts weiter darüber sagen. Gottes Schöpfung hier spricht laut genug, meine –"

Ein lautes, aufgeregtes Bellen unterbrach ihre Worte.

„Er hat was gefunden!" Joyce stürmte in die Richtung, aus der Captain Noahs Gebell gekommen war, ohne Matty weiter zuzuhören. Diese folgte ihr etwas gemächlicher.

Unter einem hohen Baum hatte der Captain Halt gemacht und scharrte eifrig im laubbedeckten Boden. Ungeachtet der faserigen braunen Blätter vom letzten Herbst, die von den geschickten Pfoten des Hundes aufgewirbelt wurden, platzierte sich Joyce dicht neben ihm und starrte auf das frische Loch im Laubhaufen. Matty fragte sich, ob das Mädchen tatsächlich darauf hoffte, dass er ein altes Grab oder eine Gruft gefunden hatte.

Bereits nach kurzem Graben wurde Captain Noahs Eifer belohnt: Es war ein erdverkrustetes, längliches, an einem Ende verdicktes Etwas, das er zutage förderte und schwanzwedelnd seinen Zuschauern präsentierte.

„Er hat tatsächlich einen Knochen gefunden", murmelte Joyce und blickte zaudernd auf den braunen Gegenstand.

„Bestimmt nur einen Tierknochen", kommentierte Matty gelassen. „Hier auf der Insel gibt es Kaninchen ohne Ende und sogar ein wenig Wild."

„Ach so."

Wenn Matty sich nicht irrte, klang Joyce' Stimme eher erleichtert als enttäuscht. Interessiert beugte sich das Mädchen jetzt hinunter, nahm Captain Noah seine Beute aus dem Maul und besah sie sich genauer. Plötzlich lachte sie hell auf.

Matty fiel freudig mit ein. Es war so erfrischend, wieder menschliche Stimmen und Gelächter auf der Insel zu hören. Noch dazu von Joyce, die an ihrem ersten Abend in Killeen mit knapper Not die Zähne auseinanderbekommen hatte!

„Das ist … das ist nichts weiter als eine alte Haarbürste", brachte Joyce heraus, als sie sich wieder beruhigt hatte. „Sieh doch!"

Sie hielt Matty das dicke Ende des vermeintlichen Knochens hin, an dem unter der Erdschicht tatsächlich einige letzte Naturborsten herausragten.

„Du hast recht. Die muss Cara verloren haben, als sie hier übernachtete."

„Wer ist Cara?"

„Meine Tochter. Ihr Bruder Declan und sie haben oft auf der Insel übernachtet, musst du wissen. Nahezu jede Ferien."

„Echt jetzt? Deine Kinder durften ganz allein hier übernachten?"

„Ja, warum auch nicht? Wir wussten sie hier gut aufgehoben. Die Insel gehört ja quasi zu unserem Garten, und im Notfall konnten wir uns immer noch über Funk verständigen. Ich glaube, Declan war elf und Cara neun Jahre alt, als sie zum ersten Mal ohne Jon und mich hier die Nacht verbrachten."

„Hier mitten im Wald?"

„Manchmal. Aber meistens schlugen sie das Zelt am Strand auf der anderen Seite der Insel auf. Jon hat an dieser Stelle sogar ein niedliches kleines Plumpsklo für sie gebaut. Hast du Lust, dir ihren Lagerplatz anzusehen?"

„Meinetwegen." Joyce hob nur unbestimmt die Schultern, aber das begeisterte Funkeln in ihren Augen war Matty nicht entgangen.

„Na, dann los!"

Sie pfiff Captain Noah zurück, der auf der Suche nach weiteren Schätzen bereits allein weitergezogen war, und gemeinsam schlugen die drei den Weg zum gegenüberliegenden Ufer ein. Am ehemaligen Lagerplatz der Callaghan-Kinder machten sie Halt.

Neugierig sah Joyce sich um. „Da ist ja meine Ruine", scherzte sie und deutete naserümpfend auf die Überreste der einstigen Außentoilette.

„Stimmt. Und hier stand immer das Zelt." Matty schob sich in das Gestrüpp aus Brombeerranken, Fuchsien- und Rhododendronbüschen zwischen Waldrand und Strand. Vor vielen Jahren – es erschien Matty beinahe wie ein ganzes Leben – hatten Jon und sie an diesem Fleck einmal eine relativ ebene Grasfläche für das Zelt ihrer Kinder angelegt.

„Das war Caras Lieblingsplatz. Sie sagte, ihr gefalle der Blick auf die Berge von Iveragh so gut, und deshalb müsse das Zelt genau an dieser Stelle der Insel stehen und nicht am Ufer vor Killeen. Aber ich glaube", Matty lachte amüsiert auf, „in Wahrheit wollten die beiden Schlawiner einfach nur außerhalb der elterlichen Sichtweite campieren."

„Was du nicht sagst!", grinste Joyce und ließ ihren Blick bewundernd über den Lagerplatz wandern. Dort, wo das Brombeergebüsch endete, erhob sich ein hoher Felsen, der wohl so etwas wie eine natürliche Schutzwand für das Zelt gebildet hatte. Eine kleine Kiefer klammerte sich seitlich an den Felsen. Ihre knorrigen Äste wiegten sich vergnügt im Wind, der auch das Wasser der Bucht kräuselte, auf die man von hier aus tatsächlich eine glänzende Aussicht genoss. Die Wolken hingen heute tief, aber über ihren Rand hinweg erkannte man die Gipfel der Berge dahinter. Wie ein Gruß aus einer anderen Welt erschienen Joyce die kleinen grünen Spitzen über den Wolken.

Mindestens genauso lohnend war der Blick nach links: Als endloser, von hoch aufragenden Felsen und unzähligen Inselchen gesprenkelter Arm erstreckte sich das Wasser der Kenmare Bay bis hinaus in die Weite des offenen Atlantiks, den man von hier aus nicht sehen, aber erahnen konnte.

Joyce stieß einen abgrundtiefen Seufzer aus. Mattys Kinder hatten vermutlich nicht einmal geahnt, welches Glück sie hatten, hier aufwachsen zu dürfen und nicht in einem Stadtviertel, wo sich ein heruntergekommenes Haus an das andere reihte, der Wind den Unrat über die Straßen trieb und die Menschen sich tagtäglich in unerträglicher Enge und doch ohne persönliche Beziehung zueinander auf die Füße traten. Wo einem nichts anderes übrig blieb, als sich einer angesagten Clique anzuschließen, um wenigstens ein bisschen Vergnügen zu haben …

Ein Gegenstand, der an der Flutlinie halb auf dem Wasser dümpelte und halb auf den Felsen auflag, weckte plötzlich Joyce' Interesse. „Was ist das denn?"

„Oh, das ist Taka-Tuka-Land, wie Cara es in Pippi Langstrumpfs Worten nannte. Ein Badefloß, das mitten in der Bucht vor Anker lag, anfangs für die Sprachschüler und dann für unsere Kinder."

Gemeinsam mit Joyce näherte sich Matty dem Floß. Viel Ähnlichkeit hatte es allerdings nicht mehr mit dem einstigen Sportgerät: Die Kunststoffwasserrutsche und die Leiter waren voller Risse und hatten sich fast vollständig aus der Verankerung gelöst, der Floßboden bestand mehr aus Löchern denn aus Holzplanken. Einzig der Anker schien noch intakt zu sein, denn er hielt das Floß noch immer an Ort und Stelle.

„Was für ein trauriger Anblick", flüsterte Matty betroffen. „Ich hatte ganz vergessen, dass es immer noch hier liegt."

„Aber es schwimmt noch! Du brauchst es nur wieder herzurichten und in der Mitte der Bucht zu verankern", erklärte Joyce pragmatisch. „Mit einer neuen Rutsche wär es wieder ganz brauchbar."

„Die Frage ist nur, für wen? Killeen ist nicht gerade mit Kindern gesegnet, die es nutzen könnten, wie du sicherlich bemerkt hast." Matty konnte sich nicht dagegen wehren: Der bemitleidenswerte Zustand des Badefloßes versetzte sie in eine derart pessimistische Stimmung, dass sie Joyce ungewohnte Gesprächigkeit kaum registrierte. Erst deren nächste Worte ließen sie aufhorchen.

„Schätze, da würde sich schon jemand finden."

„Soll das heißen, du könntest dich für so etwas begeistern?", folgerte Matty.

Mit einem Gleichmut, der selbst in ihren eigenen Ohren gespielt klang, erwiderte Joyce: „Ich würde dir jedenfalls erst mal helfen, es wieder flottzumachen. Bin ja wohl noch ein paar Tage hier."

„O Joyce, das ist einfach großartig!" Enthusiastisch schlug Matty dem Mädchen auf die Schulter. „Gleich morgen früh transportieren wir Taka-Tuka-Land hinüber nach Killeen und beginnen mit der Reparatur. Die Rutsche müssen wir wohl durch eine neue ersetzen, die hoffentlich nicht allzu teuer sein wird, und …"

Während des Pläneschmiedens und angesichts von Joyce' Begeisterung verflüchtigte sich Mattys Pessimismus rascher, als er gekommen war, und nachts, als sie schlaflos vor Aufregung im Bett lag, entstand in ihrem Kopf eine Idee, die weit über die Instandsetzung des Floßes hinausging.

Kapitel 12

Die Liebe ist die einzige Blume, die ohne Jahreszeiten wächst und gedeiht.
Kahlil Gibran

Nach einer unruhigen Nacht war Matty am Morgen bereits früh auf den Beinen. Sie brannte darauf, gemeinsam mit Joyce die Arbeit am Floß zu beginnen. Blieb nur zu hoffen, dass das Mädchen heute ebenfalls ein wenig früher aufstand – und dass kein Sturm oder Dauerregen ihre Pläne durchkreuzten.

Erwartungsvoll schob Matty das Fenster hoch und streckte den Kopf ins Freie. Abgesehen von einigen Tropfen aus der Dachrinne über ihr war es tatsächlich trocken, und nur wenige Wolken hingen über der Bucht. Außerdem war Matty nicht die Einzige, die schon zu früher Stunde munter war: Auf der Terrasse unter ihrem Schlafzimmer beugte sich Nat tief über einen der Blumenkübel. Offensichtlich inhalierte sie den morgendlichen Duft der Bluebells, wie Matty amüsiert beobachtete.

Als Nat den Kopf schließlich wieder hob und Matty gewahrte, lächelte sie strahlend. „Ein herrlicher Morgen, nicht wahr? Am liebsten möchte man die Flügel ausbreiten und über die Bucht segeln wie die Möwe dort über dem Wasser!“

„Da kann ich dir nur zustimmen", lachte Matty zurück. Kaum zu fassen, wie Gittes Tochter sich in den zehn Tagen seit ihrer Ankunft verändert hatte. Ihr vormals bleiches Gesicht war von Sonne und Wind gebräunt, das Haar glänzte und begann sich in der feuchten Luft ganz leicht zu wellen. Aber vor allem spiegelten sich wieder Hoffnung und Lebensfreude in ihrem Blick, der anfangs oft starr und traurig in die Ferne gewandert war. Nat schien im Einklang mit ihrem geliebten Garten aufgeblüht zu sein. Vielleicht aber auch in der Gesellschaft Conors, der sie gestern auf einen einsamen Spaziergang in die Hügel mitgenommen hatte. Jedenfalls hatte Nat am vergangenen Abend für Mattys Begriffe erfreulich verträumt, wenn nicht gar entrückt gewirkt.

„Ich mag gar nicht daran denken, dass ich stattdessen in zwei Tagen wieder zurück nach Hause fliegen muss", führte Nat den begonnenen Gedankengang fort, und eine Wolke legte sich über ihre Züge.

„Vielleicht könntest du deine Abreise noch um ein paar Tage verschieben", schlug Matty vor.

„Daran habe ich auch schon gedacht. Eine Woche bleibt mir insgesamt noch, bis ich in die Klinik zurückmuss", gab Nat zu.

Eigentlich hatte sie die verbleibenden Tage zu Hause nutzen wollen, um sich innerlich wieder auf ihre Arbeit einzustellen, aber nach dem gestrigen Nachmittag mit Conor sah die Angelegenheit natürlich vollkommen anders aus …

Gemeinsam waren sie durch die Hügel gestreift, und Conor hatte ihr seine Geschichte mit Johanna so detailliert geschildert, dass sie von der Aufrichtigkeit seiner Gefühle für sie, Nat, überzeugt war. Auf einem Felsbrocken inmitten einer Schafweide, von dem aus man kilometerweit ins Landesinnere der Halbinsel blicken konnte, hatten sie sich schließlich zum ersten Mal geküsst.

Die Erinnerung daran verursachte Nat noch heute weiche Knie, und allein der Gedanke an einen baldigen Abschied von Conor drohte ihr das Herz zu brechen. Zwei oder drei Tage mehr in seiner Gesellschaft zu verbringen, war ihr im Augenblick mehr wert als alles andere!

„Na, dann versuch es doch. Ich könnte mir vorstellen, dass Conor sich darüber freuen würde“, ermunterte Matty sie schelmisch. „Und ich natürlich ebenso! Ehrlich gesagt hat mich Joyce gestern auf eine Idee gebracht, zu der ich gerne deine Meinung hören würde und … oh, da ist Joyce ja bereits!“

Matty deutete zur Hausecke, welche die Genannte eben umrundete.

„Morgen, Matty – Nat!“, rief Joyce ihnen entgegen und schwang ihre langen Beine auf die Terrasse. „Kann's losgehen?“ Sie konnte das unternehmungslustige Glitzern in ihren Augen nicht ganz verbergen.

„So eilig? Hast du denn schon gefrühstückt?“, fragte Matty zurück.

„Nur 'ne Tasse Kaffee. Conor ist schon vor zwei Stunden in die Redaktion gefahren, weil er heute früher Schluss machen will. Ich hoffe ja mal, er tut das, um uns mit dem Floß zu helfen.“ Ein misstrauischer Blick streifte Natalie, ehe Joyce endete: „Jedenfalls hatte ich keine Lust, mir allein was zu machen.“

„Dann isst du jetzt mit uns!“, ordnete Matty an. „Wir waren auch noch nicht so weit, und mit leerem Magen zu arbeiten, ist keine gute Idee. Bei der Gelegenheit können wir Nat gleich in unser Vorhaben einweihen, denn die hat noch nicht die geringste Ahnung, wofür wir sie heute eingeplant haben.“

„Oh, da bin ich aber gespannt!“ Unwillkürlich fiel Nats Blick auf Joyce’ Gesicht. Ohne die Piercings in Oberlippe und Nase wirkte es, trotz reichlich Farbe um die Augen, wesentlich jünger. Geradezu kindlich.

„Hab sie rausgenommen, damit sie mich nicht bei der Arbeit stören“, kommentierte Joyce Nats verwunderte Miene. „Hat sich schon mancher die Nase blutig gerissen, wenn er mit so einem Ding irgendwo hängen geblieben ist.“

„Sicher. Sehr vorausschauend von dir, Joyce“, bestätigte Natalie. „Auch wenn ich noch immer keine Ahnung habe, von welcher Arbeit du sprichst.“

„Das wirst du gleich hören“, versprach Matty. „Ihr beiden deckt schon mal den Tisch, dann bin ich auch gleich so weit. Und ja, Captain, du kommst heute schon noch ans Wasser, keine Sorge!“ Beruhigend fuhr sie Captain Noah durchs Fell, und bald darauf saßen alle gemeinsam am Frühstückstisch beziehungsweise darunter.

Eine halbe Stunde später konnte die „Bergung von Taka-Tuka-Land“, wie Matty und Joyce ihr Vorhaben bezeichneten, endlich starten.

„Ich dachte, wir nehmen das Floß zwischen unsere Kajaks, um es von der Insel herüberzuschleppen“, erläuterte Matty unten am Pier. „Es ist praktischer, die Arbeiten hier an unserem Ufer auszuführen. Joyce, vielleicht könntest du das Einer-Kajak nehmen, während Nat und ich im Zweier fahren?“

„Sicher. Cool.“ Mit einem unübersehbar stolzen Grinsen bestieg Joyce Jons altes Einer-Kajak. Sie stieß sich bereits vom Ufer ab, als Nat erst ihren Platz im Bug des anderen Wasserfahrzeugs einnahm.

Um die Mittagszeit hatten die drei Frauen den schweren Anker geborgen, ihn an einem sicheren Ort auf der Insel verstaut und anschließend das Floß mitsamt den Überresten von Leiter und Rutsche sicher zum anderen Ufer transportiert.

„Ein Wunder, dass uns das Ding unterwegs nicht vollends abgesoffen ist!", erklärte Joyce unverblümt, als sie Taka-Tuka-Land schließlich mit der Unterseite nach oben am Ufer platzierten. „Seht euch nur mal die Tanks an – ich glaube, von denen ist nur noch ein einziger dicht!"

In der Tat waren die großen Kunststoffkanister, die dem Gefährt als Schwimmkörper gedient hatten, von Rissen durchzogen und teilweise gefüllt mit brackigem Wasser und Seetang.

„Hm. Es sieht ganz so aus, als müssten wir die ebenfalls durch neue ersetzen, und nicht nur die Wasserrutsche." Matty befreite einen der Tanks aus einer Tangschlinge und kaute nachdenklich auf ihrer Unterlippe. „Wenn ich nur wüsste, wo wir auf die Schnelle und vor allem möglichst günstig ein paar neue beschaffen können ... denn eigentlich wollten wir Taka-Tuka-Land ja noch heute wieder vom Stapel lassen."

„Wir sollten Conor fragen, der weiß das bestimmt!", behauptete Joyce.

„Was weiß Conor bestimmt?"

Erschrocken fuhren die drei Frauen herum. Sie waren derart in die Betrachtung des Floßes vertieft gewesen, dass sie gar nicht bemerkt hatten, wie Conor sich zu ihnen gesellte.

„Du bist schon da!", rief Joyce aus, während Conor so nahe an Nat herantrat, dass ihre Hände sich wie zufällig berührten. Matty lächelte still in sich hinein, doch Joyce bemerkte in ihrem Eifer nichts davon. „Du weißt, wo wir neue Schwimmkörper für unser Floß bekommen, meinte ich", erklärte sie.

„Das ist durchaus möglich", stimmte Conor zu. „Ich kenne einen lokalen Bootsbauer, der dergleichen haben könnte. Unter Umständen hat er sogar ein paar intakte gebrauchte Planken für euer Floßdeck – denn mit diesen Resten hier", Conor tippte mit der Fußspitze gegen eine morsche Holzplanke, „kommt ihr nicht mehr weit, fürchte ich!"

„Großartig! Dann lass uns gleich fahren, Conor. Ich begleite dich."

„Du hast Conor nicht einmal gefragt, ob er Zeit hat, uns zu helfen, Joyce", bremste Matty.

„Die habe ich, kein Problem", versicherte Conor. „Das ist der Vorteil an meinem Job – sofern nichts Weltbewegendes dazwischenkommt, kann ich mir meine Zeit weitgehend selbst einteilen. Ich hatte ohnehin einen freien Nachmittag eingeplant. Und mach dir keine Sorgen wegen der Kosten, Matty: Mick ist ein alter Sammler, der gebrauchte Waren quasi für ein Butterbrot weiterverkauft."

„Gut zu wissen! Dann werden Nat und ich in der Zwischenzeit einen Lunch für uns alle vorbereiten und das passende Werkzeug zusammensuchen, damit wir anschließend direkt mit der Reparatur loslegen können. Einverstanden?"

„Ich", mit einem Räuspern wandte Conor sich an Nat, „hatte eigentlich gehofft, du würdest mit uns fahren."

„Ich glaube nicht, dass ich euch eine große Hilfe wäre", gab Natalie mit einem Seitenblick auf Joyce zurück. Die Dreizehnjährige hatte sich bei Conor untergehakt und warf ihr hinter dessen Rücken einen vernichtenden Blick zu. Nat brauchte nicht viel Fantasie, um zu erkennen, wie Joyce über ihre eventuelle Begleitung dachte.

„Deshalb bleibe ich besser hier und gehe Matty zur Hand", entschied Natalie mit unterdrücktem Bedauern.

„Schade!", bedauerte auch Conor, während Joyce ihn bereits in Richtung seines Wagens drängte. „Dann also bis später!"

Leise seufzend verfolgte Nat die beiden mit ihrem Blick, bis Matty aufmunternd ihre Hand drückte. „Gib dem Mädchen ein wenig Zeit, sich an den Gedanken zu gewöhnen, Nat. Ich freue mich jedenfalls, dass Conor und du euch nähergekommen seid."

Nat errötete noch eine Spur mehr, als es bei Conors Erscheinen schon der Fall gewesen war. „Ist das wirklich so offensichtlich?"

„Oh, nicht für jeden, keine Sorge! Nur für jedes lebende Wesen, das euch beide zusammen sehen und hören kann." Grinsend stapfte Matty den Hang hinauf zum Cottage, und Nat blieb nichts anderes übrig, als ihr zu folgen. Bei aller Verlegenheit wünschte sie sich doch nichts sehnlicher, als jetzt vorne im Wagen möglichst dicht neben Conor zu sitzen und sich mit ihm zu unterhalten, während der Motor brummte und die Räder ihrem möglichst weit entfernten Ziel entgegenrollten …

Offensichtlich hatten Conor und Joyce ihre Einkäufe in Rekordzeit erledigt, denn sie waren rechtzeitig zum Essen wieder zurück. Bis unters Dach war der Wagen vollgeladen mit alten Fässern und gebrauchten Holzplanken.

„Das Holz ist sogar schon imprägniert, Matty!", berichtete Joyce. „Der alte Mick sagte, er hätte es letzte Woche erst aufgekauft und wüsste gar nicht, weshalb die Leute sich von solchen Sachen trennen, obwohl sie noch so gut in Schuss sind. Aber egal, wir hätten es nicht besser treffen können, nicht? Conor meint auch, auf die Weise haben wir 'ne echte Chance, das Floß bis heute Abend wieder flottzukriegen! Immerhin muss die Grundkonstruktion ja nur stellenweise ausgebessert und verstärkt werden …"

Während sie eilig ihr Essen hinunterschlang, erläuterte Joyce in aller Ausführlichkeit, wie sie sich die neue Version des Badefloßes, genannt Taka-Tuka 2.0, vorstellte, und Conor registrierte voller Freude, dass Joyce wieder zu ihrer einstigen, kindlich-begeisterungsfähigen Form auflief.

Endlich legten auch Matty, Nat und Conor ihr Besteck beiseite, und Joyce sprang auf. „Nun aber nichts wie los zum Ufer, wir haben schon genug Zeit verschwendet!"

„Recht hast du", stimmte Matty zu. „Komm, wir beide gehen vor und fangen schon mal an. Mit dem Geschirr werden Nat und Conor sicher auch allein fertig."

Sie zwinkerte den Genannten spitzbübisch zu und schob Joyce vor sich her aus der Küche. In der plötzlich eingetretenen Stille blickten Nat und Conor einander verlegen an.

Schließlich stand Nat auf und begann, die Essensreste abzuräumen. „Ich kann es kaum fassen, dass dieser enthusiastische Teenager dasselbe Mädchen ist wie an dem verregneten Abend, an dem ich sie auf der Straße aufgegabelt habe", bemerkte sie dabei.

„Allerdings. Sogar äußerlich gleicht sie allmählich wieder der Joyce, die ich früher kannte. Du kannst dir gar nicht vorstellen, wie glücklich ich über diese Entwicklung bin!"

„Ein wenig schon, doch. Nach allem, was du mir gestern erzählt hast, verstehe ich deine Sorge um sie. Und ob du es glaubst oder nicht: Ich für meinen Teil habe schon seit zwei Tagen kein ‚Alter' mehr aus ihrem Mund gehört."

„Tatsächlich. Wäre mir gar nicht aufgefallen – doch jetzt, da du es sagst ... Aber nun lass uns nicht länger über Joyce sprechen!" Conor erhob sich ebenfalls, stapelte die Teller aufeinander und trat zu Nat ans Spülbecken. Dort stellte er das Geschirr ab, legte seine Hände um ihre Taille und drehte Nat sanft zu sich herum.

„Der Vormittag ohne dich war mir viel zu lang. Während der ganzen Fahrt, und auch schon vorher in der Redaktion, konnte ich an nichts anderes denken als an dich, Nat."

Seine marmorgrünen Augen verloren sich in ihren, und Nat hielt den Atem an, während sie gestand: „Ich habe dich auch vermisst, Conor! Du ahnst ja nicht, wie gerne ich die arme Joyce vorhin einfach beiseitegeschubst hätte, um mit dir zu fahren."

„Da erging es dir ganz ähnlich wie mir." Conor verstärkte den Griff um ihre Taille und zog sie noch ein Stück näher zu sich heran, sodass sein Atem ihre Wange streifte.

Natalies Herz raste. „Ich kann nicht glauben, dass wir nicht einmal mehr zwei Tage miteinander haben", stammelte sie. „Vielleicht sollte ich meinen Flug doch verschieben."

„Das halte ich für eine gute Idee – eine ausgesprochen gute Idee sogar! Ich gebe dich nämlich so rasch nicht wieder her!" Conor senkte seinen Kopf, und seine Lippen näherten sich ihren, als hinter seinem Rücken eine scherzende Stimme ertönte.

„Oha, da komme ich wohl ein wenig ungelegen!"

„Fionn!" Wie von der Tarantel gestochen wirbelte Conor herum, sodass Nat unsanft gegen die Spüle taumelte.

„Sorry, Bruder, ich dachte mir nichts dabei. Mattys Tür stand sperrangelweit offen, und ich konnte ja nicht ahnen, dass ihr beide …“ Er grinste vielsagend.

„Es ist nicht –“, setzte Nat verlegen an.

Doch Conor zog sie erneut zu sich heran und erklärte: „Doch, ist es. Wie du siehst, Fionn, haben Nat und ich uns ineinander verliebt.“ Auch wenn seine Worte an Fionn gerichtet waren, war es Nat, die er dabei ermutigend ansah. Erneut geriet ihr Herz ins Stolpern. Er hatte sich vor seinem Bruder zu ihr bekannt!

„Wie niedlich!“, spöttelte Fionn. „Dann will ich euch mal nicht weiter stören, sondern geselle mich lieber zu den beiden dort unten am Strand.“ Mit dem Kinn wies er durch die offene Terrassentür, durch die Mattys und Joyce' Stimmen hereindrangen.

„Wir gehen mit dir“, entschied Conor, legte seine Finger um Nats Hand und folgte Fionn nach draußen. „Was in aller Welt treibt dich eigentlich schon wieder hierher?“

„Geschäfte, lieber Bruder, nichts als Geschäfte verschlagen mich heute in diese Gegend“, erklärte Fionn hochtrabend. „Aber zuerst einmal möchte ich der Dame des Hauses einen guten Tag wünschen, wie es sich für einen echten Gentleman gehört.“

Conor und Nat tauschten fragende Blicke, während Fionn ihnen vorauseilte und Matty überschwänglich begrüßte.

„Wie schön, Fionn! Als hättest du geahnt, dass wir heute zwei kräftig zupackende Hände zusätzlich gut gebrauchen können.“ Mit diesen Worten drückte Matty ihrem Gast einen Akkuschrauber in die Hand, als schließlich auch Nat und Conor zu ihnen stießen. „Hier, du kannst gleich damit beginnen, die Bohlen, die ich dir anreiche, auf den Rahmen zu schrauben. Dann können Joyce, Nat und Conor sich um die Schwimmkörper kümmern.“

„Aber ich –“

Fionn besann sich eines Besseren, verschluckte die restlichen Worte und schälte sich aus seiner Lederjacke. „Na gut, Matty, du bist der Boss. Lass mich nur rasch meine teure Jacke in Sicherheit bringen."

Und zu Conors größtem Erstaunen nahm Fionn tatsächlich die Maschine zur Hand und begann zu schrauben.

Als an diesem Abend die Sonne unterging, schaukelte Taka-Tuka 2.0 tatsächlich auf dem Wasser. Zwar noch ohne Rutsche und Leiter, aber mit vollständigem Deck und intakten Schwimmkörpern. Kaum hatte Matty die schwimmende Insel am Pier festgemacht, stürzte der Captain sich auch schon ins Wasser, um das ungewöhnliche Objekt zu untersuchen. Nachdem er es etliche Male umrundet und von der Seite beschnuppert hatte, nahm er das Haltetau, das auf der Wasserfläche schwamm, und versuchte, das Floß zum Pier ziehen.

„Täusche ich mich oder versucht der gute Captain da gerade, das Floß vor dem Ertrinken zu retten?", scherzte Conor.

Matty lächelte breit. „In der Tat. Aus, Captain Noah – raus aus dem Wasser! Es ist alles in Ordnung!"

„Nicht nur in Ordnung, sondern einfach genial!", verbesserte Joyce. Ihre Jeans war nach der anstrengenden Arbeit noch ein wenig zerrissener als vorher, und ein paar feuchte Haarsträhnen hingen in ihre verschwitzte Stirn, aber sie strahlte übers ganze Gesicht. „Ich kann es kaum erwarten, endlich von dort aus ins Wasser zu springen. Wenn es nur schon ein wenig wärmer wäre!"

„Und ich kann es kaum erwarten, unter die Dusche zu kommen“, gab Fionn prompt zurück. Auch sein nobles Auftreten hatte unter der anstrengenden Arbeit gelitten: Dunkle Flecken zierten die zerknitterte Hose vom Knien auf dem feuchten Boden, und in seinem sorgfältig getrimmten Bart hatte sich sogar ein wenig Gras verfangen. Zu allem Überfluss schüttelte Captain Noah, der eben dem Wasser entstieg, sein Fell nun genau zu Fionns Füßen, sodass sich ein kalter Sprühregen über dessen Hose und Schuhe ergoss.

„Eine heiße Dusche und anschließend eine ordentliche Mahlzeit sind genau das, was ich jetzt brauche“, betonte Fionn noch einmal.

„Gute Idee!“, pflichtete Conor bei. Verwundert wandte Fionn sich zu ihm um. Es war lange her, dass sein Bruder eine seiner Ideen gutgeheißen hatte. Hatte er sich mit dem heutigen ungeplanten „Arbeitseinsatz“ tatsächlich so etwas wie Conors Wohlwollen erarbeitet?

Doch Conor ignorierte Fionns Reaktion. „Ich würde sagen, das haben wir uns jetzt alle verdient! Fionn, du kannst bei mir duschen, und danach gehen wir alle gemeinsam im Pub essen – was haltet ihr davon?“

„Bin eindeutig dafür!“, kommentierte Joyce, und auch Matty nickte zustimmend. „Ich fürchte, ich würde heute Abend am Herd auch nichts Ordentliches mehr zustande bringen. Ich hätte nicht gedacht, dass diese ganze Sägerei und Schrauberei meinem Rücken derart zusetzt. Ich komme eben doch langsam in die Jahre!“ Stützend legte sie eine Hand in ihren geplagten Rücken und stöhnte.

„Ach was, Matty, du doch nicht! Du bleibst für immer jung“, schmeichelte Fionn, während er ein zufriedenes Grinsen kaum unterdrücken konnte. Wie es schien, spielten ihm auch die heutigen Ereignisse in die Karten. Nicht genug damit, dass er sich mit seiner Hilfsbereitschaft als guter Freund für sie erwiesen hatte, gestand Matty sich nun sogar selbst mehr oder weniger ein, dass sie nicht mehr so belastbar war wie früher. Am Ende wäre sie ihm später sogar dankbar, dass er ihr die Verantwortung für das riesige Grundstück abnahm!

Später im Pub wählte Fionn den Platz neben Matty, um sich in Ruhe mit ihr zu unterhalten. Er musste das Eisen schmieden, solange es heiß war, und obwohl ihre Unterhaltung sich nicht unbedingt in die Richtung entwickelte, die er sich wünschte, war er nicht unglücklich damit. So oder so hatte er sich heute ein Stück mehr von Mattys Vertrauen erarbeitet.

„Will Matty das Floß eigentlich nur für ihren eigenen Bedarf wieder in Betrieb nehmen oder hat sie sich aus einem bestimmten Anlass derart ins Zeug gelegt?", erkundigte sich Fionn beiläufig bei Conor, sobald die Brüder gemeinsam im Jaguar Platz genommen hatten und sich auf den Heimweg machten. In Anbetracht der späten Stunde würde Fionn die Nacht bei Conor verbringen.

„Von einem bestimmten Anlass weiß ich nichts. Ich glaube, es war einfach Joyce, die sie auf diesen Gedanken brachte. Und Matty ist nun mal nicht der Mensch, der gerne untätig herumsitzt und die Füße hochlegt. Schon gar nicht, wenn sie jemandem eine Freude machen kann. Weshalb fragst du?"

Aus dem Augenwinkel registrierte Fionn, wie Conor sich ihm zuwandte, statt weiterhin die nächtliche Landschaft zu betrachten.

„Ach, ich dachte nur ... Es wäre doch immerhin möglich, dass sie in nächster Zeit noch mehr Gäste erwartet, oder?" Mit quietschenden Reifen bog Fionn auf die Brücke über den Kenmare River ein. „Zahlende Gäste, meine ich", fügte er vermeintlich beiläufig hinzu.

„Nicht dass ich wüsste", wiederholte Conor und beugte sich nach vorn, um seinem Bruder direkt in die Augen zu sehen. Sein Misstrauen war eindeutig wiedererwacht!

„Sag mal, seit wann interessierst du dich eigentlich derart für Matty Callaghan? Du führst doch irgendetwas im Schilde, das spüre ich!"

„Stimmt!", gab Fionn unumwunden zu, jedoch ohne Conors Blick zu erwidern. Misstrauen hin oder her – die Zeit war gekommen, wenigstens Conor gegenüber die Karten offenzulegen. „Ich trage mich mit dem Gedanken, den Callaghans einen Teil ihres Grundstücks abzukaufen. Das Boathouse, die Insel und die Kapelle, um genau zu sein."

Erregt fuhr Conor in seinem Sitz auf. „Wie bitte? Ich höre wohl nicht recht!"

„O doch! Du kannst dir gar nicht vorstellen, was für geniale Pläne ich damit habe – welche Unsummen an Geld sich damit verdienen lassen, wenn das Grundstück erst einmal in den richtigen Händen ist!", sprudelte es aus Fionn heraus. „Aus der Kapelle mache ich eine –"

„Vergiss es, Fionn!", unterbrach Conor und trommelte verärgert auf das Armaturenbrett. „Matty und Jon werden dir das Grundstück niemals verkaufen, dafür hängen sie viel zu sehr daran."

„Aber sie machen nichts daraus! Das Boathouse und die Kapelle sind bald nur noch Ruinen, wenn die beiden nicht investieren – und das Geld dafür ist ganz offensichtlich nicht vorhanden!"

„Dennoch ist Killeen seit Urzeiten im Besitz der Familie – und damit genau in den richtigen Händen, Fionn. Es sind die ideellen Werte, die für sie zählen, verstehst du das nicht?"

„Ganz und gar nicht. Denn von ideellen Werten allein kann auf Dauer niemand leben, schon gar nicht im Alter. Und genau aus diesem Grund wird Matty früher oder später an mich verkaufen. Besser an einen Freund als an irgendeinen Unbekannten, findest du nicht?"

„Fionn!" Conors Trommeln mit den Fingern nahm ein abruptes Ende. „Ich habe nicht gedacht, dass es einmal so weit kommen würde, aber ich schäme mich für dich! Sind andere Menschen für dich denn nur ein Mittel zum Zweck? Ohne Rücksicht auf ihre Gefühle stiehlst du dich in Mattys Herz, um sie dann schamlos auszunehmen!"

„Nein, Conor, du siehst das falsch: Im Grunde helfe ich Matty und ihrem Mann doch nur, sich von einer Verantwortung zu befreien, die ihnen schlicht über den Kopf wächst."

„Pah! Diese Schönrederei kannst du dir sparen, Fionn. Dir geht es einzig ums Geld. Auf welch perfide Weise auch immer du mit dem Grundstück Profit machen willst – erwarte nur nicht, dass ich dich in dieser Angelegenheit irgendwie unterstütze. Ich will nichts davon wissen!"

Mittlerweile war Conors Stimme geradezu schneidend, sodass Fionn einen Rückzug für angebracht hielt und die Brüder den übrigen Heimweg in ungemütlichem Schweigen zurücklegten. Aber seine Stunde würde kommen, dessen war sich Fionn sicher. Sobald er seinen Bruder erst einmal ausführlich in seinen Plan eingeweiht hatte, brauchte Conor nur noch ein wenig mehr Zeit, bis ihm die Brillanz dieses Planes aufging und er als Verstärkung auf Fionns Seite stand …

Während Conor sich zutiefst verärgert über seinen Bruder zu Bett begab, saß Natalie vor ihrem Laptop und prüfte ihre Chancen auf einen späteren Heimflug. In der Tat bestand die Möglichkeit, ihren Flug um zwei Tage nach hinten zu verschieben – das Äußerste, was sie sich aufgrund ihres beruflichen Wiedereinstiegs erlauben konnte –, doch nur gegen einen enormen Aufpreis. War die Aussicht, zwei Tage mehr in Conors Gesellschaft zu verbringen, dies tatsächlich wert, wenn sie sich danach ohnehin trennen mussten?

Ohne einen konkreten Entschluss gefasst zu haben, schlief Nat schließlich ein, machte sich am folgenden Morgen jedoch in aller Frühe auf den Weg zu Conor, als sich in Mattys Schlafzimmer noch nichts rührte. Natalie hoffte, ihn noch vor seinem Aufbruch in die Redaktion zu erwischen und die Angelegenheit mit ihm besprechen zu können. Oder zumindest noch einige Worte mit ihm zu wechseln. In freudiger Erwartung eilte sie durch den Hanggarten.

Der Tag hatte so strahlend begonnen, wie sie es während ihres gesamten Aufenthaltes in Killeen noch nicht erlebt hatte. Nicht eine einzige Wolke zog über den Frühlingshimmel, und kaum ein Luftzug kräuselte das Wasser der Bucht. Das Boathouse und die Hügel spiegelten sich auf der Wasseroberfläche wie ein wunderschönes Aquarellgemälde; das Gras unter Natalies Füßen war sattgrün und feucht vom Tau. Ihr Alltag in Deutschland schien Nat heute so weit entfernt wie der Äquator vom Nordpol.

Sie hielt einen Moment inne, um den Blick schweifen zu lassen und das Bild dieses Morgens für immer in ihr Gedächtnis zu brennen: Zu ihrer Linken lag das Cottage, beschattet vom Grün des fleischigen Stechpalmenlaubs, unter dem die Narzissen nun in voller Pracht blühten. Zu ihren Füßen lagen die schwellenden Knospen der Hortensien und die pastellrosa Blüten einer Magnolie. Und vor ihr entfaltete sich die sonnenbeschienene Bucht in all ihrer frühlingshaften Pracht.

Die Szene war das perfekte Spiegelbild ihres Inneren. Die Kälte des Winters und der Trauer war nur noch eine Erinnerung, ein sanftes Ziehen tief in ihrem Herzen, aus dem Tag für Tag neue Knospen der Hoffnung und des Vertrauens sprossen, die in der Gegenwart ihres Schöpfers Kraft gewannen und für die Zukunft prächtige Blüten verhießen.

Mit einem Lied auf den Lippen setzte Natalie ihren Weg fort. Conors Cottage lag in Sichtweite des Boathouse, nur durch eine schmale Zufahrt und einen winzigen Vorgarten von der Straße getrennt. An der rechten Seite des Hauses parkte sein Geländewagen und daneben Fionns roter Jaguar, doch im Gebäude selbst regte sich nichts.

Zaghaft näherte sich Natalie der Haustür. Konnte es tatsächlich sein, dass die Brüder und Joyce noch schliefen? Aber nein, die Tür stand, wie auch bei Matty üblich, einen Spaltbreit offen.

Nat klopfte, wartete einen Augenblick und trat, als sich noch immer nichts rührte, mit einem gedämpften „Guten Morgen" in den dämmrigen Hausflur. An der Wandgarderobe hingen mehrere Jacken, und neben einem uralten Schirmständer stand Conors Aktentasche. Aus der gegenüberliegenden Küche drang Sonnenlicht.

„Hallo?", rief sie noch einmal, während sie darauf zuging. Doch der Raum vor ihr war leer. In der Spüle vor dem Fenster mit Blick auf die Bucht stand ein benutztes Frühstücksgedeck, auf dem großen Kiefernholztisch zwei weitere, allerdings unbenutzt. Der Wasserkessel auf dem Herd dampfte noch ganz leicht.

Wer auch immer hier gefrühstückt hatte – und so wie Nat Conors Übernachtungsgäste einschätzte, war er selbst das gewesen –, konnte nicht weit entfernt sein. Sollte sie einfach hier auf ihn warten oder sich lieber auf die Suche begeben?

Unschlüssig trat Nat an den Esstisch und spielte mit der Ecke eines Papieres, das zusammen mit einigen weiteren zwischen den beiden Gedecken ausgebreitet war. Conor musste schon beim Frühstück mit der Arbeit an einem Artikel begonnen haben. Um nachmittags ein paar gemeinsame Stunden mit ihr herauszuholen?

Nat streifte die Papiere mit einem flüchtigen Blick – und stutzte:

Das Foto in der Ecke eines Blattes zeigte nichts anderes als den Ausblick, den man von Holly Cottage aus auf die Bucht genoss. Nach all den Stunden, die sie in Mattys Garten verbracht hatte, hegte Natalie nicht den geringsten Zweifel daran. Demzufolge arbeitete Conor also an einem Artikel über Killeen oder Holly Cottage.

Obwohl Nat sich nicht wirklich vorstellen konnte, weshalb. Wollte er auf diese Weise Werbung für Mattys Boathouse machen? Interessiert beugte sie sich über das Papier.

Es handelte sich um einen Bauplan – genauer gesagt um zwei Pläne: Einer davon zeigte den Grundriss des Boathouse mit seiner Terrasse und dem in die Bucht hineinragenden Pier sowie die Umrisse der Insel, der andere die Kapelle, für Nat erkennbar an den Fenstern mit Spitzbögen und dem kleinen Glockenturm. Unmittelbar neben dem Turm stand „Wedding Chapel, Killeen, McGarvey“, auf dem anderen Plan „McGarveys Seaview Restaurant, Killeen“.

Natalie sog scharf die Luft ein. Mattys Boathouse – ein Restaurant? Entweder hatte ihre ältere Freundin Conor etwas anvertraut, was sie, Nat, nicht wusste und auch niemals vermutet hätte, oder aber … Weshalb sonst sollte das Restaurant den Namen McGarvey tragen?

Noch während ihre Gedanken dieses „Oder aber" zu fassen versuchten, wurden hinter ihr Schritte laut, und Joyce brummte leicht genervt: „Nat, was machst du denn hier?" Ihr Haar war vom Schlaf zerzaust, und ihre nackten Füße tappten im Zeitlupentempo über den Fliesenboden, doch Nat registrierte kaum, wie das Mädchen neben sie trat. Sie nahm nicht einmal die Augen von den Plänen auf dem Tisch. Alles in ihr wehrte sich gegen den Verdacht, der in ihr aufstieg. Dieser furchtbare Verdacht, dass Conor hinter Mattys Rücken Pläne schmiedete, die …

Mit einem „Was'n das?" folgte Joyce Nats schockiertem Blick. Für einige Sekunden musterte auch sie die Pläne und stieß dann ebenso schockiert aus: „Alter, das hätte ich Conor niemals zugetraut! Versucht der doch glatt, Matty so hinterhältig über den Tisch zu ziehen. Na warte, der kann was erleben!"

Krachend sauste ihre Faust auf die Pläne nieder, während Nat noch immer regungslos und mit brennenden Augen daraufstarrte.

Noch wollte ihr Herz nicht glauben, was ihr Verstand bereits in aller Klarheit erfasst hatte: Bei all seiner nachbarlichen Hilfsbereitschaft gegenüber Matty und seiner christlichen Fürsorge für Joyce war Conor nichts anderes als ein Intrigant – ein herzloser, hinterhältiger Intrigant!

Kapitel 13

Geduld ist ein Baum, dessen Wurzel bitter ist, die Früchte aber sehr süß.
Persisches Sprichwort

Matty schlich sich bereits aus dem Haus, als Nat noch in tiefem Schlummer lag. Zumindest ging sie davon aus, denn die Vorhänge vor der Balkontür waren fest verschlossen.

Trotz der gestrigen Anstrengung und ihres schmerzenden Rückens hatte sie es nicht länger im Bett ausgehalten. Wie hatte es Nat am Vortag ausgedrückt? „*Am liebsten möchte man seine Flügel ausbreiten und über die Bucht segeln wie die Möwe dort!*"

Genau so fühlte sich Matty: beflügelt von der Gesellschaft der jungen Leute, von ihrer gemeinsamen Arbeit, von Joyce' Begeisterung und dem Vergnügen, das sie den ganzen Tag lang miteinander gehabt hatten. Fionn, Conors charmanter jüngerer Bruder, hatte mit seinen Scherzen, Komplimenten und diversen Anekdoten aus seiner und Conors Kindheit schlussendlich sogar Joyce zum Lachen gebracht und dafür gesorgt, dass sich Matty so jung und unbeschwert gefühlt hatte wie seit Jahren nicht mehr.

Mit einem kühnen Sprung vom Pier folgte Matty Captain Noah nun ins Wasser, um ihre morgendliche Runde durch die

Bucht zu drehen. Als das kalte Wasser ihren Körper umspielte, lachte sie vergnügt auf und schwamm mit kraftvollen Zügen los.

Nachdem ihr Leben seit Jons Schlaganfall quasi stehen geblieben war, lag nun etwas Neues in der Luft. Wie die Strahlen der Sonne, hell und warm auf der Wasserfläche vor ihr, einen herrlich milden Frühlingstag verhießen, deuteten die vergangenen Tage auf eine Veränderung auch in ihrem Leben hin, und in ihrem Kopf nahmen die fantastischsten Pläne dafür zunehmend Gestalt an.

Nicht einmal beim Schwimmen ließen diese Pläne ihr Ruhe. Matty konnte es kaum erwarten, am Nachmittag mit Jon darüber zu sprechen. Oder gleich beim Frühstück mit Nat, die sie eigentlich gestern schon hatte einweihen wollen. Eventuell sogar mit Conor, der soeben von seinem Cottage aus auf die Bucht zuschritt? Conor war ein intelligenter, nüchtern denkender Mann, der durch seine Tätigkeit sicherlich auch Beziehungen hatte, die Matty fehlten. Außerdem war er es gewesen, der Joyce hierher und den Stein damit ins Rollen gebracht hatte.

Entschlossen winkte Matty Conor zu, erhöhte ihr Schwimmtempo und erklomm kurz darauf den Pier. Mit tropfendem Haar und trotz des Neoprenanzugs fröstelnd, stand sie vor Conor, der sie fürsorglich in das bereitgelegte Handtuch hüllte.

„Gut, dass ich dich heute Morgen hier treffe", brachte Matty ein wenig außer Atem hervor. „Hast du vielleicht ein, zwei Minuten Zeit für mich? Mir spukt da etwas im Kopf herum, zu dem ich gerne deine Meinung hören würde."

„Sicher. Was gibt's, Matty?" Conor schaute sie erwartungsvoll an.

„Im Grunde war es Joyce, die mich auf die Idee brachte. Erinnerst du dich noch an ihre Begeisterung, als wir zum ersten Mal mit den Kajaks hinausfuhren?“, begann Matty unvermittelt und ohne eine Antwort zu erwarten. „Vor zwei Tagen, als ich mit ihr die Insel erkundete und wir auf das Badefloß stießen, hatte sie plötzlich ebenfalls diesen Blick, sodass ich mich gefragte habe, ob ich das nicht …“

So knapp wie möglich umriss Matty ihre Gedanken und ihre Vision für die Zukunft Killeens, die als Resultat aus Joyce' Verhalten in ihr erwachsen war, während Conor aufmerksam lauschte.

„Eine interessante und in der Tat anerkennenswerte Idee, Matty. Inwieweit sie aber praktikabel ist, kann ich dir so auf Anhieb nicht sagen. Dazu müsste ich erst einmal recherchieren, von welcher Seite – und ob überhaupt – man in solchen Fällen mit finanzieller Unterstützung rechnen kann.“

„Würdest du das denn tun, Conor?“, fragte Matty mit angehaltenem Atem. „Würdest du das für mich herausfinden, ehe ich meinen Mann mit diesem Plan überfalle? Dann hätte ich zumindest schon mal ein paar Fakten in der Hand, um ihn zu überzeugen. Die Arbeitszeit für deine Nachforschungen würde ich dir selbstverständlich bezahlen!“

„Das ist doch nicht nötig“, wehrte Conor ab. „Sobald Nat und Joyce morgen abgereist sind, werde ich ohnehin nichts mehr mit meiner freien Zeit anzufangen wissen.“

„Großartig! Ich danke dir, mein Lieber!“ Überschwänglich nahm Matty ihren Nachbarn in die Arme, ohne zu bemerken, wie ihr nasses Haar sein frisch gebügeltes Hemd befeuchtete. Gleichzeitig drückte sich von unten Captain Noahs dichter, feuchter Neufundländerpelz gegen Conors Beine. Dieser lächelte ergeben.

Als Matty und der Captain sich auf den Weg zum Haus machten, wich sein Lächeln jedoch einem Stirnrunzeln. Wie konnte sein Bruder nur daran denken, diese herzliche, liebenswerte Frau so schändlich zu übervorteilen? Denn egal, welche „genialen“ Pläne Fionn mit dem Callaghan-Grundstück hatte – dass er dabei nur seinen eigenen Profit im Sinn hatte, war Conor glasklar.

Ärgerlich trat er mit dem Fuß die Steine auf dem Weg beiseite. Ursprünglich hatte er diesen morgendlichen Spaziergang unternommen, um den Kopf freizubekommen und zu entscheiden, ob er Matty, ohne wirklich ins Detail zu gehen, vorwarnen sollte, und nun hatte stattdessen *sie* sich *ihm* anvertraut. Noch dazu mit einer eigenen Vision für Killeen, die – in Conors Augen – weit erhaben war über Fionns egoistisches, profitgieriges Kaufangebot.

Düster schüttelte Conor den Kopf. Er musste – und würde – alles in seiner Macht Stehende tun, um seinen Bruder noch heute von seinem Vorhaben abzubringen!

Als er sich seinem Haus näherte, registrierte er das vom Dampf der Dusche beschlagene Badezimmerfenster ebenso wie die beiden Stimmen, die durch das geöffnete Küchenfenster herausdrangen. Es waren zwei weibliche Stimmen.

Conors Herz pochte freudig. Nat konnte es schon am frühen Morgen nicht mehr abwarten, ihn zu sehen! Er war so unglaublich dankbar dafür, dass es ihnen gelungen war, die Angelegenheit mit Johanna zu klären, und dass Nat die gleichen Gefühle für ihn hegte wie er für sie. Nicht einmal Fionn mit seinem vielsagenden Blick und den flapsigen Scherzen hatte ihm gestern den vergnügten Nachmittag mit Nat verderben können. Der einzige Wermutstropfen in ihrer aufkeimenden Beziehung war die Tatsache, dass Nat bereits am folgenden Tag zurück nach Deutschland fliegen würde. Es sei denn, sie hatte ihren Flug noch einmal verschieben können.

Unwillkürlich beschleunigte Conor seine Schritte und nahm sich vor, zumindest diesen Tag mit Nat in voller Länge auszukosten. Einen letzten freien Tag konnte er sich gerade noch gestatten. Im besten Fall würde es ihnen sogar gelingen, sich zeitweise von Joyce loszueisen und einige Minuten für sich zu haben.

„Der kann was erleben!", vernahm er vom Hausflur aus Joyce' Stimme, dazu das dumpfe Geräusch eines Gegenstandes, der auf die Tischplatte schlug.

Fionn!, dachte er unwillkürlich. Womit hatte sein Bruder Joyce nur derart verärgert? Eilig betrat Conor die Küche. Doch am Esstisch standen nur Nat und Joyce, die bei seinem Eintreten ruckartig herumfuhren.

„Alter, wie kannst du nur?!", stürzte sich Joyce auf ihn und begann, mit geballten Fäusten gegen seine Brust zu trommeln. „Matty so zu hintergehen, du ausgekochter, hinterfotziger Fiesling! Und mit so etwas wollte ich mal verwandt sein!"

„Was habe ich denn getan?" Conor versuchte, Joyce' Hände einzufangen, und warf Nat über das Mädchen hinweg einen hilflosen Blick zu. Zu seinem großen Erstaunen kam diese ihm jedoch keineswegs zu Hilfe, sondern durchbohrte ihn mit einem Blick, der weit mehr schmerzte als Joyce' Faustschläge. Dann nahm sie einige von ihm bislang unbemerkte Bogen Papier von der Tischplatte, ließ sie neben ihm zu Boden segeln und stapfte wortlos aus der Küche.

Gehetzt blickte Murph sich um. Seit Tagen hatte der vierzehnjährige Dubliner nun schon das Gefühl, verfolgt zu werden.

Jedes Rascheln im Gebüsch, jeder zufällige Blick von einem der wenigen Menschen, denen er begegnet war, hatte ihn glauben lassen, man wäre ihm auf der Spur. Zwar hatte er nichts weiter getan, als Schmiere zu stehen, aber wahrscheinlich reichte diese Tatsache schon aus, um ihn zu verhaften. Vor allem, da er der Polizei auch die Namen und den vermutlichen Aufenthaltsort der beiden Haupttäter verraten konnte!

Ein Schatten hinter dem Baum zu seiner Linken ließ ihn erneut zusammenfahren. Er hielt den Atem an. Doch es war nur ein Reh oder Hirsch oder irgendein anderes Tier, das den Wald an diesem frühen Morgen unsicher machte.

Dennoch kehrte Murph mit weichen Knien in die winzige Kirche zurück, in der er übernachtet hatte. So hungrig er auch war: Seine Sicherheit ging vor, und das alte, offenbar nur selten genutzte Gebäude lag mitten im Dickicht.

Wenn Murph nur wüsste, wie weit es noch war bis zu diesem McGarvey – und damit zu seiner Freundin Joyce! Den Großteil des Weges – querfeldein über Schafweiden, rund um einen See und sogar über einen Bergpass – hatte er schon zurückgelegt, doch da er hier im Wald kein Internet mehr hatte, war er quasi orientierungslos.

Und was das Schlimmste war: Joyce hatte auf keine einzige der Nachrichten geantwortet, mit denen er sie seit zwei Tagen bombardierte! Am Ende hatte der gestrenge Mr McGarvey ihr das Handy abgenommen, wie es die Lehrer in der Schule taten, und damit Murphs einzige Hoffnung auf Beistand in dieser heiklen Lage zerstört.

Aufstöhnend betastete Murph den Bluterguss unter seinem rechten Auge – Butlers Abschiedsgeschenk – und ließ sich in die Kirchenbank zurückfallen. Eine letzte Nachricht würde er

Joyce noch schicken in der Hoffnung, dass es ihr irgendwie gelang, an ihr Handy zu kommen, und wenn das nichts fruchtete, musste er sich wohl oder übel allein zurück nach Dublin durchschlagen.

DRINGEND!, tippte er, *Ich brauch dich, Baby! Wenn du das liest, antworte mir sofort oder komm am besten gleich zu mir. Bin in einer alten Kirche mitten im Wald, von wo aus man die Bucht sehen kann. Muss ganz in deiner Nähe sein. Und bring was zu essen mit, ich VERHUNGERE! SOS!*

Dann schickte er die SMS ab. Wenigstens das war möglich an diesem beschissenen Ort am Ende der Welt, wo es statt Internet nur Schafe und Rehe ohne Ende gab.

Mit einem letzten Fünkchen Hoffnung lehnte Murph sich zurück und wartete, während sich die Ereignisse der vergangenen Tage noch einmal vor seinem inneren Auge abspulten …

Es hatte sich angehört wie ein großes Abenteuer, als die beiden älteren Jungs ihn in ihr Vorhaben einweihten. Wie eine einmalige Gelegenheit, den Docks zu entkommen und sich als der abgebrühte Kerl zu erweisen, der er tatsächlich war. Weshalb sonst hätten der groß gewachsene, muskulöse siebzehnjährige Krafczik und der bereits volljährige und vorbestrafte Butler ausgerechnet ihn zum Mittäter machen wollen?

Ohne zu überlegen hatte Murph sich ihnen angeschlossen – und heimlich bereits ausgemalt, wie beeindruckt Joyce bei ihrer Rückkehr aus der Verbannung von seiner Tat sein würde. Keinen Blick würde sie den anderen, von oben bis unten tätowierten Kerlen auf der Straße mehr schenken …

Mit einem von Butler persönlich geklauten, aber unauffälligen VW Polo fuhren sie hinüber an die Westküste, suchten sich eine passende Tankstelle, die sie zwölf Stunden lang nicht aus den Augen ließen, um sich mit den dortigen Abläufen vertraut zu machen, und schlugen am folgenden Tag zu.

In schwarzen Hoodies und Strumpfmasken stürmten Krafczik und Butler die Tanke und bedrohten den Kassierer mit ihrer echten, aber ungeladenen Waffe, während Murph an der Zufahrt Schmiere stand. Und tatsächlich händigte der Kassierer ihnen widerstandslos das gesamte Bargeld aus, sodass sie nur wenige Minuten später mit ihrer Beute davonbrausten, was der Polo nur hergab. Das Heulen einer Polizeisirene bekamen sie nicht einmal zu Ohren, so rasch hatten sie den Tatort hinter sich gelassen.

Ausgelassen lachend gratulierten die drei jungen Männer sich zu ihrem Erfolg und setzten ihren Weg Richtung Norden fort. Butler hatte einen Kumpel in Nordirland, bei dem sie unterkommen konnten, bis ein wenig Gras über die Sache gewachsen war. Mit einem Mal jedoch, als Murph nach dem ganzen Nervenkitzel kurz eingedöst war, stoppte Butler den Wagen am Straßenrand.

„Hier, Kleiner!", sagte Krafczik und reichte Murph einen Fünfzig-Euro-Schein nach hinten.

Verständnislos starrte Murph den Älteren an, sodass Butler hinzufügte: „Dein Anteil, Dumpfbacke! Und jetzt sieh zu, dass du Land gewinnst! Aber lass dir ja nicht einfallen, zu den Bullen zu gehen – du steckst da genauso drin wie wir, vergiss das nicht."

„Aber –" Weiter kam Murph mit seinem Einwand nicht. Butlers Faust schoss nach hinten und verpasste ihm einen Schlag in die Magengrube und einen weiteren aufs Auge. „Vergiss das nicht, sagte ich, und jetzt raus mit dir!"

Einen Augenblick später fand sich James Bernard August Murphy mit dem Geldschein in der Hand auf der Straße wieder, während der Polo mit aufheulendem Motor in der Ferne verschwand. Wutentbrannt brüllte er dem Wagen hinterher und bedachte seine vermeintlich Verbündeten mit allen Schimpfworten, die ihm in den Sinn kamen, als ihm die bittere Wahrheit dämmerte: Die beiden hatten ihn mit seinem Stolz geködert, ihn schamlos ausgenutzt, mit einem Hungerlohn – nein, mit einem lächerlich geringen Schweigegeld – abgefertigt und mitten im Nirgendwo abgesetzt. Ihm blieb nichts anderes übrig, als sich auf eigene Faust zurück nach Dublin durchzuschlagen – und zwar möglichst unauffällig. Selbst wenn er momentan nichts lieber getan hätte, als Krafczik und Butler an die Polizei zu verraten, verspürte er eine Riesenangst, selbst verhaftet zu werden.

Auf der Straße zu bleiben, wagte er mit seinem rasch zuschwellenden, auffälligen Auge nicht, weil er nicht wusste, ob bereits nach den Tätern des Überfalls gefahndet wurde. Folglich machte er sich querfeldein auf den Weg zu Joyce, die sich derzeit immerhin im selben Teil des Landes aufhielt. Er musste sich nur bis zur anderen Seite der Halbinsel durchschlagen, soviel er wusste.

Nur einmal hatte er unterwegs gewagt, sich in einem winzigen Dorf mit ein paar Lebensmitteln zu versorgen, und sich dabei fast in die Hosen gemacht, als die Kassiererin ihn gefragt hatte, ob er auf der Durchreise sei.

Seitdem waren zwei, nein, drei Tage vergangen, wenn man diesen angebrochenen Morgen mitzählte, und sein Hunger machte Murph allmählich verrückt. Gequält starrte er auf sein Handy, bis es tatsächlich leise vibrierte.

Sorry Murph, mein Handy war aus. Ich glaub, ich weiß, wo du bist, und komme so schnell wie möglich, bis gleich, las er und tippte hastig zurück: *Vergiss mein Essen nicht!!!*

Erleichtert schloss er die Augen: Zumindest für seinen gefolterten Magen war diese Tortur bald vorbei!

Während er noch immer damit beschäftigt war, die wütende Joyce zu bändigen, schielte Conor aus dem Augenwinkel nach den Papieren, die neben ihm zu Boden gesegelt waren. Er benötigte nur einen kurzen Blick auf die Worte „Wedding Chapel" und „McGarveys Seaview Restaurant", um zu wissen, dass es sich dabei um Fionns Pläne für die Zukunft Killeens handelte. Weshalb Joyce bei diesem Anblick allerdings auf ihn einschlug und Nat ohne ein Wort hinauseilte, war ihm ebenso rätselhaft wie die Tatsache, dass diese Papiere bis eben noch auf seinem Esstisch ausgebreitet gewesen waren.

Energisch schob er Joyce beiseite und eilte Nat hinterher. Sie war noch nicht weiter gekommen als bis zur Haustür.

„Warte, Nat!", rief er, doch sie stapfte wortlos weiter, riss die Tür auf und verfiel in Laufschritt, sodass ihm nichts anderes übrig blieb, als es ihr gleichzutun.

„Was ist denn los mit dir? Was habe ich getan?", keuchte er, sobald er sie eingeholt und bei den Armen ergriffen hatte, um ihr erneutes Davonlaufen zu verhindern.

„Das *fragst* du noch?!" Nats sonst so sanfte grüne Augen blitzten, außerdem wehrte sie sich heftig gegen Conors Griff. Er hatte nicht geahnt, dass in ihrem zarten Körper so viel Kraft steckte.

„Der Mann, der sich unter dem Vorwand nachbarschaftlicher Hilfeleistung und mit netten Ausflügen in Mattys Herz schleicht, um es ihr wenige Augenblicke später grausam wieder herauszureißen, indem er sie um ihr geliebtes Eigentum bringt, dieser Mann fragt, was er nur getan hat?! Also wirklich, Conor, das ist der geschmackloseste Witz, den ich je gehört habe!"

Nat lachte bitter, und ihr Widerstand erlahmte. Kraftlos hingen ihre Arme in Conors Händen.

„Ich reiße Matty das Herz raus?", wiederholte Conor verständnislos, dann dämmerte ihm die Wahrheit. Ungläubig fragte er: „Du glaubst wahrhaftig, dass diese Pläne von *mir* stammen?"

Traute Nat ihm das wirklich zu? Hielt sie ihn tatsächlich für fähig, Matty derart kaltschnäuzig zu hintergehen? Zu schockiert, um sich zu rechtfertigen, ließ er nun seinerseits die Arme sinken, womit er Nat freigab.

„Von wem denn sonst?", bestätigte sie seinen Verdacht. „Gib es ruhig zu: Die Pläne sind der wahre Grund, weshalb du immer alles Mögliche an unnötigem Wissen von dir gibst, statt über dein Privatleben zu sprechen! Du wolltest dich mir und Matty gegenüber einfach nicht verplappern. Und die Geschichte mit Johannas Anruf und der gelösten Verlobung war vermutlich nur ein Versuch, mich auf deine Seite zu ziehen. Was dir beinahe auch gelungen wäre, gratuliere!"

Während zuvor nur ihre Augen geblitzt hatten, wurde ihr Gesicht bei dieser Erkenntnis nun hochrot vor Ärger. „Dumm nur, dass du die Pläne offen sichtbar in deinem Haus hast liegen lassen, sodass nicht nur ich, sondern auch Joyce jetzt dein kleines Geheimnis kennt. Und nun entschuldige mich, Conor, ich muss für meinen Heimflug morgen packen."

Mit diesen Worten wandte sie ihm endgültig den Rücken zu und machte sich auf den Weg nach Holly Cottage.

Fassungslos folgte Conors Blick ihrer schwindenden Gestalt. Im Gleichtakt mit dem geblümten Kleid, das sie heute trug, schwang ihr offenes Haar bei jedem energischen, ausgreifenden Schritt um ihre Schultern. Jede einzelne ihrer Bewegungen bezeugte in aller Deutlichkeit ihre Empörung. Das war nicht die

Natalie, die er zu kennen glaubte. Die Nat, die mit ganzer Hingabe im Moder begrabene Narzissen freilegte und an Bluebells schnupperte, als handelte es sich bei deren Duft um das kostbarste Parfüm und nicht um den Geruch von Blumen, die wie Unkraut gediehen, hätte ihn nicht rigoros stehen lassen, sondern ihm die Gelegenheit gegeben, alles aufzuklären. Sie hätte nachgefragt, ehe sie ihn vorschnell aburteilte. Denn es war doch nichts als ein kleiner, aber fataler Irrtum, der zwischen ihnen stand!

Ein, zwei Minuten stand Conor reglos da, bis er sich von seinem Schock erholt hatte, tief Luft holte und sich entschlossen in Bewegung setzte: Nat war ihm schlicht zu wichtig, als dass er sie kampflos gehen ließ! Er würde den Trugschluss rasch aufgeklärt haben.

Conor hatte noch keine zehn Meter zurückgelegt, als er von einer zierlichen, mit einer Reisetasche beladenen Gestalt überholt wurde.

„Joyce, wo gehst du hin?“, fragte er perplex, doch wie zuvor Nat eilte auch sie unbeirrt weiter. Allerdings fehlte ihr der Vorsprung, den Nat Conor gegenüber hatte, sodass er mit wenigen Schritten an ihrer Seite war.

„Du sagst mir jetzt auf der Stelle, wohin du mit dieser Reisetasche willst!“, herrschte er sie an und zerrte ungeduldig an ihrem Arm.

„Fort! Du glaubst doch nicht, dass ich noch länger mit einem Schuft wie dir unter einem Dach leben will?!“

„Aber die Pläne sind von Fionn, nicht von mir!“ Endlich gelang es Conor, sich zu verteidigen.

„Echt jetzt?“ Für den Bruchteil einer Sekunde sah Joyce ihm positiv überrascht in die Augen, dann senkte sie den Blick auf ihre Schuhe. „Ich geh trotzdem, also lass mich los!“

Ungeduldig versuchte sie sich loszureißen. Conor blieb hart. „O nein, das tust du nicht. Du bleibst, bis ich dich morgen persönlich zu deinen Eltern zurückbringe."

„Aber ich muss!" Jetzt traten tatsächlich Tränen in Joyce' Augen. „Murph hat mir getextet – schon x-mal, aber ich hatte die letzten Tage vor lauter Arbeit mein Handy aus. Er ist hier ganz in der Nähe und braucht dringend meine Hilfe! Und du wirst mich nicht davon abhalten, zu ihm zu gehen!"

In ihrem noch ungeschminkten Gesicht regte sich deutlich sichtbar der Trotz, doch noch stärker war offenbar die Sorge um ihren Freund, denn Joyce brach nun endgültig in Tränen aus. Schluchzend stellte sie ihre Tasche ab und murmelte: „Seine Nachrichten klingen total verzweifelt. Wenn ich nur wüsste, was ihm zugestoßen ist …"

„Solange er texten kann, ist er zumindest am Leben", tröstete Conor unbeholfen, woraufhin Joyce noch heftiger schluchzte.

Nun war es an Conor, einen verzweifelten Blick in Mattys Garten zu werfen, in dem Nat längst verschwunden war. Verschwunden mitsamt dem enormen Zorn, den sie ihm gegenüber verspürte. Doch die Klärung ihres Missverständnisses musste warten: Wenn sein Schützling je seinen Beistand gebraucht hatte, dann jetzt, in genau dieser Minute. Joyce in diesem Augenblick der Furcht nicht zu helfen, würde all seine – und auch Mattys – Bemühungen um sie zunichtemachen.

Entschlossen schulterte er Joyce' Tasche und fragte: „Wo müssen wir hin?"

Ohne einen einzigen Blick zurück eilte Nat durch ihren geliebten Garten hangaufwärts, betrat das Cottage, wo Matty in der Küche zugange war, und hastete grußlos an dieser vorbei ins Gästezimmer.

Sie kannte sich selbst kaum wieder. Noch nie in ihrem Leben – soweit sie sich erinnern konnte – hatte sie so kalt und rücksichtslos reagiert wie eben gegenüber Conor. Hatte jemanden mit derart zynischen, herzlosen Worten abgefertigt wie ausgerechnet ihn!

Streit und Auseinandersetzungen waren Nat grundsätzlich zuwider, und wenn sie doch einmal unvermeidbar waren, bemühte sie sich stets um Verständnis für die andere Partei oder hörte ihr wenigstens zu. Conor dagegen hatte sie keinerlei Chance gegeben, sich zu verteidigen. Nicht einmal richtig zu Wort gekommen war er bei ihrem heftigen Ausbruch, sondern hatte nur fassungslos ihre Anschuldigungen über sich ergehen lassen. Was war nur in sie gefahren, dass sie auf diese Weise reagiert hatte?!

Oder sollte die Frage doch eher lauten, was nur in Conor gefahren war, dass er im Geheimen Pläne für Mattys Eigentum schmiedete, die diese ganz gewiss nicht gutheißen würde? Denn eine Sache stand für Natalie vollkommen außer Frage: Conor gedachte, Matty ihren Grund, an dem sie von ganzem Herzen hing, abzukaufen, um damit selbst zu Geld zu kommen. *Viel Geld* vermutlich.

Wäre das nicht der Fall, wäre Conor ihr mit Sicherheit längst nachgelaufen, um sie über ihren Irrtum aufzuklären. Aber nichts dergleichen war geschehen – ein eindeutiges Indiz dafür, dass ihm weder an Matty noch an ihr wirklich etwas lag. Er hatte sie lediglich benutzt, um seine eigenen Träume zu verwirklichen. Seine wahren Absichten waren genauso verschleiert gewesen wie das Connemara-Marmor-Grün seiner Augen. Wie hatte sie sich nur so in ihm täuschen können?

In demselben Maße, wie Nats Wut sich in bittere Enttäuschung verwandelte, begannen auch ihre Tränen zu fließen. Sie hatte es gewagt, von einer Beziehung zu träumen, die es nie geben würde; in ihrem Inneren das Bild eines Mannes erschaffen, der in dieser Art nicht wirklich existierte.

Vielleicht, so gestand sie sich ehrlich ein, hatte sie sogar bereits davon geträumt, Wurzeln zu schlagen an diesem Ort, wo Gott ihr als Schöpfer ganz neu begegnet war und sich ihr Herz mehr zu Hause fühlte als an jedem anderen.

Aber all das war nichts als ein Irrtum gewesen, und Natalie tat besser daran, ab sofort wieder auf ihre Vernunft (und auf vernünftige Menschen wie ihren Vater) zu hören statt auf das sanfte Flüstern dieser inneren Stimme …

Sie sank neben dem Gästebett zu Boden, vergrub ihren Kopf im Kissen und schluchzte wie seit dem Tod ihrer Mutter nicht mehr. Dabei überhörte sie das leise Klopfen an ihrer Tür. Erst Mattys besorgte Frage war es, die an ihr Ohr drang.

„Alles in Ordnung bei dir, Nat? Magst du heute nicht frühstücken?“

„Nein … nein danke, Matty“, antwortete Nat und hoffte inständig, dass die Ältere das Beben in ihrer Stimme und die unterdrückten Schluchzer nicht wahrnahm.

„Na gut“, erwiderte Matty durch die geschlossene Tür. „Ich wollte dir nur Bescheid sagen, dass ich in einer halben Stunde zu Jon fahre, um etwas mit ihm zu besprechen. Möchtest du mich begleiten?“

„Heute nicht, danke. Ich sollte lieber allmählich anfangen, meine Koffer zu packen.“

„Dann tu das! Ich denke, ich werde gegen Mittag wieder zu Hause sein, damit wir nachmittags etwas unternehmen können. Wir müssen deinen letzten Tag hier doch so gut wie möglich nutzen! Und falls du es dir anders überlegst mit dem Frühstück: Ich lasse dir einfach alles auf dem Tisch stehen. Bis später, Liebes!"

Mattys Schritte entfernten sich, und Nat atmete auf. Mattys Stimme hatte zweifellos sorgenvoll geklungen, doch in Anbetracht der Situation war sie die Letzte, mit der Nat ihren Kummer teilen konnte – selbst wenn sie es gewollt hätte.

Bald darauf knirschten die Reifen von Mattys Volvo die gekieste Einfahrt hinunter, und Nat ging ins Bad, um ihr vom Weinen verquollenes Gesicht zu erfrischen. Als sie in der Absicht, nun tatsächlich zu packen, zurück in ihr Zimmer trat, vernahm sie erneut das Geräusch von Wagenrädern in der Einfahrt. Matty musste etwas vergessen haben.

Doch ein kurzes warnendes Bellen des Captains verriet ihr, dass es sich um einen anderen Besucher handelte. Aufmerksam lauschte Nat nach unten.

Für den wundervollen Bruchteil einer Sekunde hoffte sie, dass Conor gekommen war, um sich mit ihr auszusprechen, aber es war Fionns Stimme, die vom Eingang her zu ihr heraufdrang: „How're you, Matty? Guten Morgen, Nat!"

Mit einem abgrundtiefen Seufzer machte Natalie sich auf den Weg nach unten und traf Fionn bereits in der Küche an. Bei ihrem Anblick lächelte er strahlend. „Wie schön, ich fürchtete bereits, ihr beide wärt ausgeflogen. Wie sieht's aus, Nat, unternimmst du nun heute eine kleine Tour mit mir?"

„Nein. Ich habe dir doch gestern schon erklärt, dass ich meinen Urlaub lieber hier in Killeen ausklingen lassen möchte als irgendwo sonst in Irland", erklärte Nat müde.

„Richtig. Aber von einem einzelnen Nein lasse ich mich grundsätzlich nicht abschrecken, und heute würdest du dich schrecklich langweilen hier, denn wie es aussieht, ist Matty ausgeflogen, und auch Conor und Joyce sind ohne ein Wort zu mir gemeinsam im Wald verschwunden. Deshalb, liebe Nat, frage ich dich noch einmal: Würdest du mich heute auf einen kleinen Ausflug begleiten? Du kannst unmöglich zurück nach Deutschland fliegen, ohne wenigstens eines der Naturwunder Irlands gesehen zu haben, und ich würde dir zuliebe auch einen Ort aussuchen, der näher liegt als der Giant's Causeway, den ich gestern vorschlug. Bitte!"

Fionn legte die Hände gegeneinander und blickte Nat so flehend an wie der Captain sein Frauchen, wenn diese ohne ihn fortging.

Nats Widerstand bröckelte. Weshalb eigentlich nicht? Fionn war charmant und seine Absicht, mit ihr zu flirten, so durchschaubar, wie Conor es niemals gewesen war. Nicht dass sie die Absicht hatte, darauf einzugehen, aber seine Gesellschaft würde sie wenigstens von ihren frustrierenden Gedanken ablenken. Außerdem lud der strahlende Sonnenschein tatsächlich zu einer letzten Fahrt über die Insel ein.

„Na schön", stimmte sie deshalb endlich zu. „Gib mir ein paar Minuten, damit ich mich umziehen und Matty eine Nachricht schreiben kann, dann können wir los."

„Fein! Ich warte hier." Begeistert rieb Fionn sich die Hände, während Nat nach oben verschwand.

Kapitel 14

Ja, die Natur ist wohl schön und wert, angesehen zu werden; aber sie soll uns nur von einem, der noch schöner ist, erzählen und uns nach ihm das Herz verwunden.
Matthias Claudius

Während er den Wagen startete, lächelte Fionn selbstzufrieden vor sich hin. Er war und blieb ein Glückspilz: Wieder einmal spielten ihm die Ereignisse besser in die Hände, als er es sich in seinen kühnsten Träumen ausgemalt hatte.

Die Baupläne, die er nach dem Aufstehen auf dem Frühstückstisch ausgebreitet hatte, um Conor doch noch von seiner Idee zu überzeugen, hatten Nat und Joyce vollkommen falsche Schlüsse ziehen lassen. Aber wie hätte er auch ahnen können, dass jemand sie noch vor Conor entdecken würde, während er, Fionn, unter der Dusche war?

Jedenfalls glaubten Nat und die Kleine nun tatsächlich, dass Conor dahintersteckte und Matty profitgierig um ihr Eigentum bringen wollte. Als ob sein Bruder jemals so geschäftstüchtig gewesen wäre! Conor war doch vollkommen zufrieden damit, seinen scharfen Intellekt für eine belanglose Provinzzeitung einzusetzen, die ihm weder Aufstiegschancen noch ein nennenswertes

Gehalt bot, und ansonsten das ruhige Landleben zu genießen. Fionn hatte das nie nachvollziehen können …

Wie auch immer – der Streit zwischen Nat und Conor, den Fionn vom Haus aus vernommen hatte, hatte ihm den Weg frei gemacht, Nat zu umgarnen. Dem Drama nach zu urteilen, das sie Conor vorhin gemacht hatte, schienen Fionn die Chancen, sie in dieser Angelegenheit auf seine Seite zu ziehen, zwar gleich null, aber das hinderte ihn doch nicht daran, sich einen schönen Tag mit ihr zu machen!

Fionn musterte Nat mit einem verstohlenen Seitenblick. Ihr notdürftiges Make-up konnte nicht verbergen, dass sie vor seiner Ankunft in Holly Cottage wegen Conor geweint hatte, doch mittlerweile schien sie wieder weitestgehend gefasst.

Fionn stöpselte sein Handy ein, wählte eine Playlist mit Rockballaden, und während die schmeichelnden Töne den Jaguar erfüllten, fragte er gut gelaunt: „Nun, wohin darf ich die Dame chauffieren? Wollen wir uns die Cliffs of Moher ansehen, die ungefähr auf halber Strecke zum Causeway im Norden liegen, oder doch lieber die Skellig Rocks vor der hiesigen Küste?“

„Was gibt es auf den Skellig Rocks denn zu sehen?“ Der Name kam Nat vage bekannt vor.

„Oh, alles Mögliche! Uralte Klosterruinen, Drehorte des letzten Star-Wars-Blockbusters und eine Kolonie von Puffins. Das ist eine seltene Seevogelart, die man nur an wenigen Orten Irlands beobachten kann. Außerdem ist allein die Bootsfahrt hinüber zu den unbewohnten Inseln ein echtes Abenteuer!“

„Richtig, jetzt erinnere ich mich. Jon hat diesen Ort im Zusammenhang mit einem Ausflug erwähnt, den er mit Matty und meiner Mutter machte, als sie noch jung waren!“ Ein erstes zaghaftes Lächeln legte sich auf Nats Lippen.

„Na, dann ist die Sache wohl entschieden: Auf zu den Skellig Rocks, solange wir noch jung sind!“ Fionns Augen blitzten schalkhaft.

Im Gegensatz zu Conors Augen waren Fionns braun, und dank ihres übermütigen Funkelns wirkte der junge Mann trotz seines Vollbartes eher wie ein Schuljunge und nicht wie der knallharte Businessmensch, als den Conor ihn beschrieben hatte. Generell erschien Fionn Nat wesentlich jünger als sein Bruder mit seinem meist nachdenklichen, ernsthaften Gesichtsausdruck …

Als sie sich bei diesem Vergleich ertappte, kniff Natalie energisch die Lippen zusammen. Conor hatte in ihren Gedanken nichts mehr zu suchen! Stattdessen richtete sie den Blick aus dem Fenster.

Mittlerweile hatten sie Kenmare ebenso hinter sich gelassen wie die Abzweigung der Straße hinauf in die Berge Iveraghs und zum Nationalpark, und sie befanden sich nun auf einer schmalen Küstenstraße. Durch dicht stehende Bäume und Büsche erspähte Nat immer wieder das Wasser der Bucht, diesmal allerdings von der Iveragh-Halbinsel aus statt von der Beara-Seite. Sie glaubte sogar, am anderen Ufer das Herrenhaus von Killeen zu erkennen. Immer breiter wurde die Bucht, die Straße wand sich bergauf, und plötzlich lichteten sich die Bäume.

Überrascht schnappte Nat nach Luft. Der Anblick, der sich ihr bot, war …

„Atemberaubend!“, hauchte sie überwältigt.

Unmittelbar neben der Straße fiel das von blühenden Ginsterbüschen, Felsbrocken und einer Bruchsteinmauer durchzogene Land in leichten Stufen ab; ein schiefergedecktes Cottage und etliche Nebengebäude schmiegten sich in das Grün, das nur durch eine schmale Felskante vom offenen Atlantik getrennt war. Smaragdgrün schimmerte das Wasser unter der strahlenden Sonne, und es erschien, ein Stück von der Küste entfernt, so ruhig und glatt wie das Wasser der Kenmare Bay, während es direkt unter ihnen schäumend gegen die Felskante donnerte und, in allen Regenbogenfarben schimmernd, hoch aufspritzte.

In nordöstlicher Richtung wurde die smaragdene Fläche beschattet von Klippen, die sich nahezu senkrecht gen Himmel erhoben. Oben waren sie bis zur Abbruchkante mit Gras bewachsen, und weiter unten, vor dem zerklüfteten Schwarz der Felswände, schwirrten unzählige Seevögel wie kleine weiße Blitze durch die Lüfte. Ihre heiseren Rufe vermischten sich mit dem Brausen des Wassers zu der unverkennbaren Melodie der irischen Küste.

Als Nat wieder zu Atem gekommen war, scherzte sie: „Und du bist ganz sicher, dass das nicht die Cliffs of Moher sind, Fionn?"

„Das bin ich, denn die sind noch ein wenig spektakulärer!" Schwungvoll wich Fionn einem Bus mit Touristen aus, sodass Nat den Jaguar bereits über die Bruchsteinmauer oder, noch schlimmer, über die Felskante hinabstürzen sah, und lenkte ihn in die nächstgelegene Haltebucht, wo er den Wagen neben dem offenen Cabrio eines jungen Pärchens parkte.

„Aber ich finde, auch dieser Teil des Wild Atlantic Way und unsere Klippen von Kerry können sich durchaus sehen lassen, nicht?" Mit einem stolzen Lächeln stieg Fionn aus, und Nat tat es ihm gleich. Gemeinsam traten sie an den Abhang, genossen die Sonne auf ihren Gesichtern, den leichten Seewind, der Nats Haar zerzauste, und den Ausblick.

„Obwohl ich zugeben muss, dass die wenigsten Touristen diese Klippen bei solchem Bilderbuchwetter zu sehen bekommen wie du. Du hast wohl einen besonderen Draht zum Wettergott dort oben, wie?“ Neckend stupste Fionn Nat gegen die Schulter und ließ seinen Arm gleich auf derselben ruhen, doch Nat war so gefangen von dem Bild vor sich, dass sie seine Berührung kaum registrierte.

„Komm, lass uns weiterfahren!“, beschloss Fionn schließlich. Ich möchte möglichst früh in Portmagee an Bord gehen, denn die Plätze auf den Booten sind begrenzt und sehr begehrt. Und keine Sorge“, fügte er angesichts ihres Zögerns hinzu, „du wirst auch die restliche Fahrt über noch derart faszinierende Ausblicke genießen können!“

Zu Nats Entzücken behielt Fionn recht. Beinahe hinter jeder Wegbiegung offenbarte sich ihr eine neue Perspektive von solcher Schönheit, dass Natalie ein beinahe schon schmerzliches Ziehen in ihrem Inneren verspürte. Wenn je irgendwo das Sprichwort „Der Weg ist das Ziel“ zugetroffen hatte, dann hier und jetzt, überlegte Nat. Ein lohnenderes Ziel war kaum vorstellbar.

Für ihre Begriffe viel zu rasch steuerte Fionn plötzlich eine kleine, am oberen Ende eines Meeresarms gelegene Ortschaft an.

„Ist es das … Portmagee?“, fragte sie, und Fionn nickte.

„Siehst du die Motorbarkassen dort auf dem Wasser? Das ist die Skellig-Flotte, und wie mir scheint, haben wir Glück: Noch ist keine von ihnen aufgebrochen.“

Mit einem zufriedenen Grinsen parkte Fionn den Jaguar auf dem öffentlichen und dennoch fast leeren Parkplatz nahe des winzigen Hafens. „Hätte nicht gedacht, dass es hier um diese Zeit noch so ruhig ist.“

Fionn stieg aus und nahm den Rucksack mit einer Kanne frischem Tee und etwas Proviant vom Rücksitz. „Nimm deine Allwetterjacke mit, Nat. Auf See kann der Wind recht frisch sein!“

Seite an Seite betraten sie den Pier, an dessen Ende die Ausflugsboote vertäut waren. Auch hier war es ruhig. Nur auf einer der Barkassen machte sich ein Mann in der Fahrerkajüte zu schaffen.

„How're you, Skipper?“, rief Fionn ihm freundlich zu, woraufhin der Mann sich umwandte und zurückgrüßte.

„Wie es aussieht, haben Sie ja noch reichlich Plätze frei“, fuhr Fionn fort. „Können wir gleich bei Ihnen einchecken?“

„Einchecken?“ Der stämmige Seemann schob seine Wollmütze zurück, blinzelte gegen die Sonne und kratzte sich ratlos am Kopf.

„Genau. Buchen und bezahlen für die Landing Tour zur Skellig Michael“, erklärte Fionn, als hätte er einen begriffsstutzigen Schüler vor sich. „Wann geht die nächste Tour los?“

Wenn der Seemann vorher leicht verwirrt gewirkt hatte, blickte er Fionn nun so verwundert an, als hätte dieser nach einem Flug zum Mond gefragt. Schließlich antwortete er trocken: „In fünf bis sechs Wochen, junger Mann, je nach Witterung. Vor Mitte Mai fahren wir nicht raus!“

„Wie bitte?“ Erregt trat Fionn einen Schritt nach vorn. „Aber das können Sie doch nicht machen!“

„So lauten unsere Vorschriften“, gab der Skipper ungerührt zurück.

„Aber –“, protestierte Fionn erneut, sodass Nat ihm beruhigend eine Hand auf den Arm legte.

„Das ist doch nicht weiter tragisch, Fionn. Wir fahren stattdessen einfach noch ein wenig weiter die herrliche Küste entlang.“

„So war das aber nicht geplant!“ Fionn wandte sich Natalie nicht einmal zu, sondern wies mit einer weiten Handbewegung auf die ruhige, sonnenbeschienene See. „Noch besser als heute kann das Wetter doch auch im Mai nicht sein, oder? Geben Sie Ihrem Herzen einen Ruck, Skipper!"

„Sorry, aber Vorschrift ist Vorschrift – und das nur zu Ihrer Sicherheit." Damit kehrte der Skipper ihnen den Rücken zu, nahm ein Putztuch zur Hand und widmete sich wieder hingebungsvoll der Kajüte seiner *Skelluna*.

Prüfend musterte Nat Fionns verärgerten Gesichtsausdruck und verstärkte den Druck auf seinen Arm. „Lass gut sein, Fionn! Komm, wir setzen uns in die Teestube dort drüben und schmieden neue Pläne für den Tag."

„Na schön." Immer noch sichtbar widerwillig ließ sich Fionn auf Nats Vorschlag ein.

„Nun berichte mir bitte ganz genau, was du von deinem Freund weißt, Joyce. Weshalb ist er überhaupt in Killeen? Ist er dir nachgereist?" Mit der Reisetasche in der Hand stieg Conor an Joyce' Seite den Weg zur Kapelle hinauf.

„Wenn ich das nur wüsste! Das letzte Mal, als ich mit ihm gesprochen hab, war nicht die Rede davon, und dann war ich wie gesagt zu beschäftigt, um meine Nachrichten zu lesen. Bis eben, als du und Nat gestritten habt." Joyce streifte Conor mit einem unsicheren Seitenblick. „Da hab ich festgestellt, dass er seit zwei Tagen versucht, mich zu erreichen, und ständig schreibt er solche Sachen wie ‚dringend', ‚Hilfe' und ‚SOS'!"

„Okay. Und von wann genau ist seine letzte Nachricht?"

„Heute Morgen um sechs. Da schreibt er von einem Ort, bei dem es sich eigentlich nur um Mattys Kapelle handeln kann.

Hier, lies selbst." Joyce zerrte ihr Handy aus der Jackentasche und reichte es Conor.

Unter anderen Umständen hätte er sich über diesen Vertrauensbeweis gefreut, doch in diesem Moment musste Conor sich auf Wichtigeres konzentrieren. Er überflog die Nachrichten und stellte nüchtern fest: „Gut. Ob er dort ist, werden wir ja gleich feststellen. Und ich gehe davon aus, dass diese Tasche dann meine Lebensmittelvorräte für die nächsten Tage beinhaltet?!"

„Stimmt." Eine leichte Röte zog über Joyce' Gesicht. Wenigstens hatte sie seine Sachen nicht einfach gedankenlos an sich genommen. „Und deinen Erste-Hilfe-Kasten."

„In Ordnung. Aber mach dir nicht zu viele Sorgen um ihn, Joyce. Vielleicht sind seine Hilferufe einfach nur dem Hunger geschuldet, der ihn zu plagen scheint."

„Meinst du?" Trotz dieser beruhigenden Aussicht beschleunigte Joyce ihre Schritte. Bald darauf standen sie vor der Kapellentür.

„Du kommst doch mit rein?", vergewisserte sie sich unsicher. Conor nickte stumm, und Joyce öffnete zaghaft die schwere Tür.

„Murph?", rief sie verhalten und, als keine Antwort kam, ein wenig lauter: „Murph, ich bin's, Joyce!"

Aus der Tiefe der Kapelle ertönte ein leises Grunzen, und Conor schob Joyce sachte vorwärts.

Beim Klang ihrer Schritte richtete sich der Gesuchte in einer der vorderen Sitzbänke auf: eine in den Wandbehang der Kapelle geschlungene Gestalt mit einem äußerst ungepflegten Haarschopf. „Verdammt, Joyce, wieso bringst du den Kerl da mit?! So war das nicht gedacht!", empfing er das Mädchen unwillig.

Zuerst duckte sich Joyce ein wenig und suchte Conors Blick, dann jedoch erwiderte sie: „Weil du ständig SOS gefunkt hast,

Murph! Ich konnte ja nicht wissen, was mich hier erwartet. Alter, bin ich froh, dass es dir gut geht!“

Damit stürzte sie auf ihren Freund zu und warf sich in seine Arme.

„*Gut* wohl kaum“, erwiderte dieser immer noch ein wenig unwirsch. „Guck dir nur mal mein blaues Auge an! Außerdem leide ich seit Tagen Hunger. Wahrscheinlich hat mein Magen schon begonnen, sich selbst zu verdauen! Und jetzt sag mir“, er schob Joyce von sich und musterte Conor mit finsterem Blick, „was der hier zu suchen hat?!“

„Das ist McGarvey – ähm, *Conor* –, und er ist hier, um uns zu helfen!“, erwiderte sie bestimmt.

„Phh!“ Immer noch misstrauisch wandte Murph sich von Conor ab und bat: „Nun gib mir doch endlich was zu essen, Joyce!“

„Erst wenn du mir erzählt hast, weshalb du hier bist! Du hast doch was angestellt, nicht?“

„Ach was! Bin nur ein wenig in der Klemme, sonst nichts. Und berichten kann ich dir auch beim Essen – allerdings erst, wenn er“, ein Fingerzeig in Conors Richtung, „wieder verschwunden ist. Ich brauche seine Hilfe nicht!“

„Aber ich. Er ist ein Freund, und was auch immer passiert ist – er wird zu uns halten. Richtig, Conor?“ Flehend richtete Joyce ihre dunklen Augen auf ihn.

Conor nickte zurückhaltend. Was diese beiden Kids miteinander verband, war wohl eher Kameradschaft als tief gehende Gefühle oder so etwas wie ein Bündnis zwischen Rebellen. Und es war nur zu offensichtlich, wer dabei den Ton angab. Jedenfalls konnte und durfte er Joyce’ vertrauensvolle Bitte nicht ausschlagen.

„Das werde ich – sofern wir uns dabei im Rahmen von Recht und Ordnung bewegen können, okay?“

„Okay.“ Joyce reichte Murph ein Sodabrot, das sie in aller Eile gebuttert hatte, und nach zwei, drei gierigen Bissen begann Murph mit vollem Mund zu berichten.

Gut gelaunt warf Matty die Wagentür ins Schloss und begrüßte Captain Noah, der vor der Haustür auf sie wartete.

Ihr Gespräch mit Jon, das sie in ihrer Ungeduld doch gleich heute geführt hatte, war sehr zufriedenstellend verlaufen. Zwar hatte er für ihre Idee nicht den gleichen Enthusiasmus aufbringen können wie sie, aber das hatte Matty auch gar nicht erwartet. Sie war vollkommen glücklich damit, dass er ihre Argumente in aller Ruhe angehört und versprochen hatte, darüber nachzudenken. Außerdem würde er in den kommenden Tagen – zusätzlich zu Conors Recherchen – auch eigene Nachforschungen über eine praktikable finanzielle Umsetzung ihres Plans anstellen. Er hatte sich regelrecht gefreut über diese Möglichkeit, seine reichlich vorhandene Zeit sinnvoll zu nutzen.

„Das wird schon, Captain Noah, wirst sehen: Unsere untätigen, einsamen Tage werden bald endgültig der Vergangenheit angehören, denn Joyce und das Floß waren nur der Anfang!“, gab sie ihre Freude an ihren schwanzwedelnden Gefährten weiter und betrat das Cottage.

„Ich bin wieder da, Nat“, rief sie ins Hausinnere, doch es blieb still. Entweder hatte Nat ihren Koffer bereits gepackt und genoss draußen die Sonne oder aber –

Mit einem Mal erinnerte sich Matty an die merkwürdige Situation am frühen Morgen: Nats verschnupfte, verhaltene Stimme durch die geschlossene Zimmertür und die Tatsache, dass sie nicht zum Frühstück gekommen war … Matty glaubte, sogar einen unterdrückten Schluchzer vernommen zu haben. Der bevorstehende Abschied – von Irland, von ihr, von Conor? – musste Nat in der Tat sehr schwerfallen.

Ein prüfender Blick in die Küche bestätigte Matty, dass das Frühstücksgeschirr, ob nun benutzt oder nicht, ordentlich abgeräumt worden war. Lediglich ein Notizzettel lag auf dem Esstisch.

Liebe Matty, las sie. *Ich bin heute den ganzen Tag mit Fionn unterwegs. Er hat nicht lockergelassen, bis ich einer gemeinsamen Fahrt zugestimmt habe. Ich hoffe, es macht dir nichts aus – und danke auch für dein Verständnis heute Morgen.*

PS: Ich melde mich gegen Abend, sobald abzusehen ist, wann wir wieder zurück sind.

Stirnrunzelnd betrachtete Matty die Nachricht. Ihren vermutlich letzten Tag in Irland mit dem Sonnyboy Fionn zu verbringen statt mit Conor, passte nun gar nicht in Mattys Bild von einer unter Abschiedsschmerz leidenden Nat …

Der Klang von Stimmen unterbrach ihre Gedanken. Durchs Küchenfenster gewahrte sie Conor und Joyce, die vom Wald her kommend an Holly Cottage vorbei in Richtung Bucht unterwegs waren. In ihrer Mitte schritt ein Jugendlicher, der aussah wie ein männliches Abbild von Joyce an ihrem ersten Abend in Killeen. Sogar sein Haar besaß den gleichen Blauton wie das von Joyce.

Als hätte die Jüngere ihren Blick gespürt, wandte sie Matty den Kopf zu und winkte sie zu sich. Verwundert folgte diese der Aufforderung.

„Matty – das ist Murph, mein Freund“, begann Joyce ohne Umschweife. „Er hat, na ja, Mist gebaut eben, und Conor ist nun der Meinung, dass wir deswegen unbedingt zur Polizei gehen sollten. Dabei hatte ich bis eben noch gedacht, er wollte uns helfen!“

„Hm …“ Matty registrierte Joyce’ Hilfe suchenden Blick ebenso wie Conors entschlossen zusammengezogene Augenbrauen und fuhr gedehnt fort: „Ich habe zwar keine Ahnung, wovon du da sprichst, bin aber dennoch der gleichen Ansicht wie Conor. Falls dieser ‚Mist‘ tatsächlich etwas Strafbares war, macht es jedenfalls Sinn, sich zu stellen. Conor weiß schon, was er tut – und du weißt, dass er dir niemals zu etwas raten würde, Joyce, was dir oder auch euch beiden“, sie nahm den feindselig schweigenden Jugendlichen eindringlich ins Visier, „schaden könnte! Trotz allem schlage ich vor, diesen jungen Mann erst einmal in einen etwas präsentableren Zustand zu versetzen, Conor. Abgerissen und ungewaschen, wie er ist, geht er ja schon auf den ersten Blick als Kleinganove durch.“

„Kein schlechter Gedanke!“, stimmte Conor zu und legte seine Hand schwer auf Murphs Schulter. „Du wirst also bei mir im Cottage duschen, während ich vorab schon einmal mit der Polizei telefoniere. Und glaub nur nicht, dass ich dir die Gelegenheit geben werde, dich dabei aus dem Staub zu machen!“

Murph wand sich so unbehaglich unter Conors Griff, dass er Matty trotz allem ein wenig leidtat. Auch Joyce blickte gequält drein. Resolut erklärte sie deshalb: „Ich komme mit euch, Conor. Vielleicht kann ich ja irgendwie behilflich sein.“

„Danke.“

Während Matty die Terrassentür hinter sich schloss, bemerkte sie, wie Conors Augen suchend durch den Garten streiften.

„Nat ist nicht da", interpretierte sie ganz richtig. „Wie es aussieht, konnte Fionn sie heute doch noch zu einer gemeinsamen Fahrt über die Insel überreden, nachdem er gestern keinen Erfolg damit hatte."

„Sie ist mit Fionn –"

Conors Stimme erstarb. Sein gebräuntes Gesicht erblasste, und plötzlich eilte er, Murph und Joyce mit sich ziehend, mit großen Schritten vorwärts.

„Ausgerechnet Fionn!", murmelte er unterwegs fassungslos, wenn Matty es recht verstand. Voller Sorge schritt sie neben ihm her.

Irgendetwas war vorgefallen zwischen Conor und Nat, wenn nicht nur sie, sondern auch er derart durch den Wind war. Und sobald das offenbar drängende Problem mit dem jungen Murph geklärt war, würde Matty der Angelegenheit nachgehen.

„Na, was sagst du?"

Fionn breitete die Arme so weit aus, als wollte er die ganze Insel umfassen, und grinste Nat mit einem Gesichtsausdruck an, der schon an Besitzerstolz grenzte. „Ich habe mir vorgenommen, dir unsere Skellig Rocks zu zeigen – und da sind wir!"

„Allen Widrigkeiten zum Trotz", bestätigte Natalie und sah lächelnd zu ihm auf.

„Was heißt denn schon Widrigkeiten?!", winkte Fionn großspurig ab. „Du weißt doch, ich bin Fionn MacCool, der Jüngere. Es ist mein Spezialgebiet, einen Weg übers Meer zu finden, wo eigentlich keiner ist."

„Oh, verzeih, das hatte ich ganz vergessen, großer Fionn!", scherzte Nat. Dabei ergriff sie die ausgestreckte Hand ihres jungen Skippers und ließ sich von ihm aus dem schaukelnden Boot auf den Pier helfen. Nach der fünfzigminütigen Überfahrt von Portmagee nach Skellig Michael war sie mehr als froh, wieder festen Boden unter den Füßen zu haben. Sie schwankte einen Augenblick, sodass Fionn stützend ihren Arm ergriff, und blickte sich bewundernd um: Sie waren tatsächlich auf der größeren und einzigen für die Öffentlichkeit zugänglichen Skellig-Insel gelandet!

Es hatte nicht lange gedauert, bis Fionn über einer Tasse schwarzem Kaffee und einem frischen Scone seinen Ärger über den unwilligen Skipper vergessen und sich Gedanken über eine alternative Transportmöglichkeit gemacht hatte. Durch seine Tätigkeit als Event-Manager – und zuvor als partybegeisterter Student – hatte er Bekannte in ganz Irland und damit auch in der Nähe von Portmagee: Vor Kurzem hatte er die Hochzeit eines ehemaligen Kommilitonen organisiert, der hierher zur Familie seiner Frau gezogen war. Kurz entschlossen machte sich Fionn auf den Weg zu dem jungen Paar, während Natalie im Café auf ihn warten sollte.

Die Braut entstammte einer Fischersfamilie, sodass Fionn sich berechtigte Hoffnungen auf das Vorhandensein eines geeigneten Bootes machte; zudem war das Brautpaar damals überaus zufrieden mit seinen Diensten gewesen und würde ihm sicherlich gern aus der Klemme helfen.

Zwar traf er seinen Bekannten selbst nicht zu Hause an, doch dessen Bruder freute sich über die Gelegenheit, Nat und Fionn mit der Überfahrt einen Gefallen zu tun. So jedenfalls erklärte Fionn es Nat, als er sie später im Café abholte und die beiden gemeinsam zum Hafen zurückkehrten.

Ihre Fahrgelegenheit wartete bereits. Das Fischerboot war alt und wirkte ziemlich mitgenommen, und Ben, Fionns Bekannter, war nicht älter als siebzehn Jahre, schätzte Nat. Nichtsdestotrotz war Fionn bester Laune, sodass sie beschloss, ihre Bedenken für sich zu behalten. Sie wollte kein Spielverderber sein: Wenn die beiden Einheimischen diese Fahrt bedenkenlos antraten, gab es sicherlich keinen Grund zur Sorge und der andere Skipper hatte nur aus Prinzip auf seinen Vorschriften bestanden.

Halbwegs entspannt lauschte Nat dem Geplauder der beiden Männer, während Ben das Boot mit geübter Hand hinaus auf die offene See manövrierte, wo sie überrascht feststellte, dass die Wellen, vom Land aus kaum erkennbar, hier draußen doch eine ansehnliche Höhe erreichten. Das alte Fischerboot schlingerte und tanzte von einem Wellental ins nächste, und Natalie fühlte, wie die Bewegungen sich langsam, aber sicher auch auf ihren Magen übertrugen.

„Du darfst nicht aufs Wasser blicken, Nat. Konzentrier dich auf den Horizont", riet ihr Fionn, als er ihre zunehmende Blässe bemerkte. „Wenn du genau hinschaust, erkennst du ganz in der Ferne sogar die Küste von Amerika!"

„Das ist ein Scherz, oder?", vergewisserte sich Nat, während sie seinen Rat befolgte.

„Wer weiß?" Nachdenklich wiegte Fionn seinen Kopf. „Es kommt nur darauf an, ob dein Sehvermögen gut genug ist. Habe ich nicht recht, Ben?"

„Wenn du's sagst!", grinste der Junge. „Ich jedenfalls erkenne dort vorn schon ganz deutlich den Pier von Skellig Michael. Wir sind gleich da, Leute!"

Was für ein Glück!, hatte Nat im Stillen gedacht – und bald darauf tatsächlich wieder festen Boden unter den Füßen gehabt …

In sprachlosem Staunen legte sie nun den Kopf in den Nacken und blickte an den steilen Felsen hinauf, aus denen die Insel hauptsächlich bestand. Wie eine Pyramide aus schroffem Fels und einer spärlichen, aber dennoch saftig grünen Grasnarbe erhob sich das von weißer Gischt umtoste kleine Eiland aus dem Atlantik.

„Ein wahres Wunder der Natur, nicht wahr?“, bemerkte Fionn und drückte ihren Arm.

„Ein wahres Wunder der *Schöpfung*“, korrigierte Nat versonnen. „Wer außer Gott könnte aus zwei Gegensätzen wie diesen gigantischen, scharfkantigen Felsen und dem weichen grünen Gras ein so spektakuläres, wundervolles Ganzes erschaffen?!“

Sie löste sich von Fionn und trat einige Schritt zur Seite, um die Perspektive zu ändern.

„Ich sehe schon, ich überlasse euch beide besser euren träumerischen Betrachtungen und ziehe mich aufs Boot zurück, um dort auf euch zu warten“, unterbrach Ben. „Habt Spaß – und seid bitte in zwei Stunden wieder hier am Pier, damit wir's rechtzeitig zurückschaffen!“

„Kein Problem!“ Fionn schulterte den Rucksack mit dem Proviant, den Nat im Café noch ein wenig aufgestockt hatte. „Wenn du jetzt schon so begeistert bist, Nat, warte nur mal auf den Ausblick, den du vom Gipfel der Insel hast! Nicht umsonst haben die Mönche im siebten Jahrhundert nach Christus ihr Kloster ganz oben auf dem Felsen gebaut; dem Himmel so nah wie irgend möglich!“

„Faszinierend! Ich bin schon sehr gespannt auf die Klosterruinen.“

„Nun, ganz so weit sind wir noch nicht. Der Weg nach oben hat es nämlich in sich.“

Fionn schritt kräftig aus, und Nat beeilte sich, ihn wieder einzuholen. Vorbei an einer geradezu am Hang klebenden, unbewohnten Hütte – laut Fionn die Unterkunft der Insel-Guides während der Saison –, erreichten sie schließlich den Fuß einer Treppe. Die Stufen bestanden aus mehreren übereinandergeschichteten Lagen natürlichen Gesteins und waren unterschiedlich in ihrer Tiefe. Mal mit Gras bewachsen, dann wieder lediglich aus dem dunklen Gestein führten sie am Hang entlang in ausladenden Kurven nach oben.

Fionn zeigte darauf. „Siehst du, das meinte ich: Über sechshundert dieser Stufen müssen wir bis zum Gipfel bewältigen."

„Kaum zu glauben! Wie wichtig es den Mönchen gewesen sein muss, sich Gott zu nahen, dass sie diesen Weg ständig auf sich nahmen."

„Nicht wahr? Aber jetzt spar dir deinen Atem besser für unterwegs. Nicht dass ich dich schlussendlich auf meinen Armen nach oben tragen muss", scherzte Fionn. Er verspürte nicht das geringste Bedürfnis, sich mit Nat noch länger über so ernste Themen wie Gott zu unterhalten. Unter einem vergnügten Nachmittag verstand er wahrhaftig etwas anderes!

„Und gib gut acht: Dort wo die Stufen im Schatten liegen, können sie ziemlich glitschig werden", fügte er warnend hinzu.

Schweigend brachten sie einen Teil der Stufen hinter sich, wobei Nat immer wieder innehielt und den Ausblick genoss. Fast zum Greifen nahe schien an diesem klaren Tag der kleinere der beiden Skellig Rocks, ein Vogelschutzgebiet, und die Schreie der zahllosen Seevögel übertönten sogar die donnernde Brandung.

Als die Treppe erneut eine Biegung machte, sodass sie die Felsenklippe und das Wasser unmittelbar zu ihrer Rechten hatten, stoppte Natalie abrupt.

„Was ist das denn?" Sie deutete auf eine Reihe kleiner, ungewöhnlich geformter Gebäude aus aufeinandergeschichteten Gesteinsbrocken. Eines neben dem anderen, klammerten sie sich an den Hang neben der Treppe und machten auf Nat den Eindruck, als hingen sie geradewegs über dem Wasser.

„Das sind ‚Beehive huts' – Bienenkorbhütten. Darin wohnten die Mönche, und offenbar boten ihnen diese Minihäuschen genug Schutz vor der rauen Witterung."

„Kaum zu glauben!", wiederholte sich Nat, während sie einen Blick ins Innere einer Hütte warf. Winzig, klamm und kalt – selbst an diesem sonnigen Tag –, bot sie nicht unbedingt den Anblick eines Quartiers, in dem man die Nacht verbringen wollte. Die ihr bekannten Zellen eines Klosters waren jedenfalls der reinste Luxus dagegen!

Bald darauf hatten sie die Spitze der „Pyramide" erreicht. Als Mahnmal für die menschlichen Anstrengungen, sich Gott zu nahen, ragten die Überreste der Klostermauern aus dem Gras an diesem Ort, wo der Blick nicht nur zum Himmel, sondern auch ungehindert in alle Richtungen schweifen konnte.

Ebenso ungehindert pfiff allerdings auch der Wind über die Felsen, wehte Nat ihr offenes Haar ins Gesicht und ließ sie trotz Allwetterjacke erschaudern. Fürsorglich legte Fionn ihr den Arm um die Schultern und schlug vor: „Lass uns in den ehemaligen Klostergarten gehen. Dort ist es ein wenig geschützter, und wir können in Ruhe picknicken."

„Eine gute Idee." Sanft entwand Nat sich seiner Umarmung und ging voraus in die Richtung, die er ihr wies. Der „Garten" lag am Südhang und teilweise im Schutz einer im Vergleich zur übrigen Klosteranlage relativ gut erhaltenen Mauer. An deren Fuße ließen sich die beiden nieder, und Nat breitete ihr Picknick aus.

Fionn streckte seine langen Beine aus und sein Gesicht der Sonne entgegen. „Das haben wir uns jetzt wahrhaftig verdient", seufzte er wohlig.

„Allerdings. Noch zehn Stufen mehr, und ich hätte ernstlich an Streik gedacht!" Herzhaft biss Nat in ein mit Frühstücksspeck und Rührei belegtes Sandwich. Während sie kaute, wanderte ihr Blick verträumt über das sonnenbeschienene, hier und da von winzigen Blüten durchzogene Gras. Nat kannte die Blumen nicht, doch sie waren von einer lila-blauen Schattierung und erinnerten sie dadurch an Mattys Bluebells. Unfassbar, dass die Pflanzen auf dieser kargen, vom salzigen Seewind umtosten Felspyramide genügend Nahrung fanden, um sogar zu blühen!

Nat lauschte in sich hinein, doch der stille Frieden, den sie in Mattys Garten verspürte, war nicht auszumachen – und Nat war sehr wohl bewusst, weshalb. *Conor.* Ihre Auseinandersetzung mit ihm, ihre harten Worte und ihre grenzenlose Enttäuschung waren trotz aller Ablenkung auch hier gegenwärtig. Vielleicht erschien ihr sein Verrat im Anblick der erhabenen Schönheit um sie herum sogar noch ein wenig hässlicher als zuvor …

Unwillig schüttelte Nat den Kopf und richtete den Blick hinaus aufs Meer. Wie ruhig die Wogen, aus dieser Entfernung betrachtet, wieder vor sich hin zu rollen schienen – so ruhig, dass Nat ein paar dunkle, glänzende Leiber zwischen den einzelnen Wellen in die Höhe schießen sah.

Erregt sprang sie auf. „Sind das etwa Delfine?"

„Gut möglich. Die bekommt man hier öfter zu sehen", entgegnete Fionn gelassen. Dennoch legte er sein Sandwich beiseite, erhob sich und trat zu Nat. In ihrer offensichtlichen Begeisterung wagte sie sich viel zu nahe an den Klippenrand. Zwar fiel der Fels hier nicht senkrecht ab, sondern nur in Form von kleinen grasbewachsenen Stufen, doch dies bot Fionn den perfekten Anlass, als Natalies Beschützer aufzutreten. Nachdem es ihn solche Mühe gekostet hatte, Nat hierherzubringen, und da er sich bislang so gentlemanlike zurückgehalten hatte, waren ein wenig körperliche Nähe und kleiner Kuss wahrhaftig nicht zu viel verlangt.

„Wo sind sie denn?“ Interessiert beugte Fionn sich zu Natalie und legte den Arm um ihre Taille. „Damit du nicht fällst“, wisperte er dabei aus einer solchen Nähe, dass sein Atem warm über ihre Wange strich.

Erschrocken machte Nat einen Satz zur Seite. Fionn stolperte, die glatten Sohlen seiner Slipper schlitterten über die Grasnarbe, und er rutschte über die Kante.

Nats entsetzter Aufschrei vermischte sich mit dem Ruf der Möwe, die aufgeschreckt aus ihrem Nest am Hang aufflatterte und die beiden Störenfriede ärgerlich umkreiste.

Kapitel 15

Blüht eine Blume, zeigt sie uns die Schönheit. Blüht sie nicht, lehrt sie uns die Hoffnung.
Chao-Hsiu Chen

In panischer Angst tat Nat einen Schritt nach vorn und beugte sich über den Felssturz, während sie ein Stoßgebet zum Himmel sandte.

Ihre Bitte war offenbar erhört worden, noch ehe sie sie ausgesprochen hatte: Fionn kauerte keine zwei Meter unter ihr auf einem der kleinen grasbewachsenen Vorsprünge. Er war auf seiner linken Seite gelandet und einzig sein ausgestreckter rechter Arm ragte über die Kante. Nach einer ersten Schrecksekunde bewegte er behutsam seine Gliedmaßen – und zuckte schmerzerfüllt zusammen.

„Du bist verletzt!", entfuhr es Nat erschrocken.

„Natürlich, was dachtest du denn?" Fionn warf ihr einen finsteren Blick zu. Gab er ihr und ihrem Zurückweichen etwa die Schuld an seinem Sturz? Weshalb hatte er aber auch einen derart unpassenden Ort für seinen Annäherungsversuch gewählt?!

Stöhnend betastete er seinen linken Fuß und bemerkte: „Verdammt, tut das weh! Wenn der mal nicht gebrochen ist."

„Ich seh mir das gleich an, Fionn. Aber erst, wenn du hier oben in Sicherheit bist. Wer weiß, wie lange dieser Vorsprung dein Gewicht noch hält. Also komm, reich mir deine Hand, damit ich dir helfen kann." Sie legte sich längelang ins Gras und streckte sich nach unten, bis Fionn ihre Hand ergreifen und sich mit ihrer Hilfe nach oben hieven konnte.

Bereits wenige Sekunden später saß er neben ihr auf der Wiese des ehemaligen Klostergartens. Nat streifte ihm den Schuh samt Socken ab und betastete mit geübten Fingern seine Wade und sein Fußgelenk.

Fionn ließ es schweigend über sich ergehen. Sobald Nat jedoch seinen Knöchel berührte, stöhnte er erneut auf.

„Gebrochen ist jedenfalls nichts", konstatierte sie schließlich. „Aber der Schwellung nach zu urteilen, die sich da gerade aufbaut, hast du dir den Knöchel verstaucht."

„Was macht dich da so sicher?" Die Skepsis stand Fionn ins Gesicht geschrieben. „Es schmerzt grauenvoll!"

„Als Krankenpflegerin habe ich genügend Zeit in der Unfallchirurgie verbracht, um das beurteilen zu können. Zudem ist eine Verstauchung tatsächlich oft noch schmerzhafter als ein Bruch."

„Na großartig!" Fionn ließ sich mit dem Oberkörper zurück ins Gras fallen. „Dann sitze ich also mit einem verstauchten Knöchel hier oben fest? Oder willst du mir etwa erzählen, ich soll die vermaledeiten sechshundert Stufen zurück zum Pier mit einem tierisch schmerzenden verstauchten Fuß bewältigen?"

Betroffen blickte Nat auf. „Daran habe ich noch gar nicht gedacht! Jetzt lass mich deinen Knöchel erst einmal ausreichend stabilisieren, dann gönnst du deinem Fuß einige Minuten Ruhe und wir sehen weiter."

Mit diesen Worten durchwühlte sie den Rucksack nach dem Erste-Hilfe-Set, das sie morgens glücklicherweise eingepackt hatte.

„Blödsinn!“, widersprach Fionn. „Ich rufe einen Rettungshubschrauber, und zwar auf der Stelle!“

Er richtete sich wieder auf und durchforstete mit zusammengebissenen Zähnen zunächst seine Hosentaschen, dann die Tasche seines Sporthemdes.

„Ich fürchte, nach deinem Smartphone suchst du vergeblich“, erklärte Nat leise. „Es ist bei dem Sturz aus deiner Hemdtasche gefallen, aber unglücklicherweise nicht mit dir auf dem Felsvorsprung gelandet, sondern sehr viel tiefer, wie ich gesehen habe.“

„Du meinst, es liegt zerschmettert irgendwo tief unten auf den Felsen?“

„Leider ja.“ Nat legte das Erste-Hilfe-Set beiseite und reichte Fionn ihr Telefon. „Hier, nimm meins!“

Wortlos griff Fionn nach dem alten Handy, schaltete es ein und begann zu tippen, ohne richtig hinzusehen, dann hielt er inne und starrte einige Sekunden lang ungläubig auf das Display.

„Der Akku ist leer, Nat! Vollkommen leer, nicht ein einziges Prozent mehr. Wie kann man nur derart nachlässig … ach was, vergiss es einfach!“ Entmutigt warf er das Handy neben ihr ins Gras und stöhnte: „Das darf doch alles nicht wahr sein!“

Schuldbewusst ließ Nat die Hand mit der elastischen Binde sinken, die sie inzwischen endlich gefunden hatte. Natürlich – über dem ganzen Drama von heute Morgen hatte sie keinen Gedanken an ihr Handy verschwendet, sondern es eingesteckt, ohne auch nur einmal daraufzublicken. Wie hätte sie auch ahnen können, dass sie ausgerechnet heute darauf angewiesen sein würde – und nicht nur sie, sondern vor allem ihr verletzter

Begleiter? Nun hatten sie tatsächlich keine andere Wahl, als trotz des verstauchten Knöchels den Abstieg zum Pier zu wagen.

Nat senkte einen Augenblick den Kopf und bat Gott um die nötige Ruhe und das Gelingen für dieses Unternehmen, dann bemühte sie sich um ein ermutigendes Lächeln. „Es ist alles halb so schlimm, Fionn, glaub mir!“

Sie tränkte eine Wundauflage mit dem kühlen Wasser aus ihrer Trinkflasche und legte sie behutsam auf Fionns Knöchel, ehe sie begann, die Binde darumzuwickeln. „Mit vereinten Kräften schaffen wir den Abstieg.“

„Sicher!“ Fionn sog scharf die Luft durch die Zähne, als Nat behutsam seinen Fuß anhob. „Derjenige, der die Schmerzen hat, bin schließlich ich und nicht du!“

„Natürlich. Und es tut mir wirklich leid für dich!“ Mitfühlend blickte sie Fionn ins Gesicht und erschrak. Von seinem jungenhaften Charme und dem üblichen breiten Lächeln war nicht mehr viel übrig; stattdessen machte sich kalte Gleichgültigkeit, wenn nicht sogar Herablassung, darauf breit. Spiegelte das Fionns eigentliche Haltung gegenüber seinen Mitmenschen wider oder war sein Gesichtsausdruck nur seinen Schmerzen geschuldet?

Verwirrt vollendete Nat den Verband um seinen Fuß, packte die Reste ihres Picknicks in den Rucksack und bat schließlich: „Und nun steh auf, Fionn. Ich werde dich von links stützen, damit du den Fuß so wenig wie möglich belasten musst. Auf diese Weise müsste es auszuhalten sein.“

Mit sichtbarem Widerwillen befolgte Fionn ihre Anweisung, und gemeinsam bewegten sie sich Schritt für Schritt auf die Felsentreppe zu. Auf der obersten Stufe keuchte er: „Gönn mir einen Moment Pause, ja?“

„Selbstverständlich. Hier, setz dich auf diesen Mauerrest.“ Während Fionn sich niederließ, musterte Nat ihn prüfend. Schweiß stand auf seiner Stirn, und er presste die Lippen fest aufeinander. Folglich waren seine Schmerzen heftig, aber auszuhalten, und er gab sich alle Mühe, sich nichts anmerken zu lassen. Dafür, dass er vor wenigen Minuten noch einen Rettungshubschrauber ordern wollte, hatte er sich erstaunlich schnell mit der ganzen Situation abgefunden, registrierte Nat dankbar.

„Das Schlimmste liegt schon hinter uns“, bemerkte sie deshalb aufmunternd. „Jetzt geht es nur noch bergab“.

Fionn nickte verkniffen. Er atmete noch einige Male kräftig durch und erhob sich dann erneut. Auf diese Weise, immer wieder eine Pause einlegend, brachten sie die Treppe schließlich Schritt für Schritt hinter sich. Lediglich an der zunehmenden Länge ihrer Pausen und an der Art, wie Fionn immer heftiger die Luft einsog, bemerkte Nat, wie schwer es ihm tatsächlich fiel durchzuhalten.

Schlussendlich aber hatten sie es geschafft: Vor ihnen lag die Anlegestelle. Die Sonne stand bereits so tief am westlichen Horizont, dass Nat das Fischerboot am Ende des Piers gar nicht erkannte. Mit der Hand beschirmte sie ihre Augen gegen die blendenden Strahlen, doch von Ben und seinem Boot war keine Spur. Lediglich weit draußen auf See, etwa auf halber Strecke zwischen Skellig Michael und der Küste, war ein kleines Schiff auszumachen.

„Fionn?“ Unsicher wandte sie sich an ihren Begleiter, der, die Augen auf seinen mittlerweile enorm angeschwollenen Fuß gerichtet, neben ihr um Atem rang. Das Beben in ihrer Stimme ließ ihn aufblicken, und er erfasste die Situation deutlich klarer als Nat.

„Der Kerl ist ohne uns losgefahren“, murmelte er beinahe tonlos, doch dieser schlichten Feststellung folgte eine Welle lautstark hervorgebrachter Schimpfwörter, die Nat die Röte ins Gesicht trieben.

„Aber wieso? Weshalb sollte er uns hier zurück–“

Nat unterbrach sich selbst und steuerte auf ein kleines Bündel zu, das nicht weit von ihnen am Rand des Piers lag und vorher definitiv nicht dort gelegen hatte. Es handelte sich um zwei kratzige, nach frischem Fisch „duftende“ Wolldecken, obenauf beschwert mit einem Stein, unter dem außerdem ein Blatt Papier klemmte.

Nat riss die Notiz an sich, eilte damit zurück zu Fionn und las vor:

Tut mir leid, Leute, ich hab so lange, wie es ging, auf euch gewartet, aber jetzt wird es bald dunkel und ich kann nicht länger. Wenn mein Dad nach Hause kommt, das Boot nicht da ist und er erfährt, dass ich damit außerhalb der Saison die Skellig-Tour gefahren bin, reißt er mir hundertprozentig den Kopf ab, da helfen mir auch deine 300 Euro nicht weiter, sorry, Fionn. Hab euch für die Nacht ein paar Decken dagelassen – nur für den Fall, dass ihr heute niemanden mehr erreicht, der euch abholt. Die Hütte vom Tour-Guide ist leider verschlossen, aber ihr könnt in einem Bienenkorb übernachten, da drin sind die Mönche früher auch nicht erfroren. Also, nichts für ungut, ihr beiden, macht's gut!

Fassungslos ließ Nat das Blatt Papier sinken. Noch viel ungeheuerlicher als die Tatsache, dass sie vermutlich über Nacht hier festsaßen, erschien ihr etwas ganz anderes: „Du hast Ben *bestochen*, damit er uns hierherbringt?“

„Unsinn! Von Bestechung kann gar keine Rede sein. Ich habe lediglich seine Dienstleistung ein wenig besser bezahlt als üblich. Ohnehin ist die sogenannte ‚Saison‘ bei Wetterverhältnissen wie heute vollkommen belanglos, denn ruhiger als gerade eben kann die See auch im Hochsommer nicht sein", argumentierte Fionn.

„Das mag sein", stimmte Nat zu. „Und dennoch hast du ihn bestochen. Wieso eigentlich? Ich hätte nicht das Geringste gegen eine andere Unternehmung einzuwenden gehabt. Wenn ich das nur geahnt hätte ..."

„Du ahnst so manches nicht, liebe Nat!", bemerkte Fionn süffisant. Die Schmerzen in seinem verstauchten Knöchel machten ihn rasend, ebenso wie die Tatsache, dass der junge Bursche sie im Stich gelassen hatte. Da war es nur recht und billig, auch Nat ein wenig leiden zu lassen, indem er ihr die Wahrheit unter die Nase rieb. Falls ihr tatsächlich etwas an Conor lag, würde sie ihr vorschnelles Urteil von heute Morgen gleich mächtig bereuen!

„Ich ahne ... was genau meinst du damit?"

„Nun, beispielsweise, dass Geld Menschen die absurdesten Dinge tun lässt. Vor allem *viel* Geld. Den einen lässt es klammheimlich das Fischerboot seines Vaters entwenden, andere verkaufen dafür ihre Häuser, obwohl sie das eigentlich niemals tun wollten und ihre Nachbarn und Freunde ihnen davon abrieten ..."

Seine Stimme verklang. Und Nat begriff. Sie hatte den falschen Bruder beschuldigt!

Wie ein Häuflein Elend sank sie auf dem Pier nieder. Während die Sonne endgültig am Horizont verschwand und ein kühler Abendwind erste Wolken vor sich hertrieb, legte sich ein ebenso kühles Schweigen über das unfreiwillig gestrandete Paar.

Ein kaum wahrnehmbarer Hauch von Bluebellduft lag in der Brise, die durch die geöffneten Türen des Wintergartens von Holly Cottage hereinstrich, und am noch immer klaren Abendhimmel blinkten erste Sterne.

Doch Conor hatte kein Auge für die Schönheit des zu Ende gehenden Tages. Reglos stand er im Türrahmen und lauschte in die Stille. Jedes Mal, wenn das Geräusch eines Motors von der Straße heraufdrang, tat er einige Schritte die Auffahrt hinunter, nur um kurz darauf wieder umzukehren und erneut seinen Platz an der Glastür einzunehmen.

Matty, die sich mit Captain Noah das kleine Rattansofa teilte, beobachtete ihn stumm. Noch hatte Conor ihr nicht mitgeteilt, was eigentlich zwischen Nat und ihm vorgefallen war – ihre gesamten Informationen darüber stammten aus Joyce' Mund –, doch seine Sorge um die junge Frau und ihr unvorhergesehen langes Wegbleiben mit anzusehen, war auch für Matty eine Qual.

„Noch immer keine Nachricht von ihr?", erkundigte Conor sich nun zum gefühlt fünfzigsten Mal bei ihr.

„Nein. Aber sicherlich gibt es eine ganz simple Erklärung dafür", gab sie – ebenfalls zum wiederholten Mal – zurück. „Möglicherweise hat sie vergessen, ihren Akku zu laden. Da ist Nat nämlich ähnlich schusselig wie ich, wie ich festgestellt habe."

„In diesem Fall hätten die beiden immer noch Fionns Telefon", stellte Conor grimmig fest.

„Natürlich, du hast recht", beschwichtigte Matty. „Aber ich fürchte, wir werden bis zu ihrer Rückkehr warten müssen, um eine Erklärung für ihr Schweigen zu bekommen."

„Hm." Conor presste seinen Kiefer zusammen, trommelte unruhig mit den Fingern gegen die Glasscheibe, und Matty konnte nicht länger so tun, als übersähe sie seine unausgesprochenen Seelenqualen. Sie gab sich einen Ruck.

„Willst du mir nicht endlich erzählen, was zwischen Nat und dir vorgefallen ist, Conor? Denn ihre plötzliche Einwilligung, mit Fionn wegzufahren, kam doch nicht von ungefähr, nachdem sie seinen Vorschlag gestern noch kategorisch abgeschlagen hat?!"

„Na schön!" Mit einem Seitenblick zum benachbarten Wohnzimmer, wo Joyce und Murph in friedlicher Eintracht vor dem Fernseher saßen, fuhr er mit gedämpfter Stimme fort: „Nachdem wir uns während der letzten Tage eindeutig nähergekommen sind, wie du sicherlich bemerkt hast, hatten Nat und ich heute Morgen einen heftigen Streit. Gleich nachdem du und ich in der Bucht miteinander gesprochen hatten."

„Und du vermutest, wegen dieses Streits wollte Nat dich nicht mehr sehen und ist stattdessen mit Fionn ins Blaue gefahren?"

„Richtig. Sie hat mir auf ziemlich deutliche Art und Weise einige Vorwürfe gemacht, die aber im Grunde alle auf einem einzigen großen Missverständnis beruhen. Ich wollte das auch sofort klären, aber dann kam diese andere Angelegenheit dazwischen …" Er nickte mit dem Kopf in Richtung Wohnzimmer. „Ich hatte doch gar keine andere Wahl, als mich zuerst um Joyce und ihre Probleme zu kümmern, schließlich bin ich für sie verantwortlich! Wie sollte ich auch ahnen, dass Fionn diese Gelegenheit so schamlos ausnutzt und mir Nat quasi entführt? Habe ich denn jetzt überhaupt noch eine Chance, unser Missverständnis zu klären, Matty? Ich meine, da Nat morgen schon nach Hause fliegt!"

Conor warf sich in den Sessel neben Matty, barg seinen Kopf in den Händen und seufzte verzweifelt.

Mitfühlend legte Matty ihm eine Hand auf die Schulter, woraufhin auch Captain Noah seine Schnauze zwischen Conors Händen hindurchsteckte und ihm mit der Zunge liebevoll über die Wange fuhr.

„Darf ich ganz offen mit dir sprechen, Conor? Sozusagen als wohlmeinende ältere Freundin und außerdem Mitbetroffene in dieser Angelegenheit?"

Conor nickte, ohne jedoch die Hände vom Gesicht zu nehmen.

„Danke, Conor. Nun denn: Erstens finde ich, du brauchst dir keine Vorwürfe zu machen, denn du hast vollkommen richtig und obendrein selbstlos gehandelt. Indem du gemeinsam mit Murph zur Polizeiwache gegangen bist und dort dafür gebürgt hast, dass er den Beamten für alles Weitere zur Verfügung steht, hast du den Jungen möglicherweise vor einer weiteren kriminellen Laufbahn bewahrt."

Matty erinnerte sich an das Mienenspiel des Jungen, als sie alle zusammen auf der Polizeiwache gewesen waren. Joyce und sie hatten im Vorraum Platz genommen, während Murph und Conor den Tankstellenüberfall aus Murphs Sicht zu Protokoll gaben, und durch die geöffnete Tür hatte sie den Jungen sehr gut im Blick gehabt.

Aus seinem anfänglichen Trotz und Widerwillen, sich der Polizei zu stellen, wurde fassungsloses Staunen, als Murph dämmerte, dass Conor sich für ihn verbürgte, und schlussendlich sogar etwas wie dankbare Bewunderung. Dieser Vertrauensbeweis eines Fremden, gepaart mit der Kaltschnäuzigkeit seiner Kumpane, die ihn schlicht abserviert hatten, bildete jedenfalls eine gute Grundlage, ihn von weiteren Verbrechen abzuhalten …

„Ganz abgesehen davon, dass du Joyce' Panzer der Gleichgültigkeit endgültig durchbrochen und ihr einen handfesten Beweis deiner Sorge um sie geliefert hast“, fuhr Matty schließlich fort. „So wie ich das einschätze, wird das Mädchen deine Hilfe und Ratschläge in Zukunft dankbar annehmen. Und nun zu meinem zweiten Punkt, lieber Conor: Wenn dir wirklich etwas an Nat liegt – und dessen bin ich mir bei deinem momentanen Anblick ziemlich sicher –, dann wirst du einen Weg finden, das Missverständnis hinsichtlich Fionn und seinen Plänen für Killeen aufzuklären, egal, ob Nat nun morgen nach Hause fliegt oder nicht!“

„Du weißt von Fionns Plänen?“ Conors Kopf fuhr so ruckartig in die Höhe, dass der Captain bellend aufsprang.

„Joyce hat mir alles erzählt, als du mit Murph beschäftigt warst“, nickte Matty, während sie besänftigend über Captain Noahs Fell strich. „Ich hoffe, du bist ihr nicht böse deswegen.“

„Wie könnte ich? Du bist hier diejenige, die jeden Grund hat, ärgerlich zu sein, und zwar ebenso auf Fionn wie auf mich. Denn ohne mich hätte er gar nicht die Möglichkeit besessen, dich aus reiner Geldgier in dieser Weise um den Finger zu wickeln, um anschließend leichtes Spiel zu haben.“ Unglücklich raufte Conor sich die Haare.

„Unsinn!“, entgegnete Matty resolut. „Du bist doch nicht verantwortlich für die Hinterhältigkeit deines Bruders – und darüber hinaus hat er mich weder komplett um den Finger gewickelt noch würde ich sein Angebot jemals in Betracht ziehen. Wie du ja mittlerweile weißt, habe ich eigene Pläne … Das Einzige, was mich an der ganzen Angelegenheit *wirklich* sauer macht, ist, dass sich Fionn damit zwischen Nat und dich drängt, mein Lieber! Die Ärmste weiß womöglich immer noch nicht, dass er hinter all dem steckt und –“

„Und fährt stattdessen nichtsahnend mit Fionn durch die Gegend, während er sich alle Mühe gibt, ihr den Kopf zu verdrehen“, vollendete Conor Mattys Satz. „Wenn wir nur wüssten, wo die beiden stecken, würde ich mich auf der Stelle auf den Weg machen. Und dann wehe dir, kleiner Bruder!“

Matty lächelte in sich hinein. Einen deutlicheren Hinweis auf seine Verliebtheit als diesen Ausruf hätte der besonnene Conor kaum liefern können! Was sie laut aussprach, war jedoch etwas anderes: „Nat ist vielleicht ahnungslos, Conor, aber nicht dumm. Sie wird nicht auf Fionns oberflächliche Schmeicheleien hereinfallen.“

„Das hoffe ich inständig!“ Damit nahm Conor seinen ruhelosen Gang zur Wintergartentür wieder auf, und Matty erhob sich, um endlich das Abendessen für die beiden Teenager, Conor und sich zuzubereiten.

Auf halbem Weg in die Küche hielt das Klingeln von Conors Handy sie auf.

Fröstelnd hüllte Nat sich in ihre Jacke, nachdem die Sonne endgültig untergegangen war. Wenn es bereits jetzt so kühl war, stand Fionn und ihr eine wirklich ungemütliche Nacht bevor. Oder waren es eher ihre ernüchternden Gedanken, die sie derart frösteln ließen?

Sie hatte Conor zu Unrecht beschuldigt. Hinter seinem Handeln, seinen Worten und seinem Verhalten ihr gegenüber verbargen sich weder Geldgier noch irgendein anderes unlauteres Motiv. Doch ihre Enttäuschung über ihn und ihr herber Zorn hatten sie taub und blind gemacht, sowohl gegenüber seinen Einwänden als auch gegenüber ihrer Vernunft. Nicht *er* hatte sie verraten oder für seine eigenen Zwecke benutzt, sondern umgekehrt: Durch ihr vorschnelles Urteil und ihre Wut war *sie an ihm* schuldig geworden! Statt Conor die Chance zu geben, alles aufzuklären, war sie zu allem Überfluss vor ihm geflohen, und zwar in die Arme seines charmanten, geschäftstüchtigen, aber hintertriebenen Bruders. Mit dem Resultat, dass sie nun mit dem eigentlichen Ränkeschmied hier auf der winzigen Insel zwölf Kilometer vor Irlands Küste festsaß!

Nat warf Fionn einen prüfenden Blick zu. Seit seinem hämischen Geständnis hatte er kein Wort mehr von sich gegeben, sondern war erschöpft an Ort und Stelle zu Boden gesunken. Auch er fröstelte; überdies musste der Schmerz in seinem Knöchel ihn nach dem anstrengenden Abstieg schier rasend machen. Nicht einmal Fionn stand bei dieser ganzen hinterhältigen Aktion auf der Gewinnerseite, und statt sich über ihn zu ärgern, verspürte Nat plötzlich nichts als Mitleid mit ihm.

„Komm, lass uns hinüber zur Hütte der Tour-Guides gehen und nachsehen, ob sie tatsächlich abgeschlossen ist. Vielleicht haben wir Glück und finden dort doch Unterschlupf. Hier mitten auf dem Pier können wir unmöglich die ganze Nacht bleiben.“ Noch während Nat sprach, beugte sie sich hinunter und half Fionn auf die Beine. Dieser fügte sich wortlos.

Doch ein großes Vorhängeschloss an dem altmodischen Türriegel zerstörte ihre Hoffnung. „Dann nutzen wir wenigstens den Windschatten der Hütte“, erklärte Nat entschlossen. „Die Bienenkorbhütten kommen nun mal nicht infrage in Anbetracht deiner Verletzung. Hier, setz dich mit dem Rücken zur Wand, während ich die Decken hole.“

Zurück bei der Hütte, bettete Nat Fionns Fuß auf einen mit dem Rucksack gepolsterten Stein, ehe sie sich selbst niederließ und die Decken über sie beide breitete. Auf diese Weise genossen sie zumindest etwas Schutz vor dem kalten Seewind.

„Danke, Nat", murmelte Fionn kleinlaut. „So viel Fürsorge habe ich gar nicht verdient."

„Die Welt wäre ein trauriger Ort, wenn jeder immer nur das bekäme, was er verdient", gab Natalie leise zurück. „Letztendlich leben wir doch alle von Gnade und Vergebung."

Mittlerweile war es Nacht geworden. Die Wolken über ihnen hatten sich zu einer geschlossenen Decke verdichtet, sodass weder vom Sternenhimmel noch von der gegenüberliegenden Küste ein Lichtschimmer zu ihnen drang.

„Verrätst du mir trotzdem, weshalb du Matty um ihren geliebten Besitz bringen willst?", fragte Nat im Schutz der Dunkelheit. „Oder weshalb du mich in dem Glauben gelassen hast, es handle sich dabei um Conors Plan?"

„Nun ja, warum nicht?!"

Nat spürte Fionns Schulterzucken mehr, als dass sie es sah.

„Es ist ja nicht so, dass ich Matty aus reiner Gier um etwas bringen möchte, wie du es ausdrückst." Er zögerte einen Augenblick, ehe er sich ehrlich eingestand: „Zumindest jetzt nicht mehr, nachdem ich sie persönlich kennengelernt und nicht länger nur einen Namen auf dem Papier vor mir habe. Ich mag Matty sogar – aber du hast sicherlich selbst bemerkt, dass sie nicht die Mittel besitzt, um beispielsweise das Boathouse zu restaurieren. Es verfällt quasi vor ihren Augen, und das Gleiche gilt für die Kapelle. Wenn sie nicht in absehbarer Zeit viel Geld in diese Gebäude investiert – und das trotz der Pflegekosten für ihren Mann –, ist es zu spät, noch etwas zu unternehmen. Folglich ist es das Beste für beide Callaghans zu verkaufen – und ich bin bereit, ihnen einen fairen Preis zu zahlen. Du siehst also, es wäre eine Win-win-Situation für alle Beteiligten, einschließlich der Paare, die in Zukunft ihre Hochzeit an diesem wunderschönen Ort feiern dürfen."

„Objektiv betrachtet mag das durchaus sein", gab Nat zu. „Und gerade deshalb hättest du von Anfang an mit offenen Karten spielen und Matty ein ehrliches Angebot machen sollen, statt hinter ihrem Rücken Ränke zu schmieden, Fionn!"

„Du hast ja recht! Aber manchmal packt mich dermaßen der Ehrgeiz, dass ich um jeden Preis gewinnen muss und dabei alles andere ausblende", verteidigte Fionn sich halbherzig und zuckte mit den Schultern.

„War dieser Ausflug mit mir denn auch so ein Gewinn, den du um jeden Preis haben musstest?"

„Es klingt fürchterlich, wenn du es so ausdrückst, aber ja, vermutlich schon. Als ich dich und Conor gestern in Mattys Küche ertappte, da musste ich dich einfach erobern! Alter Konkurrenzkampf unter Brüdern, schätze ich. Conor war nicht nur älter, größer und stärker als ich, sondern auch wesentlich besser in der Schule. Alles, was er später in Studium und Beruf anfasste, gelang ihm, während ich mich mehr schlecht als recht durchs Leben mogelte. Erst als ich nach Dublin ging, hatte ich endlich Erfolg – und nichtsdestotrotz fühle ich mich noch immer als Konkurrent meines großen Bruders und –"

Verlegen brach Fionn ab. Auch wenn er sich nicht erklären konnte, weshalb – es tat gut, diese Dinge einmal laut auszusprechen. Zumal es so dunkel war, dass Nat ihm während seines Geständnisses nicht ins Gesicht sehen konnte. Es war, als wendete er sich anonym an einen Mitarbeiter eines Sorgentelefons, der alles tun würde, um ihm zu helfen, statt ihn für seine Probleme zu verurteilen.

„Ich verstehe", sagte Natalie genauso mitfühlend, wie er erwartet hatte. „Vielleicht solltest du einfach mal ganz offen mit Conor darüber sprechen."

„Hm, möglicherweise", antwortete Fionn vage, und beide verfielen erneut in – diesmal einvernehmliches – Schweigen. Fionn rückte noch ein Stück näher an Nat heran, und diese zog die obere Decke höher, sodass sie beide auch ihr Gesicht dahinter verbergen konnten.

Es war eine lange, windige Nacht, die ihnen bevorstand.

„Ich fasse es nicht: Die beiden sitzen auf Skellig Michael fest!"

Hastig verstaute Conor sein Handy in der Tasche und griff nach der Jacke, die er früher am Abend achtlos über eine Sessellehne geworfen hatte.

„Auf der Insel? Aber ich dachte, um diese Jahreszeit fahren noch gar keine Boote hinüber", gab Matty zurück. Ihre Absicht zu kochen hatte sie beim Klingeln des Handys sofort aufgegeben und stattdessen im Wintergarten gewartet, von dem Telefongespräch aber nicht viel mehr als Conors erregte Ausrufe mitbekommen.

„Ebendas ist das Problem! Tut mir leid, Matty, ich erkläre dir das später. Jetzt muss ich dringend hinüber nach Portmagee und sehen, was wir unternehmen können, damit die beiden nicht die ganze Nacht auf der Insel verbringen müssen!"

„Und was ist mit uns?" Joyce lehnte in der offenen Wohnzimmertür und blickte Conor herausfordernd an. „Du wolltest Murphs Aufpasser spielen, schon vergessen?"

Überlegend biss sich Conor auf die Unterlippe. Die Sorge um Nat hatte ihn für einen Augenblick in der Tat alles andere vergessen lassen.

„Genau aus diesem Grund fahren wir alle gemeinsam", sprang Matty ihm bei. „Unterwegs kann Conor uns erklären, was eigentlich geschehen ist, und dann überlegen wir, was das Beste ist. Nun holt rasch eure Jacken und etwas zu trinken, damit wir loskönnen."

Überrumpelt fügten sich sowohl Conor als auch die beiden Teenies Mattys Anordnung, und wenige Minuten später saßen alle in Conors Geländewagen.

„Na, jetzt bin ich aber gespannt!", ergriff Joyce das Wort, während Conor den Motor anließ. „Wie können die beiden auf der Insel sein –"

„Obwohl noch gar keine Boote hinausfahren?", beendete Matty die Frage.

„Weil Fionn mal wieder unbedingt seinen Willen haben musste, vermute ich. Wenn er sich in eine Idee verbissen hat, dann hält er daran fest wie eine eigensinnige Bulldogge." Die Stirn in grimmige Falten gelegt, nahm Conor mit quietschenden Reifen die Biegung zur Landstraße.

„Folglich hat er einen jungen Kerl, mit dem er geschäftlich Kontakt hatte, bestochen, sie mit dem Fischerboot von dessen Vater nach Skellig Michael zu bringen. Der Vater selbst war außer Haus und wusste nichts davon, und als er abends nach Hause kam, war sein Sohn bereits zurück, sodass er erst später im Pub von der ganzen Geschichte erfuhr. Glücklicherweise war der Junge dann geständig und gab auch zu, dass er seine Passagiere bei Sonnenuntergang auf der Insel zurückgelassen hatte, damit sein Vater ihm nicht auf die Schliche kam. Die beiden versuchten,

Fionn per Handy zu erreichen, als dies aber nicht gelang, begann sich der Fischer Sorgen zu machen. Über Fionns Geschäftsadresse fand er die Nummer meiner Eltern und schließlich auch meine heraus. Er wollte wissen, ob er die Küstenwache alarmieren soll, deren Schiff bei dem mittlerweile herrschenden Wind offenbar als einziges auf der Insel landen kann – was Fionn wegen eigenen Verschuldens ziemlich teuer zu stehen käme –, oder ob wir einfach abwarten."

„Irre!", kommentierte Murph, während Joyce sich gespannt zu Conor vorbeugte. „Und, was hast du gesagt?

„Dass ich mir vor Ort zuerst selbst ein Bild machen will, er die Küstenwache aber schon einmal von der Sache in Kenntnis setzen soll." Entschlossen jagte Conor seinen alten Landrover die kurvige Straße entlang, auf der zu dieser Stunde glücklicherweise nur wenige andere Wagen unterwegs waren.

„Das ist gut." Mattys Stimme klang gepresst, von ihrer üblichen Munterkeit war nichts mehr zu spüren. „Arme Nat! Ich bin zwar zuversichtlich, dass den beiden nichts zugestoßen ist, aber allein die Aussicht auf eine einsame, windige Nacht dort draußen ist schlimm genug."

„Eben!" Conor trat das Gaspedal noch ein wenig fester, sodass Matty ihm beruhigend die Hand auf den Arm legte.

„Übertreib es nicht, Conor! Wenn wir von der Straße abkommen, ist auch niemandem geholfen. Und immerhin wissen wir Nat trotz allem in Gottes Hand geborgen, nicht wahr?"

Conor nickte stumm, während er das Tempo minimal drosselte. Bald darauf erreichten sie die ersten Häuser von Portmagee.

Kapitel 16

Unsere Fähigkeiten, unsere Wünsche, unsere Beziehungen müssen wie ein Garten gepflegt werden: verwurzelt in guter Erde.
Danielle Strickland

Verwirrt hob Nat den Kopf, der auf Fionns Schulter gesunken war. Offenbar war sie trotz ihrer unbequemen Ruheposition an der Hüttenwand eingenickt. Auch Fionn schlief, wie sie seinen gleichmäßigen Atemzügen entnahm. Außerdem spürte sie seinen entspannten Körper dicht an ihrem – das einzig Warme in dieser kalten Nacht.

Wieder einmal war Nat überrascht, wie rasant das Wetter hier in Irland umschlagen konnte. Wenn sie sich nicht irrte, hatte der Wind mittlerweile sogar noch ein wenig zugenommen. Die Wolkendecke über ihnen war aufgerissen, und das Licht einer schmalen Mondsichel ließ Nat erkennen, mit welcher Geschwindigkeit die stürmische Brise die Wolkenfetzen über den Nachthimmel jagte.

An den steil aufragenden Klippen, momentan nichts als ein riesiger, düsterer Schatten, brach sich der Wind mit einem Heulen, das dem Rauschen der enormen Brandung einen unheilvollen Unterton verlieh. Kaum zu fassen, dass sich die Mönche früher freiwillig einen so unwirtlichen Ort zum Leben erwählt hatten! Sie mussten in der Tat geglaubt haben, Gottes Wohlgefallen könnte man sich nur durch eine möglichst unbequeme, asketische Lebensweise erarbeiten.

Schaudernd verkroch Nat sich noch tiefer unter ihrer Decke, nur um festzustellen, dass sie ihre Füße in den Wanderschuhen kaum noch spürte. Gleiches galt für ihre Hände, und selbst ihre Nasenspitze war eisig.

Aber noch schlimmer als die Kälte waren die Gedanken an Matty, die sich in der Zwischenzeit sicher große Sorgen um sie machte, und an Conor: Welche Schlüsse er wohl daraus zog, wenn sie und Fionn heute Nacht nicht mehr zurückkehrten? Aber nach allem, was geschehen war, spielte das auch keine Rolle mehr …

Voll Unbehagen rieb Natalie ihre Hände gegeneinander, als sie plötzlich ein weiteres Geräusch zu vernehmen glaubte: ein tiefes, gleichmäßiges Brummen, das immer dann zu hören war, wenn das Heulen um die Felsen für einen Augenblick verstummte. Konnte es tatsächlich das sein, wofür Nats überspannte Nerven es hielten?

Alarmiert richtete sie sich auf, lauschte und suchte mit ihrem Blick die Wasseroberfläche ab. Doch die Brecher am Pier schlugen so hoch, dass sie in ihrer sitzenden Position nichts erkennen konnte.

Dennoch – das vermeintliche Motorengeräusch riss nicht ab.

„Fionn!“ Unter der Decke stieß Nat dem Schlafenden ihren Ellbogen in die Seite. „Wach auf, Fionn! Ich höre einen Schiffsmotor.“

„Wie bitte?“ Mit einem unterdrückten Schmerzenslaut richtete Fionn sich auf.

„Du träumst“, murmelte er, doch gleich darauf rieb er sich ungläubig die Augen: Ein schwacher Lichtschein wanderte über die Felsen zu ihrer Rechten, schreckte einen Seevogel aus seiner nächtlichen Ruhe auf, sodass dieser protestierend aufflog, und durchdrang einen Moment später auch die am Pier aufspritzende Gischt.

Nat sprang auf und eilte zum Ende des Anlegers, als dieser von einem heftigen Stoß erschüttert wurde. Noch ehe der starke Motor des ankommenden Bootes verstummte, sprang eine hochgewachsene Gestalt an Land. Es war Conor, wie Nat nun im Scheinwerferlicht und trotz seiner grellgelben Schwimmweste und der dicken Mütze auf seinem Kopf erkannte.

Zögernd hielt sie inne. Conor jedoch eilte auf sie zu und riss sie ungestüm in seine Arme.

„Nat, du bist wohlauf“, stammelte er dabei erleichtert, ehe er sie noch einmal auf Armeslänge von sich schob und prüfend musterte: „Oder?“

„Das bin ich.“ Nats Knie zitterten – ob nun vor Kälte oder wegen der Überraschung, tatsächlich Conors Arme um sich zu spüren, wusste sie nicht zu sagen. „Aber Fionn ist verletzt!“

Sie deutete auf die Hütte hinter sich, und während einer von Conors uniformierten Begleitern in die gewiesene Richtung eilte, schloss Conor erneut wortlos seine Arme um sie.

„Er muss so rasch wie möglich ins Krankenhaus zum Röntgen“, erklärte Nat hektisch, das Gesicht gegen Conors feuchtkalte Schwimmweste gedrückt. „Sein Knöchel ist verstaucht – oder Schlimmeres, so genau kann ich das nicht sagen. Jedenfalls hat er große Schmerzen!“

„Alles gut, die Männer von der Küstenwache sind bereits bei ihm.“ Beruhigend strich Conor ihr übers Haar und legte eine

Hand an ihre eiskalte Wange. „Und du gehörst schnellstens ins Warme, Nat!"

Bereitwillig ließ Natalie sich von Conor an Bord des Coast-Guard-Schiffes und hinunter in eine Kabine helfen, wo er eine Rettungsdecke um ihre Schultern legte. Sie wickelte sich dankbar in die knisternde Folie und ließ sich mit Conor auf einer weich gepolsterten Sitzbank nieder.

Noch ehe einer von ihnen wieder das Wort ergriff, wurde die Tür geöffnet und zwei Männer brachten Fionn auf einer Trage herein.

Aufmerksam beobachteten Conor und Nat, wie einer von ihnen Nats provisorische Binde durch einen neuen Verband aus dem Erste-Hilfe-Kasten ersetzte, dem stöhnenden Verletzten eine Schmerztablette verabreichte und sich danach wieder nach oben verzog. Das Schiff legte ab, und die drei waren unter sich.

Nat erhob sich, zupfte Fionns Rettungsdecke zurecht, die während des Verbandswechsels verrutscht war, und bemerkte: „Das Schlimmste hast du überstanden, Fionn. Mit dem Schmerzmittel wirst du dich bald besser fühlen."

„Habe ich so etwas Ähnliches heute Abend nicht schon mal gehört?", scherzte Fionn halbherzig.

„Kann sein – aber diesmal ist es tatsächlich so!", lächelte Nat.

Fragend sah Conor von einem zum anderen. Die beiden schienen ein Herz und eine Seele zu sein – während er vor Sorge um Nat vollkommen außer sich gewesen war! Es konnte doch unmöglich sein, dass Nat bezüglich Fionns Plänen noch immer keine Ahnung hatte und stattdessen mittlerweile völlig seinem Charme erlegen war?! Er warf seinem Bruder einen grimmigen Blick zu, den Fionn mit einem zerknirschten Grinsen erwiderte. „Danke, Con, dass du die Küstenwache alarmiert hast. Es tut mir ehrlich leid. Die ganze Aktion, meine ich. Dass ich dir Nat entführt habe, obwohl du eigentlich mit ihr sprechen musstest, und sie hierher auf die Insel geschleppt habe. Auch das mit Matty. War alles ziemlich egoistisch von mir. Verzeihst du mir?"

„Ist das dein Ernst?", erwiderte Conor fassungslos.

„Ja. Wenn du willst, können wir später gerne noch einmal ausführlich darüber reden, aber im Moment fühle ich mich ehrlich gesagt zu bedröselt für ein Gespräch. Der Kerl muss mir ein Schlafmittel gegeben haben!"

Conor nickte stumm.

„Na dann, gute Nacht, ihr beiden." Erschöpft schloss Fionn die Augen, öffnete sie jedoch noch einmal kurz. „Bringt mich bitte in eine Klinik in Dublin, ich möchte nicht in einem zweitklassigen kleinen Provinzhospital behandelt werden!" Damit drehte er sich zur Seite und schloss erneut die Augen.

„Das klang jetzt schon wieder mehr nach dem Fionn, den ich kenne. Ehrlich, Nat, was hast du nur mit meinem kleinen Bruder gemacht?"

Conors Gesicht war ein einziges Fragezeichen. „Ich kann mich nicht erinnern, dass er sich jemals bei mir entschuldigt hätte."

„Gar nichts habe ich gemacht, außer mit ihm zu sprechen, Conor. Und das solltest auch du tun, nachdem er es dir schon angeboten hat. Ich vermute, ihr habt einiges nachzuholen, was ihr während der letzten Jahre versäumt habt. Im Übrigen –"

Nat holte tief Luft. Auch wenn Conor nicht den Eindruck machte, dass er ihr die Vorwürfe von heute Morgen oder ihre Flucht mit Fionn übel nahm, konnte sie unmöglich wortlos darüber hinweggehen. Falls – und dies war in der Tat ein fett gedrucktes „Falls" – ihre Beziehung sich weiterentwickeln sollte, würde es sich irgendwann rächen, wenn sie heute so taten, als wäre nichts geschehen.

Deshalb fuhr sie entschlossen fort: „Im Übrigen möchte ich mich seiner Frage anschließen, Conor. Verzeihst du mir, dass ich dir heute Morgen so entsetzliche Dinge an den Kopf geworfen habe? Dass ich dir nicht einmal –"

Nat kam nicht dazu, den Satz zu beenden, denn einer ihrer Retter gesellte sich zu ihnen und nahm auf der gegenüberliegenden Bank Platz.

„Geht es Ihnen gut, Lady?", wandte er sich an Nat. „Sie sind ein wenig blass um die Nase."

„Danke, alles in Ordnung", gab Nat zurück. „Mittlerweile fühle ich sogar wieder meine Zehen."

„Na dann!" Der bärtige Seemann zwinkerte ihr gutmütig zu. „Hier, trinken Sie trotzdem ein paar Schlückchen heißen Tee, damit Ihnen auch von innen wieder warm wird." Damit reichte er ihr einen dampfenden Thermosbecher, und Nat trank gehorsam.

Sobald sie den Becher wieder abgesetzt hatte, nahm Conor ihre Hand in seine, um sie für die restliche Überfahrt nicht mehr loszulassen. Ein wortloses Zeichen dafür, dass er ihr verzieh? Nat wusste es nicht.

Als Fionn in den Untersuchungsraum geschoben wurde, blickte Nat auf ihre Armbanduhr. Es war kurz nach zwei Uhr morgens. Und das, obwohl die Autobahn nach Dublin zu dieser nächtlichen Stunde relativ frei gewesen war und Conor die PS-Stärke von Fionns Wagen weidlich ausgenutzt hatte.

Fionn hatte, halb liegend, halb sitzend auf der schmalen Rückbank, den Großteil der Fahrt verschlafen, und auch Nat hatte zumeist gedöst. Seit sie die Klinik mit ihren hellen Lichtern betreten hatten, war sie allerdings wieder hellwach.

„Denkst du, Matty und die Kinder sind wieder gut in Holly Cottage angekommen?", wandte sie sich gedämpft an Conor. Sie saßen nebeneinander in zwei halbwegs bequemen Polsterstühlen des vollen Wartebereichs in der Notaufnahme.

„Da bin ich mir zu hundert Prozent sicher! Mein Geländewagen ist nicht allzu schwer zu fahren, außerdem ist Matty mit der Strecke ausreichend vertraut. Bestimmt schlafen die drei längst tief und fest."

Hoffe ich zumindest!, fügte Conor im Stillen hinzu. Ganz wohl war ihm nicht dabei gewesen, Matty die Verantwortung für die beiden Teenager zu übergeben.

Die drei hatten im Haus des Fischers gewartet, bis die Küstenwache Conor und die beiden Vermissten wieder im Hafen abgeliefert hatte, und Matty war außer sich vor Freude, Nat heil wiederzusehen. Selbst Joyce umarmte Nat, wie Conor erstaunt festgestellte. Sie war tatsächlich auf einem guten Weg, wieder sie selbst zu werden, wenn sie selbst in der Gegenwart ihres Freundes so unbefangen Gefühle zeigte.

Da Fionn weiterhin darauf bestand, in Dublin behandelt zu werden, und weil auch Nat sichtlich um Fionns Zustand besorgt war, erklärte sich Conor schließlich dazu bereit, seinen Bruder dorthin zu bringen.

So war er mit Fionn und Nat, die beharrlich darauf bestand, an der Seite des Verletzten zu bleiben, nach Dublin aufgebrochen, während Matty, Joyce und Murph zurück nach Killeen gefahren waren ...

„Das hoffe ich auch!“, pflichtete Nat ihm bei. „Schließlich sollte Matty später halbwegs ausgeschlafen sein für die Fahrt hierher. Ehrlich gestanden habe ich ein wenig Gewissensbisse, dass sie nach dieser Nacht meinetwegen in der Früh schon wieder eine stundenlange Fahrt auf sich nehmen muss!“

„Das brauchst du nicht. Schließlich bringt Matty bei dieser Gelegenheit auch Joyce und Murph nach Dublin, damit ich sie zu Hause abliefern kann. Und da dir bis zu deinem Heimflug gerade noch elf Stunden bleiben, ist es wirklich die beste Lösung, dass Matty dein Gepäck gleich mit hierherbringt.“

Conor verstummte. Elf Stunden waren alles, was ihnen von ihrer gemeinsamen Zeit hier in Irland noch blieb. Elf kurze Stunden – und noch hatten Nat und er das Gespräch, das sie auf dem Boot der Küstenwache begonnen hatten, nicht wieder aufgenommen; die Auseinandersetzung des vergangenen Tages stand quasi immer noch unausgesprochen zwischen ihnen.

Stattdessen hatte Natalie sich in einer für seine Begriffe deutlich übertriebenen Weise um Fionn und seine Verletzung gekümmert und, nur um seinen Bruder zu begleiten, sogar in Kauf genommen, nach Hause zu fliegen, ohne Killeen noch einmal wiederzusehen. Möglicherweise lag ihr doch mehr an Fionn und damit weniger an Conor, als sie sich selbst eingestand? Er musterte sie mit einem schmerzerfüllten Blick.

Nat erwiderte diesen. „Du verstehst es nicht, nicht wahr? Du begreifst nicht, weshalb ich deinen Bruder in die Klinik begleiten wollte.“

„Das ist wahr, ich verstehe es nicht!“ Conor zögerte, ehe er sich entschloss, seine Befürchtung offen auszusprechen: „Es sei denn, dir liegt mehr an ihm, als ich dachte beziehungsweise hoffte. Was ich wohl oder übel akzeptieren müsste …“

Müde fuhr er sich mit der Hand über die Augen.

„Nein, Conor, das ist es nicht!“ Erschrocken ergriff Nat seine Hand, noch bevor er diese wieder sinken lassen konnte. „Sicher ist Fionn – abgesehen von seinen nicht ganz einwandfreien Geschäftsmethoden – ein netter Kerl, doch für mich persönlich viel zu oberflächlich. Und ich könnte mich niemals in jemanden verlieben, der karierte Golfhosen trägt und für den ein Flirt nichts weiter als ein amüsanter Zeitvertreib ist! Ich habe es nur nicht übers Herz gebracht, ihn mit seinen Schmerzen allein zu lassen.“ Nat stockte. „Zumal ich nicht ganz unschuldig an seinem Sturz war …“

Sie beugte sich zu Conor hinüber und berichtete, was sich auf Skellig Michael zugetragen hatte. „Aber das alles wäre nicht geschehen, wenn ich nicht in diesen Ausflug eingewilligt hätte, nur um dir zu entkommen“, endete sie schließlich. „Ich bin vor dir geflohen, Conor, statt dir auch nur die geringste Chance zu geben, das Missverständnis aufzuklären. Ich war so unfair dir gegenüber, dass ich jetzt kaum zu fragen wage: Kannst du mir verzeihen?“

Flehend blickte Nat ihn an. Durch den heftigen Wind auf der Insel hatte sich ihr Pferdeschwanz gelöst, sodass ihr Gesicht nun von wild zerzausten Haarsträhnen eingerahmt war und außerdem hochrot, was ihre sanften grünen Augen umso intensiver leuchten ließ. Selbst wenn Conor gewollt hätte, hätte er ihr diese Bitte nicht abschlagen können.

„Das habe ich doch längst, Nat!“

Zärtlich strich er ihr eine Haarsträhne aus der Stirn und ließ anschließend seine Hand in ihrem Nacken ruhen, während er fortfuhr: „Und zwar bereits in dem Augenblick, in dem du mir in Mattys Garten entwischt bist, und damit lange bevor du mit

Fionn auf und davon gefahren bist. Fionn allerdings hätte ich am liebsten dafür erwürgt, dass er die Situation derart ausnutzte! Er kann froh sein, dass er in dir eine so überzeugende Fürsprecherin gefunden hat."

„Das meinst du nicht wirklich. Im Grunde magst du deinen Bruder genauso wie er dich. Ihr wollt euch das nur nicht eingestehen", murmelte Nat abgelenkt. Warm und schützend lag Conors Hand in ihrem Nacken.

„Stimmt, aber nun lass uns nicht länger über Fionn sprechen."

Nat spürte bis in jede einzelne Pore ihrer Haut, wie seine Finger über ihren Nacken nach vorn zu ihrem Hals wanderten. Jeden Augenblick würde er ihr Kinn anheben und sie küssen. Er zumindest hatte die Hoffnung auf eine Beziehung noch nicht aufgegeben!

Die durchdringende Sirene eines Rettungswagens durchbrach Nats Gedanken, gleich darauf wurden die Türen zur Notaufnahme aufgestoßen und eine Liege hereingerollt. Darauf lag eine junge Frau, äußerlich unverletzt, doch mit einer Sauerstoffmaske über dem Gesicht und bereits angeschlossen an eine Infusion.

Die lauten Rufe der Sanitäter gellten durch den Gang vor dem Wartebereich; mit quietschenden Sohlen eilten zwei Pflegekräfte herbei, übernahmen die Liege und rollten sie durch eine Tür ins nächste Behandlungszimmer, wo sich ebenfalls hörbare Hektik ausbreitete.

Die Enge, die sich plötzlich um Nats Hals legte, hatte nichts mit Conors zärtlicher Berührung zu tun. Statt diese zu genießen, starrte sie den langen Klinikgang entlang: Ihr Blick irrte vom gläsernen Empfangsbereich mit den Computern und Aktenschränken hinauf zur grellen Deckenbeleuchtung und den kleinen Kunststoffschildern neben den Türen, die die Funktion des jeweiligen Raumes anzeigten, und in ihre Nase drang die charakteristische Duftmischung aus Desinfektionsmittel und Bohnerwachs.

Mit einem Mal war die seeluftdurchtränkte friedliche Stille von Mattys Garten so weit entfernt wie der Morgen vom Abend. Wie ausgelöscht schienen Nat die Stunden, in denen sie ihrer schöpferischen Freude Raum gelassen hatte und dabei auch Conor nähergekommen war.

Denn ihre eigentliche Welt war genau das: eine Klinik mit all ihrer Hektik, den medizinischen Anforderungen und menschlichen Nöten, zu deren Bewältigung Nat dringend gebraucht wurde. *Das* war ihr Alltag, ihre Pflicht, und alles andere bloß Urlaub. Entspannung. Wie hatte sie nur mit dem Gedanken spielen können, für immer – oder zumindest für längere Zeit – hier in Irland zu bleiben? Dieses Leben war doch nichts weiter als ein schöner Traum, und es war höchste Zeit für sie, daraus zu erwachen.

Unwillkürlich zog Nat sich zurück, sodass Conors Hand leer hinabsank.

„Was ist los?", erkundigte er sich bestürzt. „Habe ich etwas falsch gemacht?"

„Nein, es ist nur –"

Nat schluckte, doch der Kloß in ihrem Hals wollte ebenso wenig weichen wie das schmerzliche Gefühl des Verlustes, als sie weitersprach: „Es tut mir leid, Conor, aber ich weiß nicht, ob es richtig ist, das hier fortzusetzen. Versteh mich bitte nicht falsch, ich mag dich wirklich sehr und unsere gemeinsame Zeit war wunderschön – aber genau das ist gleichzeitig das Problem: Dieser Urlaub war ein Traum, und ich bin mir nicht sicher, ob meine Gefühle für dich nicht zu eng damit verknüpft sind. Ob sie das Erwachen aus dem Traum und die Rückkehr in meinen Alltag überleben und zu irgendetwas führen werden. Denn ganz ehrlich: Welche Zukunft hätte unsere Beziehung denn? Du in Killeen und ich in einer deutschen Klinik, wo ich nun mal hingehöre!“

Hilflos verstummte Nat. Sie brachte es nicht übers Herz, Conor ins Gesicht zu sehen und zu erkennen, wie sich der Schmerz über ihre Zurückweisung darin ausbreitete …

Zu ihrem Erstaunen antwortete er jedoch recht gefasst: „Ich denke, ich verstehe dich, Nat. Du brauchst ein wenig Abstand und Ruhe, um deine Gedanken zu sortieren. Beides gestehe ich dir gerne zu. Nimm dir so viel Zeit, wie du brauchst – und alles Weitere wird sich zeigen, wenn du so weit bist.“

Nun blickte Nat doch hinauf in Conors Augen. Sie ruhten unverwandt zärtlich auf ihrem Gesicht. Die Enge in Nats Hals verwandelte sich in ein schmerzliches Ziehen ihres Herzens.

„Die Angehörigen von Mr McGarvey?“, übertönte in diesem Augenblick eine weibliche Stimme das Murmeln im Wartebereich, und Conor erhob sich. In einem Rollstuhl an der Seite der Krankenschwester saß Fionn, den Fuß in einer blauen Binde und mit Krücken über dem Schoß.

„Du hattest recht, Nat, es ist wirklich nur eine Verstauchung. Und mit diesem kleinen Vorrat hier sollte ich die nächsten Tage gut überstehen!“ Über das ganze blasse Gesicht grinsend schwenkte er ein Päckchen mit Medikamenten. „Also, auf nach Hause!“

Matty vergewisserte sich, dass Nats Flugticket und Reisepass in deren Handgepäck steckten, dann verstaute sie dieses samt Natalies Koffer in ihrem Volvo.

„Joyce, Murph, seid ihr so weit?", rief sie zurück ins Haus. „Wir können los."

„Da sind wir doch schon." Joyce zauste Captain Noah ein letztes Mal liebevoll das Fell, ehe sie ihre Reisetasche achtlos zu Nats Gepäck in den Kofferraum warf und sich gemeinsam mit Murph auf dem Rücksitz niederließ.

„Dann wollen wir mal!" Mit einem betont munteren Lächeln drehte Matty den Schlüssel im Zündschloss, doch weder Murph noch Joyce beachteten sie. Der Junge nestelte sein Handy aus der Hosentasche, während er gleichzeitig den Rest eines Frühstückswürstchens in den Mund steckte, Joyce hatte den Kopf an die Scheibe gelegt und starrte aus dem Fenster.

Falls Matty sich nicht täuschte, trug Joyce heute dasselbe tiefschwarze Outfit wie am Tag ihrer Ankunft. Auch die blauschwarzen Haarsträhnen waren über Nacht wieder aufgetaucht und hingen wie ein Vorhang vor ihrem Gesicht. Aber nichts konnte darüber hinwegtäuschen, dass das Mädchen voller Wehmut zurück auf Holly Cottage starrte und, sowie Matty auf die Landstraße einbog, hinunter zum Wasser. Das Boathouse duckte sich regelrecht unter den tief hängenden Wolken des frühen Morgens, und am Ende des Piers dümpelte Taka-Tuka 2.0 auf den Wellen.

„Und wir konnten es nicht einmal benutzen", seufzte Joyce, sodass Matty es eben noch verstehen konnte. Im Rückspiegel warf sie dem Mädchen einen ermutigenden Blick zu.

„Dieses Mal noch nicht. Doch wenn du im Sommer wiederkommst, wirst du es benutzen. Bis dahin wird das Floß auch eine ordentliche Leiter und eine Wasserrutsche haben. Und das Wasser hoffentlich ein paar Grad mehr als heute."

„Wer sagt denn, dass ich im Sommer wiederkomme?" Joyce wandte ihr Gesicht vom Fenster ab, da die Bäume ihr mittlerweile die Sicht versperrten, und kaute lustlos auf ihrem Kaugummi.

„Na, ich natürlich, Joyce. Ich verspreche dir sogar, dich persönlich in Dublin abzuholen, falls Conor anderweitig beschäftigt sein sollte."

Joyce hörte auf zu kauen. „Ernsthaft?"

„Ernsthaft!", nickte Matty. „Du kannst schon am letzten Schultag vor den Ferien mit dem Packen beginnen, wenn du Lust hast."

„Kann Murph denn auch mitkommen?" Joyce rückte ein Stück näher zu ihrem Freund, der tatsächlich von seinem Handy aufblickte, als er seinen Namen hörte.

„Weshalb nicht?! Würde es dir denn gefallen, den Sommer hier in Killeen zu verbringen, Murph?"

„Hm." Wie zuvor Joyce starrte nun auch Murph hinaus auf die Bucht beziehungsweise dorthin, wo über die Baumspitzen hinweg nur noch leicht gekräuselte Wellen zu sehen waren.

„Nach allem, was Joyce mir erzählt hat – also von der Insel, den Kajaks und so –, könnte das schon sein", fuhr er schließlich fort.

„Ja? Das freut mich, Murph! Dann kannst du dich hiermit auch als eingeladen betrachten", grinste Matty. „Zumindest wenn du mir vorher noch deinen eigentlichen Namen verrätst."

„James Bernard August Murphy", erklang es gepresst.

„Oh! In dem Fall bleibe ich vielleicht doch besser bei Murph. Schließlich bin ich weder deine Mutter noch deine Lehrerin."

„Allerdings!“ Jetzt grinste auch Murph. „Danke, Mrs Callaghan.“

„Matty, wenn ich bitten darf.“

Matty rumpelte über die Brücke in Kenmare und bog nach rechts ab, Richtung Pflegeheim. Äußerlich konnte sie sich gerade noch beherrschen, doch ihr Herz schlug Purzelbäume vor Freude.

Die beiden Teenies hatten ja keine Ahnung, welche Bedeutung ihre Worte für sie hatten! Oder genauer gesagt: welche Bedeutung ihre positive Reaktion auf Mattys Einladung für die Zukunft Killeens hatte. Wenn sich nicht nur Joyce, sondern sogar ein Junge wie Murph vorstellen konnte, sich in den Ferien hier zu amüsieren … Sie konnte es kaum erwarten, Jon davon zu berichten!

Schwungvoll brachte Matty den Volvo auf ihrem üblichen Parkplatz vor dem Pflegeheim und damit unmittelbar neben dem Schild *Parken nur für Besucher des Pflegeheims – Unberechtigt parkende Fahrzeuge werden kostenpflichtig abgeschleppt* zum Stehen.

„Was tun wir denn hier?“ Entgeistert musterte Joyce das Schild. „Willst du uns jetzt ins Pflegeheim bringen statt nach Dublin, oder wie?“

„Ob ich … ach du liebes bisschen!“ Lachend schlug Matty sich die Hand vor die Stirn. „Ich war so in Gedanken versunken, dass ich gar nicht darauf geachtet habe, wohin ich fahre! Tja … Macht der Gewohnheit.“

„O Matty!“ Joyce verdrehte die Augen gen Himmel, und Murph lächelte verstohlen, während Matty rückwärts aus der Parklücke schoss. Kurz darauf befanden sie sich tatsächlich auf der Straße in Richtung Dublin.

„Joyce, würdest du bitte mal nachsehen, ob Nat und Conor uns eine Nachricht geschickt haben, wo wir uns treffen?", bat Matty, als sie die Ringautobahn vor der Stadt erreicht hatten.

Bereitwillig folgte Joyce der Aufforderung und verkündete: „Direkt am Flughafen. Die beiden haben zuerst Fionn in seine Wohnung gebracht, um acht Uhr von dort aus den Flughafen-Transfer genommen und sind jetzt im Shamrock-Imbiss an Terminal 2."

„Gut, das sollte wohl zu finden sein. Diese ständigen Roundabouts hier machen mich vollkommen fertig!" Matty kroch durch einen der zahllosen Kreisverkehre, sodass ihr Hintermann laut hupte – was Matty großzügig ignorierte. Stattdessen kroch sie gemächlich weiter.

Dennoch erreichten die drei den Terminal, etwa fünfundvierzig Minuten ehe Nat sich zu ihrem Gate begeben musste. Sie und Conor verließen gerade das Shamrock, als Matty und die Kinder zu ihnen stießen.

In aller Eile gab Conor das Gepäck auf, während Matty Nat überschwänglich in die Arme schloss. „O Nat, ich kann es kaum fassen, dass es schon vorbei ist! Es gibt doch noch so vieles, was ich dir zeigen wollte, und jetzt fliegst du tatsächlich zurück nach Deutschland, ohne wenigstens die Cliffs of Moher gesehen zu haben oder –"

„Glaub mir", unterbrach Nat, „von Klippen habe ich nach der vergangenen Nacht auch gerade genug!"

„Natürlich, ich vergaß!" Matty entließ Nat aus ihren Armen und strich ihr liebevoll über die Wange. „Aber ihr seid trotz allem bewahrt worden, nicht wahr? Und die Freude an unserem schönen Land wirst du dir von diesem einen Erlebnis doch sicher nicht nehmen lassen, sondern trotzdem wiederkommen?!"

„Genau!", pflichtete Joyce bei. „Am besten im Sommer, wenn Murph und ich auch in Killeen sind. Wir brauchen doch einen Gegner, den wir beim Kajakwettrennen besiegen können."

„Tja, da werdet ihr wohl in der Tat keinen besseren finden als mich! Übrigens nett von euch beiden, dass ihr mitgekommen seid, um mir Lebewohl zu sagen." Nat spürte, wie ihre Unterlippe zitterte, als sie das Wort „Lebewohl" aussprach.

Abrupt beugte sie sich über ihr Handgepäck und war fast erleichtert, als Conor wieder zu ihnen stieß. „Nun aber rasch zur Sicherheitskontrolle. Wer weiß, wie lang die Schlange dort ist."

Damit hatte er leider nicht unrecht: Eine beträchtliche Anzahl von Menschen wand sich durch die Absperrung vor der Kontrolle. Wenn Nat pünktlich am Gate sein wollte, musste sie sich sofort einreihen.

Der Zeitpunkt des Abschieds war gekommen. Eine letzte Umarmung von Matty, ein Händedruck von Joyce und Murph, den Nat im Grunde gar nicht richtig kennengelernt hatte, und Conor stand vor ihr.

„Lass von dir hören, ja?", bat er. „Denn das Gleiche werde auch ich tun."

„Ich –", setzte Nat an, doch alle weiteren Worte verklangen an Conors Brust.

„Auf Wiedersehen, liebste Nat – und brauche nicht zu lange!", wisperte er in ihr Haar, ehe er sie sanft hinter das Absperrband schob.

Nat tat einige Schritte, kramte in ihren Reisepapieren nach dem Pass, und als sie sich wieder umdrehte, waren ihre irischen Freunde in den Menschenmassen am Terminal verschwunden. Krampfhaft die Lippen zusammenkneifend, starrte sie geradeaus.

„Alter, bist du auch sicher, dass du das Richtige tust, Conor?", fragte Joyce und wandte sich ein letztes Mal um. Nats geblümte Bluse verschwand eben hinter dem breiten Rücken eines anderen Reisenden. Sicher, anfangs hatte Joyce die Vorstellung von Nat an Conors Seite nicht gefallen, doch wenn sie ihn tatsächlich glücklich machte, sollte er dieses Glück lieber festhalten! „Also, ich an deiner Stelle hätte sie nicht einfach so gehen lassen!"

Hilflos hob Conor die Schultern. „Keine Ahnung, Joyce. Ich dachte nur, es wäre richtig, ihr ein wenig Zeit zu geben."

In bedrücktem Schweigen schritten die vier Richtung Ausgang.

Nat starrte mit brennenden Augen aus dem Fenster. Tief unter den Tragflächen der Boeing glitzerte die Irische See im strahlenden Sonnenschein. Nicht eine Wolke stand am Himmel, und Natalie hatte das Land unter sich so lange im Auge behalten wie möglich. Gerade war jedoch auch das letzte Stückchen der grünen Insel verschwunden, und vor ihr lag nichts als die weite Leere des Horizonts.

Nat blinzelte, lehnte sich zurück und versuchte, sich auf das Gespräch ihrer Sitznachbarn zu konzentrieren. Bei diesen handelte es sich um niemand anderes als das Ehepaar vom Hinflug, das so hingebungsvoll jede Minute des Fluges ausgekostet hatte. Ebenso eifrig diskutierten sie nun ihre Eindrücke von einem der bekanntesten Gärten Irlands, den sie besichtigt hatten, und welcher Teil von dessen Gestaltung sich wohl zu Hause in Deutschland umsetzen ließe.

Nat wünschte sehnlichst, sie hätte nicht hingehört. *Sie* hatte sich nicht einmal bewusst verabschieden können von ihrem geliebten Zufluchtsort, ebenso wenig von Holly Cottage, der Bucht und Fairy Island …

Ein erster Schluchzer kam über ihre Lippen, und Nat gab den Kampf auf: Sie legte die Stirn an die Scheibe und ließ ihren Tränen freien Lauf.

Kapitel 17

Den Garten des Paradieses betritt man nicht mit den Füßen,
sondern mit dem Herzen.
Bernhard von Clairvaux

„Natalie! Mensch, Natalie, nun wart' doch mal!"

Endlich drang die Stimme des jungen Mannes an ihr Ohr. Es hatte eine ganze Weile gedauert, bis Natalie sich wieder daran gewöhnt hatte, mit ihrem vollen Namen angesprochen zu werden. Selbst aus dem Munde ihres Vaters hatte sich „Natalie" so förmlich, ja regelrecht unvertraut angehört, und daran hatte sich bis heute, vier Wochen nach ihrer Rückkehr, nicht viel geändert.

Ein paar Meter von der Straßenbahnhaltestelle entfernt blieb sie stehen, um wohl oder übel auf den Rufenden zu warten. Es war Fabian, ihr Kollege. Vor wenigen Wochen hatte der Pflegeschüler seine Ausbildung beendet, war als Vollzeitkraft auf Natalies Station eingestellt worden und hatte, wie ihr schien, verdächtig oft den gleichen Dienstplan wie sie. So auch heute.

„Bei dem Tempo, in dem du nach dem Dienst immer verschwindest, muss man erst mal mithalten", keuchte er, als er sie endlich eingeholt hatte. „Wie kannst du dich nur so schnell umziehen?"

„Das ist reine Übungssache." Natalie lächelte verhalten und setzte sich wieder in Bewegung. Zum einen wollte sie Fabians unbegreiflicher Schwärmerei für sie keine neue Nahrung geben und zum anderen nicht näher auf dieses Thema eingehen. Sie begriff ja selbst nicht wirklich, warum sie es jeden Tag so eilig hatte, die Klinik zu verlassen.

Tatsache war, dass sie ihrem Dienstschluss von Tag zu Tag mehr entgegenfieberte, während sie früher oft noch länger geblieben war, um beispielsweise einen komplizierten Fall mit den Kollegen zu diskutieren. Vielleicht hatte die lange Auszeit sie dem Schicksal ihrer Patienten gegenüber abstumpfen lassen …

„Hast du heute noch was vor oder fährst du gleich nach Hause?", erkundigte sich Fabian mit einem, wie Natalie bemerkte, hoffnungsvollen Unterton.

„Eigentlich fahre ich direkt –", setzte Natalie an, besann sich jedoch eines Besseren. Fabian nahm für seinen Heimweg dieselbe Straßenbahn wie sie, und ihr war nicht im Geringsten nach einem – bestenfalls – kollegialen Gespräch während der Fahrt zumute.

„Direkt in die Innenstadt", beendete sie daher ihre Antwort. Sie würde Esther in ihrem Buchladen aufsuchen, wie sie es dieser vor ihrem Urlaub versprochen hatte, beschloss sie spontan.

„Ja?" Fabian zögerte nicht lange. „Ich habe dort auch etwas zu erledigen. Du hast doch nichts dagegen, wenn wir gemeinsam fahren?" Ohne eine Antwort abzuwarten, stieg er mit ihr in die soeben ankommende Linie zwei.

Natalie seufzte lautlos. Wahrscheinlich würde ihr Kollege darauf bestehen, sie an diesem strahlenden ersten Maitag wenigstens auf einen Eisbecher einzuladen, und sie hatte keinen plausiblen Grund, dies auszuschlagen.

„Irgendwie hast du dich in letzter Zeit verändert", bemerkte Fabian, während er sich neben sie auf die Sitzbank schob. „Also, ich meine, du hast dich noch nie irgendwo aufgedrängt oder in den Vordergrund geschoben, was ich auch sehr bewundere, aber seit du wieder zurück in der Klinik bist, bist du echt auffallend still. Als wärst du noch gar nicht angekommen oder nicht ganz du selbst. Ist alles okay bei dir?"

Seine Stimme klang aufrichtig besorgt, und Natalie gab sich einen Ruck. Sie würde ehrlich zu ihm sein – so schwer es ihr auch fiel, all seine Hoffnungen zunichtezumachen.

„Nicht wirklich", gestand sie deshalb. „Aber ich will aufrichtig zu dir sein, Fabian: Du bist nicht derjenige, mit dem ich solche Dinge besprechen möchte, weder heute noch zu einem späteren Zeitpunkt, verstehst du? Ich meine, du bist ein guter Kollege und ein wirklich netter, mitfühlender, aufmerksamer Kamerad, aber mehr auch nicht."

Fragend richtete Natalie ihren Blick auf ihn. War ihre Botschaft angekommen?

„Und mehr wird da auch niemals sein? Keine Chance, dass aus nett und mitfühlend einmal umwerfend und geliebt wird?" Seine hellblauen Augen flehten sie an, doch Natalie sah ihn nur an und blieb stumm.

Endlich senkte Fabian den Kopf. „Ich bin ein geschlagener Mann", murmelte er dabei in seinen beträchtlich gewachsenen Bart.

Dennoch ließen seine Worte Natalie vermuten, dass er – vielleicht schon sehr bald – über sie hinwegkommen würde. Er war kein derart beständiger Mensch wie Conor, der ihr seit ihrer Heimkehr täglich Nachrichten sandte, obwohl sie nur die wenigsten davon beantwortete.

Den Rest ihrer gemeinsamen Fahrt legten die beiden schweigend zurück. Zumindest für heute hatte Natalie Fabian den Wind aus den Segeln genommen, sodass es auch keine Einladung auf ein Eis mehr geben würde.

Sie atmete erleichtert auf, als sie der Bahn und ihrem Kollegen endlich den Rücken kehren konnte. Zielstrebig machte sie sich auf den Weg zu Esthers Laden.

Die Türglocke läutete munter, als sie die Geschäftsräume betrat, und Esther erschien im Durchgang zum Hinterzimmer. Hier pflegte sie zu lesen oder schriftliche Arbeiten zu verrichten, solange sich kein Kunde im Laden aufhielt. Ein freudiges Lächeln legte sich auf ihr Gesicht, als sie Natalie erkannte.

„Natalie, wie schön!" Sie begrüßte die Jüngere mit einer kurzen Umarmung. „Was führt dich hierher? Dringende Geschäfte – oder hast du Zeit für einen kleinen Schwatz und eine Tasse Kaffee? Ich bin doch schon zu gespannt darauf zu hören, wie es dir in Irland ergangen ist!"

„Genau deshalb bin ich hier."

„Großartig! Dann komm, setz dich, während ich uns einen Cappuccino mache." Esther schob Nat zu einem der kleinen Retro-Sessel im Hinterzimmer, ehe sie sich an der Kaffeemaschine in der Ecke zu schaffen machte. „Fang ruhig schon mal an zu erzählen, ich bin ganz Ohr", bemerkte sie dabei über ihre Schulter hinweg.

„Tja, nur wo?" Natalie überlegte einen Augenblick. „Also, zunächst mal ist Mamas alte Freundin Matty ein echtes Original. Mit einer Stimme so tief wie die eines Mannes und fliegenden Locken wirbelt sie durch den Tag, schwimmt selbst im März schon frühmorgens mit ihrem Neufundländer in der Bucht und braucht ständig eine neue Beschäftigung. Still sitzen ist nicht ihr

Ding, und ich kann mir nur zu gut vorstellen, wie sie Mama früher mit ihrer Energie einfach mitgerissen hat! In ihrer Jugend müssen die beiden wie Feuer und Wasser gewesen sein und haben sich doch bestens verstanden. Überhaupt haben Mattys und Jons Berichte – Jon ist ihr Mann – für mich ein ganz neues Licht auf Mamas Leben geworfen. Ich fühlte mich ihr so nahe …"

„Das freut mich!" Esther reichte Natalie eine Tasse Cappuccino mit einer enormen Haube Milchschaum obenauf und ließ sich im Sessel neben ihr nieder. „Und das Land selbst – hat es dir ebenso sehr gefallen wie ihr?"

„Allerdings. Irland ist unvergleichlich schön. Einmalig. Ich habe mich in Killeen und im Garten von Holly Cottage so wohlgefühlt wie … ach, das lässt sich mit Worten ohnehin nicht ausdrücken. Pass auf, ich zeige dir ein paar Bilder."

Natalie zückte ihr Handy und klickte auf den Ordner mit den Irland-Bildern, die sie während der vergangenen Wochen bereits unzählige Male betrachtet hatte. „Obwohl auch die Fotos der Atmosphäre nicht wirklich gerecht werden", schränkte sie ein, während Esther ihren Sessel dicht neben Natalies rückte, sodass sich beide gemeinsam über das Display beugen konnten.

Interessiert erkundigte sich Esther nach diversen auf den Fotos erkennbaren Einzelheiten oder Personen und lauschte aufmerksam auf Natalies Antworten. Als sie zum Ende gelangt waren und Natalie das Handy sinken ließ, lehnte Esther sich zurück und musterte die junge Frau nachdenklich.

„Dich hat es aber ordentlich erwischt!", stellte sie nüchtern fest. „Wobei ich mir nicht sicher bin, ob es nun die Begeisterung für Irland ist oder für Matty und ihre Bucht oder doch eher für diesen Nachbarn, der dir im Garten geholfen hat. Jedenfalls machst du auf mich ganz den Eindruck eines Menschen, der bis eben in einen wunderschönen Traum versunken war – oder es sogar noch immer ist?" Fragend hob sie die Stimme.

„Genau so fühle ich mich tatsächlich", gab Natalie zu, erstaunt, dass eine eher oberflächlich Bekannte wie Esther ihren Gemütszustand offenbar besser analysieren konnte als sie selbst. „Dieser ganze Urlaub – und ja, auch die Bekanntschaft mit Conor – war ein herrlicher Traum, aus dem ich eigentlich längst erwacht sein müsste, aber es will mir einfach nicht gelingen, mich daraus zu befreien und wieder im Alltag anzukommen. Nicht einmal während der Arbeit auf Station, die doch eigentlich meinen ganzen Einsatz erfordert, bin ich von Herzen dabei, so wie früher. Während ich von einem Bett zum anderen hetze und doch nie die Zeit habe, mich wirklich einmal persönlich mit einem Patienten zu befassen, sehne ich mich pausenlos nach dem Augenblick, in dem die Stationstür hinter mir zufällt. Bin ich dann aber daheim, schwirrt mir ständig Jons Frage im Kopf herum, ob mein Beruf tatsächlich so etwas wie meine Berufung ist, ob ich ihn derart abgelenkt überhaupt noch ordnungsgemäß ausüben kann und dergleichen. Das ist dermaßen unbefriedigend – ich finde einfach keine Ruhe mehr außerhalb meines ‚Traumes', verstehst du?"

Nachdem diese Gefühle so ungebremst aus ihr herausgesprudelt und ihr dadurch erst wirklich bewusst geworden waren, holte Natalie einmal tief Atem. Hoffentlich hatte sie Esther nicht vollkommen überfahren mit diesem Ausbruch!

„Hm." Überlegend spielte Esther mit dem Henkel ihrer längst geleerten Kaffeetasse. In der Tat brauchte sie einen Augenblick, um ihre Gedanken zu sortieren. „Hast du schon einmal daran gedacht, dass Gott durch diese innere Unruhe, diesen Unfrieden zu dir sprechen könnte?", fragte sie endlich.

„Wie meinst du das?“

„Nun ja, du hast doch eben erwähnt, wie nahe du dich ihm dort in diesem Garten gefühlt hast. Dass er dir durch den Umgang mit seiner Schöpfung neue Freude und Frieden geschenkt hat. Was wäre, wenn er – um im Bild der Pflanzen zu bleiben – dich nun tatsächlich dorthin verpflanzen möchte? So wie es der Gärtner mit einer Jungpflanze tut, die sich in ihrer bisherigen Umgebung nicht mehr wohlfühlt, weil diese ihr nicht mehr genug Raum oder Nahrung oder Licht bietet, um in voller Schönheit erblühen zu können.“

„Ein ganz ähnlicher Gedanke ist mir auch bereits gekommen“, gestand Natalie. „Aber das Ganze beängstigt mich. Was ist denn im anderen Fall, also wenn dieses Unwohlsein nur auf meinen selbstsüchtigen Träumen von einem erfüllten Leben beruht oder gar auf meiner Sehnsucht nach Conor, in den ich mich tatsächlich verliebt habe? Dann ließe ich aus reiner Selbstsucht nicht nur meine Arbeitskollegen im Stich, sondern auch meinen Vater einsam und verlassen zurück. Das kann doch unmöglich richtig sein!“

„Ich meine“, Esther fuhr mit dem Zeigefinger am Rand ihrer Tasse entlang, während sie nach den richtigen Worten suchte, „ein guter Gärtner kennt die Bedürfnisse seiner Pflanze und wird sie auf jeden Fall berücksichtigen. Und ist es nicht unser Schöpfer höchstpersönlich, der bestimmte Begabungen und Träume in uns hineinlegt, so wie die Farbe, Größe und Beschaffenheit einer Pflanze in deren Samenkorn angelegt ist? Denkst du nicht, dass du dich dabei auf sein liebendes Vorstellungsvermögen und weises Urteil verlassen kannst? Ich jedenfalls habe das erfahren, als ich in einer ähnlichen Situation wie du an einem Scheideweg meines Lebens stand.“

Esthers Blick wanderte von ihrer Tasse zu einem Spruch an der Wand. *Denk daran, wo immer du dich niederlässt: Er ist schon da, der dich getragen, geprägt, geführt und befreit hat. Er ist schon dort, der dich in Ungeahntes, Neues führt*, las Natalie, aber noch viel mehr bewegten sie Esthers Worte: „*Ist es nicht unser Schöpfer höchstpersönlich, der bestimmte Begabungen und Träume in uns hineinlegt, so wie die Farbe, Größe und Beschaffenheit einer Pflanze in deren Samenkorn angelegt ist?*"

Eine einzelne Träne stahl sich in Natalies Augenwinkel, als sie sich schließlich erhob und von Esther verabschiedete. Durfte sie tatsächlich glauben, dass ihre Sehnsucht nach Matty, Killeen und auch nach Conor eben nicht nur ein selbstsüchtiger Traum war? Und zwar nicht nur glauben im Sinne von für wahr halten, sondern so fest darauf vertrauen, dass sie ihre gesamte Zukunft danach ausrichtete?

Zu Hause angekommen, zog sie sich in ihr Zimmer zurück und rief Conors neueste Nachricht auf. Sie stammte von sieben Uhr dreißig morgens, als Natalie gerade ihre morgendliche Runde auf der Station beendet hatte: *Liebste Nat! Während ich diese Nachricht schreibe, sitze ich in meinem Wagen, bereit, in die Redaktion aufzubrechen, doch statt loszufahren, stehe ich am Straßenrand und starre hinauf zu Mattys Garten. Die Brombeerranken, die du beschnitten hast, wuchern stachelig und vorwitzig in die Straße hinein, der Duft der Bluebells ist nur noch eine hauchzarte Erinnerung, und die Cordyline australis verschwindet schon wieder unter den tentakelartigen Trieben der Winde. Nicht einmal der Rasen konnte dem kürzlichen Angriff von Matty und ihrem Rasenmäher standhalten und ist nun ganz stumpf und braun. Kurzum: Der Garten vermisst dich – nicht ganz, aber doch annähernd sosehr wie ich!*

Die Vorstellung, wie sich Matty mit dem Rasenmäher den Hang hinaufkämpfte, ließ Natalie kurz auflachen, doch bereits in der nächsten Sekunde brach eine Welle der Sehnsucht über sie herein. Ermutigt durch Esthers Worte antwortete sie: *Auch wenn ich nicht mit derart anschaulichen Bildern dienen kann, ergeht es mir nicht viel besser, Conor. Ich vermisse Killeen, die Bucht, den Garten, Matty, Captain Noah und dich. Vor allem dich, lieber Conor …*

Matty erklomm den Pier und schüttelte sich genau wie Captain Noah neben ihr, dann streckte sie ihre Kehrseite der Morgensonne entgegen. Was für ein herrliches Gefühl, endlich wieder im Badeanzug zu schwimmen und das Prickeln des Wassers gänzlich unverfälscht auf den nackten Armen und Beinen zu spüren! Wenn sie Glück hatten, würde der Sommer genauso schön werden wie im letzten Jahr und das Wasser in der Bucht angenehm warm – worüber sich vor allem Joyce freuen würde, wenn sie im Sommer nach Killeen zurückkehrte.

Liebevoll betrachtete Matty das Badefloß, das zu ihren Füßen auf der morgendlich glatten Wasserfläche schaukelte und mittlerweile über die gewünschte Rutsche verfügte. Erst gestern hatte sie diese – natürlich mit Conors tatkräftiger Unterstützung – montiert. Und sofort ein Bild davon an Joyce geschickt. Deren trockener Kommentar dazu hatte Matty zum Lachen gebracht: *Was macht das Floß noch am Pier? Taka-Tuka 2.0 ist eine Insel, schon vergessen?!*

Wie sie die Gesellschaft des Mädchens vermisste! Fast so sehr wie Nats. Es hatte Matty so gutgetan zu sehen, wie Gittes Tochter begann, ihre Zurückhaltung und Trauer zu überwinden und sich nicht nur ihr, sondern auch Conor gegenüber zu öffnen.

Nichtsdestotrotz war Nat abgereist, ohne mit Conor über eine Fortsetzung ihrer Beziehung zu sprechen, wie dieser Matty gestanden hatte.

Matty seufzte tief. Die Vorstellung, Nat auf Dauer hier in ihrer Nähe zu haben, falls die beiden eine gemeinsame Zukunft anstrebten, war einfach zu verlockend.

Aber sicher litt Conor weit mehr unter der andauernden Ungewissheit seit Nats Abreise vor vier Wochen. Vier Wochen, die sich im Übrigen angefühlt hatten wie mindestens vier stille, ereignislose Monate. Das hieß, vollkommen ereignislos waren sie auch nicht gewesen.

Im Vorübergehen strich Matty fast zärtlich über eine der morschen Säulen der Boathouse-Terrasse. „Wie es aussieht, sind die Tage der Vernachlässigung für dich bald endgültig gezählt", murmelte sie dabei hoffnungsvoll.

Captain Noah richtete einen fragenden Hundeblick auf sie, und Matty schüttelte grinsend den Kopf. „Nein, Captain, ich bin *nicht* verrückt, nur weil ich mit einem alten Pfosten spreche. Im Gegenteil, ich bin so gut bei Verstand wie lange nicht mehr, und heute geht es bereits weiter mit dem Pläneschmieden."

Beim Gedanken daran beschleunigte Matty ihre Schritte. In wenigen Stunden, nämlich in Conors Mittagspause, würden sie sich bei Jon treffen, um das weitere Vorgehen bezüglich „Camp Killeen" zu besprechen.

In Anbetracht der Tatsache, dass lediglich vier Wochen seit Mattys anfänglicher Idee vergangen waren, hatten sie bereits einige Fortschritte gemacht, aber es blieb noch mehr als genug zu tun, bis der erste Bauarbeiter auf Killeen anrücken würde. Ganz zu schweigen davon, wie fern der Tag noch war, an dem die ersten Kinder hier – hoffentlich – ihr Quartier aufschlagen konnten.

Dennoch eilte Matty durch ihren Garten hinauf zum Cottage, ohne nach rechts oder links zu blicken. Je eher sie bei Jon im Pflegeheim war, desto eher konnte sie ihre Vorfreude mit jemandem teilen. Außerdem knurrte ihr der Magen nach dieser ausgiebigen Runde in der Bucht.

Wenige Stunden später saßen sie zu dritt vor Conors Laptop an dem kleinen Tisch in Jons Zimmer.

„Hier ist eine Auflistung der Mittel, auf die wir vonseiten unserer Banken hoffen können, sowie aller Anfragen bezüglich staatlicher Unterstützung, die wir bislang abgeschickt haben.“ Conor öffnete einen mit „Camp Killeen – Finanzierung“ überschriebenen Ordner.

Und die bisher allesamt unbeantwortet geblieben sind, stellte Jon mithilfe des Tablets auf seinem Schoß nüchtern fest.

„Dabei ist es schon fast drei Wochen her, dass wir Dublin angeschrieben haben!“ Matty konnte einen kleinen ungeduldigen Seufzer nicht unterdrücken.

„Staatliche Mühlen mahlen eben langsam“, erinnerte Conor, während Jon tippte: *Geduld, Matty, Geduld! Vielleicht kannst du die Zeit ja nutzen, um deine Pläne für das Projekt noch einmal zu überdenken! Beispielsweise …*

„Überdenken?“, unterbrach Matty. „Da gibt es nichts mehr zu überdenken, Jon: Ich bin ganz sicher, dass es das Richtige für Killeen und für uns ist, ein Feriencamp für sozial benachteiligte Kids zu eröffnen. Ich meine, einer Bekannten wie Joyce zu helfen, im Leben klarzukommen, ist schön und gut, aber was ist mit all den anderen jungen Leuten, die ebenfalls Gefahr laufen, aus purer Langeweile und Perspektivlosigkeit auf die schiefe Bahn zu geraten? Denkt doch nur an Murph! Das ist doch gerade der Sinn der Sache: den Kindern schon möglichst früh die Augen dafür zu öffnen, dass es auch ein Leben außerhalb ihres deprimierenden Umfelds gibt und dass Gott sie genau so liebt und annimmt, wie sie sind. Und wenn es nur ein paar wenige sind, die diesen Ruf hören …"

Nachdrücklich stupste Conor Matty in die Seite und wies auf Jons Tablet. Noch während sie sich ereiferte, hatte ihr Mann wieder zu tippen begonnen. *Ich gebe dir vollkommen recht, meine liebe Frau, und meinte das „Überdenken" auch nur ganz praktisch im Hinblick auf Änderungen deiner umfangreichen Bauvorhaben. Zum Beispiel könnte man darüber nachdenken, die Kinder und ihre Betreuer vorerst im Boathouse unterzubringen, statt sofort Hütten auf der Insel zu bauen …*

Müde sank seine Hand hinab.

„Nun, mir würde das nichts ausmachen, aber es wäre unfair Conor gegenüber, der direkt nebenan wohnt", warf Matty deutlich besänftigt ein. „Er hätte dann Tag und Nacht keine Ruhe von dem Lärm, den zwanzig oder dreißig Kinder nun mal veranstalten."

„Richtig. Aus diesem Grund dachte ich auch an eine vollkommen andere Möglichkeit. Ich habe das Thema dir gegenüber schon einmal angedeutet, Matty: private Sponsoren, entweder als Ergänzung zu den staatlichen Mitteln oder, im schlimmsten aller Fälle, anstelle dieser Mittel", erläuterte Conor. „Mithilfe der Presse sollte man an solche Menschen durchaus herankommen."

„Das wäre großartig, Conor!", begeisterte sich Matty.

„Und auf Dauer mehr als hilfreich. Schließlich ist es allein mit der Errichtung des Camps nicht getan, das Ganze will auch unterhalten werden."

Denkst du denn bereits an bestimmte Maßnahmen zur Gewinnung der Sponsoren?, mischte Jon sich wieder ein.

Conor nickte, und während der folgenden halben Stunde diskutierten die beiden Männer Conors Ideen, während Matty größtenteils zuhörte, dankbar, dass sie sich nicht tiefer mit den lästigen Finanzen befassen musste.

Erst als sich Conor wieder auf den Weg zur Redaktion machen wollte, erkundigte sie sich: „Gibt es irgendetwas Neues von Nat, Conor?"

„Leider nein. Meine letzten beiden Nachrichten blieben unbeantwortet – aber keine Angst, ich gebe nicht auf. Vielleicht beantwortet sie die von heute Morgen …"

Lasst ihr einfach ein wenig mehr Raum zum Atmen, ihr beiden! Nat ist wie ihre Mutter, die für wichtige Entscheidungen immer mehr Zeit brauchte als andere, mahnte Jon.

„Das ist aber leichter gesagt als getan, mein lieber Mann!", schnaubte Matty, und insgeheim konnte Conor nicht anders, als ihr zuzustimmen.

Noch am Flughafen hatte er Nat empfohlen, sich so viel Zeit zu nehmen, wie sie brauchte, und nun saß er hier wie auf glühenden Kohlen! Wenn sie ihm nur einen Hinweis darauf geben würde, dass sich an ihren Gefühlen für ihn nichts geändert hatte – und sei dieser Hinweis noch so klein –, so wäre er bereit, sich in den nächsten Flieger nach Süddeutschland zu setzen …

In derlei Gedanken versunken, brachte Conor den Nachmittag in der Redaktion hinter sich und war mehr als erleichtert, als sich der Zeiger der großen Wanduhr auf die Fünf zubewegte. Er packte eben einige Unterlagen in die Aktenkoffer, um sie mit nach Hause zu nehmen, als sein Handy ihm piepsend den Eingang einer Nachricht signalisierte.

Mehr aus Routine denn aus Hoffnung griff er danach und stutzte: Nat hatte seine Nachricht vom frühen Morgen tatsächlich beantwortet!

... vermisse ich dich! Wenn du jetzt hier wärst, würde ich mit dir in unserem – zugegebenermaßen winzigen – Garten sitzen und mir von dir erklären lassen, weshalb ein herrlich blühender und noch viel herrlicher duftender Weißdorn unbedingt Dornen haben muss ..., endete ihre Botschaft.

Ohne weiter zu überlegen, ließ sich Conor in seinen Drehstuhl fallen und rief am PC die Seite einer Fluggesellschaft auf.

In Deutschland angekommen, erledigte Conor voller Ungeduld die Formalitäten und organisierte sich einen Mietwagen, ehe er sich in den dichten Verkehr auf der Autobahn einfädelte. Wie stets wenn er sich auf Rechtsverkehr umstellen musste, benötigte er beim Fahren seine ganze Konzentration und fuhr in gemäßigtem Tempo, aber allzu rasch wäre er bei der herrschenden Verkehrsdichte ohnehin nicht vorwärtsgekommen. Erst kurz vor Nats Heimatstadt lichtete sich der Verkehr etwas, und Conor beschleunigte.

Sein Herz pochte deutlich spürbar gegen seine Rippen: In weniger als einer Stunde würde er Nat gegenüberstehen! In den vergangenen zwei Tagen, als er auf seinen Flug gewartet hatte, hatte er sich selbst kaum wiedererkannt in dem ungeduldigen, bei jeder Gelegenheit ungehalten auffahrenden Typ, zu dem er mutiert war. „Junge Liebe", hatte Matty nur verständnisvoll abgewinkt, als er sie gestern wegen einer Kleinigkeit angeraunzt hatte. „Glaub mir, ich erinnere mich nur zu gut daran, wie es ist, wenn ein ganzes Meer zwischen dir und deiner großen Liebe liegt. Fernbeziehungen sind nicht einfach – aber du und Nat werdet das mit Gottes Hilfe meistern. Jedenfalls bin ich sehr froh darüber, dass du dich dazu entschlossen hast, sie zu Hause zu besuchen."

Und hier war er, folgte den Anweisungen seines Navis zu dem Vorort, in dem Nat mit ihrem Vater lebte, und hoffte inständig, dass sie sich über seinen unangekündigten Besuch freuen würde.

Zwar hatte ihre letzte Nachricht darauf schließen lassen, dennoch nagte der Zweifel an Conor: Hatte er ihr tatsächlich genug Zeit gelassen, sich über ihre Gefühle klar zu werden, oder würde sie sich durch sein plötzliches Erscheinen bedrängt fühlen und womöglich eine Entscheidung treffen, die ihm ganz und gar nicht gefiel? Hätte er seinen Besuch nicht besser lange im Voraus ankündigen sollen, statt sich zu einer so spontanen Handlung hinreißen zu lassen, die Nat vollkommen überrumpeln musste?

Dazu war es nun jedoch zu spät, denn schon flatterte das Zielfähnchen auf seinem Navi-Display und Conor bog in den Birkenweg ein.

Nats Elternhaus war ein kleines Einfamilienhaus, in dessen Vorgarten tatsächlich ein Weißdornbusch stand. Mittlerweile waren die meisten Blüten braun und vertrocknet, was Conor angesichts der nachmittäglichen Hitze, die hier bereits im Mai herrschte, nicht verwunderte. Er passierte den Busch, strich mit feuchten Handflächen sein T-Shirt glatt, betätigte die Türklingel und stand plötzlich einem weißhaarigen Mann in Hemdsärmeln gegenüber. Fragend blickte dieser auf Conor, der vor Aufregung nichts weiter hervorbrachte als: „How are you, Mr –"

Selbst Nats Familienname war ihm in diesem Moment entfallen.

Dennoch legte sich bei Conors Worten ein Lächeln auf die Lippen des älteren Herrn. „Ach“, sagte dieser und wechselte rasch ins Englische, „Sie müssen Conor McGarvey sein, Mattys Nachbar. Ich habe Sie auf dem einen oder anderen von Natalies Fotos gesehen. Ich bin Michael Breuer, Natalies Vater. Wie schön, dass Sie uns besuchen, kommen Sie doch herein!“

Wortlos folgte Conor der Aufforderung und trat durch den dunklen Hausflur in einen sonnigen Wohnraum. „Wollen Sie sich nicht setzen?“

Michael Breuer deutete auf einen Sessel. „Es könnte eine Weile dauern, bis Natalie zurück ist. Weiß sie überhaupt von Ihrem Besuch? Ich kann mich gar nicht erinnern, dass sie etwas davon erwähnt hätte.“

„Das ist kein Wunder, denn sie weiß tatsächlich nichts davon. Ich komme unangekündigt, Mr Breuer“, gestand Conor reumütig, ehe er den spärlichen Rest seiner Zuversicht auf Nats Wohlwollen sammelte und fortfuhr: „Und falls Sie nichts dagegen haben und es machbar ist, würde ich es vorziehen, Ihre Tochter dort aufzusuchen, wo sie sich momentan befindet, statt hier auf sie zu warten.“

„Natürlich, weshalb nicht?“ Falls Nats Vater überrascht war, ließ er sich nichts davon anmerken. „Sie besucht soeben das Grab ihrer Mutter. Sie finden es, wenn Sie …“

Mit einer detaillierten Wegbeschreibung machte sich Conor kurz darauf auf den Weg zum Friedhof. Er sah Nat bereits von Weitem: Mit dem Rücken zu ihm kauerte sie vor einem Grab mit einem dunklen Stein, von dem sich ihr hochgestecktes fudgefarbenes Haar in aller Klarheit abhob.

Mit einem kurzen, aber intensiven Flehen um die richtigen Worte legte Conor die letzten Schritte zurück.

Natalie ignorierte die sich ihr nähernden Schritte. Auf dem riesigen Friedhof herrschte ein ständiges Kommen und Gehen, selbst am frühen Nachmittag. Statt sich umzudrehen, klopfte sie behutsam die Erde um die frisch eingesetzte kleine Stechpalme fest.

Am Tag nach dem Gespräch mit Esther hatte sie die junge Pflanze in einer Gärtnerei erworben, um ihr auf dem Grab ihrer Mutter ein Zuhause zu geben – ein kleines Stück von Killeen und von Matty, denn beides hatte ihre Mutter ein Leben lang geschätzt …

Anderen Friedhofbesuchern würde der kleine Busch nichts bedeuten, aber Natalie würde er für immer nicht nur an Killeen, sondern auch an die Liebe ihres Schöpfers erinnern.

„Außerdem stehen sein immergrünes Laub und die roten Beeren für Hoffnung auch in dunklen, kalten Zeiten, für das ewige Leben und unsere Erlösung durch das Blut Jesu“, wisperte Natalie. „Was also könnte besser auf dein Grab passen, Mama?“

Sorgsam strich sie noch einmal über die dunkle Friedhofserde, und ihre Gedanken wanderten zurück zu dem Tag, an dem Conor ihr von dieser Deutung erzählt hatte. *Conor* – erst gestern hatte sie eine Mail von ihm erhalten, in der er ausführlich und begeistert von Mattys Plänen für Camp Killeen berichtet hatte, aber nicht mit einem Wort auf ihre Bemerkung eingegangen war, wie sehr sie ihn vermisste. Hatte er ihre Anspielung auf ihre gemeinsamen Erlebnisse im Garten denn nicht im gleichen Sinn verstanden wie sie? Dass sie sich danach sehnte, mit ihm zusammen zu sein? Seufzend erhob sich Nat von ihren Knien – und prallte fast gegen eine Person, die unmittelbar hinter ihr stand.

„Der Weißdorn benötigt seine spitzen Dornen zur Verteidigung, Nat. Mit ihrer Hilfe schützt er seine Samen vor natürlichen

Feinden wie beispielsweise Vögeln – genau wie dieser junge Holly hier mit seinen Stacheln übrigens", erläuterte Conor und deutete auf den frisch gepflanzten Busch.

„Conor – du bist *hier?*", entfuhr es Natalie. Fassungslos starrte sie auf den Mann in hellen Jeans, T-Shirt und einer in die Stirn geschobenen Sonnenbrille, den sie bis zu diesem Moment noch in weiter Ferne geglaubt hatte. Und doch stand er hier leibhaftig vor ihr, mit der diesmal unmissverständlichen Antwort auf ihre Nachricht.

„Wie du siehst!" Conor lächelte schwach, streckte jedoch seine Arme nach ihr aus.

Nat überlegte nicht lange. Vertieft in seine Connemara-Augen, die unsicher und doch einladend auf ihrem Gesicht ruhten, tat sie den letzten Schritt auf ihn zu und schmiegte sich in seine Arme. Sie war bereit, dem Drängen ihres Herzens nachzugeben und sich verpflanzen zu lassen von dem Einen, der sie mit all ihren Träumen geschaffen hatte. Auch wenn sie nicht die leiseste Ahnung hatte, wie das praktisch aussehen konnte …

Epilog

Ein Tag so wolkenlos und warm, wie er nur im September sein konnte, neigte sich dem Ende entgegen. Die letzten Strahlen der Sonne, die bereits hinter den Bergen Iveraghs versunken war, tauchten den Himmel über der Kenmare Bay in ein warmes rötliches Licht, und die Luft schien stillzustehen. Federleicht schwebte die Stille über der unbewegten Wasseroberfläche, nistete zwischen den reglosen Blättern der Büsche.

Dennoch herrschte reges Leben in Killeen. Unter Umständen sogar noch ein wenig reger, als es während des übrigen Sommers und mit den beiden Teenies aus Dublin der Fall gewesen war, fand Matty.

Wie sie es des Öfteren bei Nat beobachtet hatte, inhalierte Matty mit geschlossenen Augen das Potpourri aus den Düften dieses geselligen Abends: Der würzige Rauch der verglühenden Holzkohle auf dem Grill mischte sich mit der Süße der Hortensienblüten, deren Blau sich in der einbrechenden Dämmerung in ein samtiges Violett verwandelte, und dem herben Aroma von etwas Undefinierbarem, Fremdem in ihrer unmittelbaren Nähe. Eine der neuen Pflanzen, die Nat nach ihrer Rückkehr vor zwei Tagen hier im Garten gesetzt hatte, vermutete Matty.

Erst als sie die Augen wieder aufschlug, erkannte sie ihren Irrtum. Was sie als fremd und neu definiert hatte, war nichts anderes als der Duft von Jons Rasierwasser! Denn hier, direkt neben ihr, saß ihr Mann in dem bequemsten Gartenstuhl, den Matty hatte auftreiben können. Sie brauchte nur die Hand auszustrecken, um Jon zu berühren. Und das Allerbeste an der ganzen Angelegenheit war, dass er auch heute Nacht, wenn das Gartenfest zu Ende war, bei ihr bleiben würde. Er würde mit ihr gemeinsam zu Bett gehen und morgen – ebenso wie an jedem anderen kommenden Morgen – wieder neben ihr aufwachen. Die Nächte, in denen Matty statt Jons vertrautem Atem nur Captain Noahs Schnarchen auf dem Bettvorleger vernommen hatte, waren endgültig vorbei – dank Nat.

Noch immer konnte Matty es kaum fassen, dass Gittes Tochter tatsächlich nach Killeen zurückgekehrt war, um Jon in seinem Zuhause zu pflegen, solange dies nötig sein würde. Selbst wenn Jon niemals wieder vollständig genesen würde (wie die Ärzte vermuteten), konnten sie mit Nats fachkundiger Unterstützung im Alltag künftig wieder ein Leben als Ehepaar führen anstatt dem eines „Pflegeheimpatienten" und seiner „Besucherin". Eine für Matty ganz und gar untypische Träne stahl sich bei dieser Aussicht in ihren Augenwinkel.

„Wir haben in der Tat unglaublich viel Grund zur Dankbarkeit", artikulierte Jon, dessen Blick auf ihr ruhte, undeutlich und drückte mit seiner gesunden Hand die ihre. Sprachlich hatte er in den vergangenen Monaten einige Fortschritte gemacht, doch noch war seine halbseitige Lähmung nicht überwunden. Seine linke Hand lag untätig auf der unförmigen, schreiend bunten Decke in seinem Schoß.

Mit den Worten „Hier, diese Decke wird Ihnen zu Hause in Ihrem zugigen Cottage gute Dienste leisten – auch wenn sie nicht besonders ansehnlich ist, fürchte ich. Ich kann mir gar nicht vorstellen, dass *ich* so etwas fabriziert haben soll!" hatte die alte Mrs

Donovan Jon die Decke zum Abschied überreicht. Er hatte sie freudig entgegengenommen, sodass sie Matty nun tagtäglich an jene Zeit erinnerte, in der sie sich vor lauter Langeweile tatsächlich am Stricken versucht hatte.

In diesem Augenblick gesellte sich Cara zu ihren Eltern auf die Terrasse. Sie und ihr Bruder Declan samt Familie waren heute angereist, um ihren Vater zu Hause willkommen zu heißen, und Matty hatte es sich nicht nehmen lassen, ein großes Garten- und Grillfest daraus zu machen. „Na, Dad, genießt du deine Willkommen-daheim-Party?“, erkundigte sich Cara.

„Ja, durchaus! Ich habe deine Mutter selten so schweigsam erlebt wie heute Abend“, scherzte er mit einem liebevollen Blick auf ebendiese. „Allerdings würde ich dieses Fest lieber als Willkommen-zurück-Nat-Party bezeichnen. Denn ohne sie wäre das alles nicht möglich.“

„Ich persönlich stimme da eher für die ‚Ruhe-vor-dem-Sturm-Party‘“, schlug Declan vor. „Denn ab morgen, wenn die Handwerker mit der Renovierung des Boathouse beginnen, wird es sicherlich deutlich lauter in Killeen – ganz zu schweigen von Tag X im kommenden Jahr, wenn hier eine Horde Dubliner Kids einfällt! Dann ist es endgültig vorbei mit eurer Beschaulichkeit.“

„Also, wenn ihr mich fragt“, mischte Joyce sich ein und hörte auf, mit einem Ast in der Glut unter dem geleerten Grillrost zu stochern, „ist das in erster Linie ein Fest der wiedervereinten Herzen. Seht euch doch nur mal die beiden da unten an!“

Mit der glühenden Astspitze wies sie auf das andere Ende des Gartens, wo sich Conor und Nat soeben Hand in Hand auf den Weg zum Strand machten. „Ist ja nicht auszuhalten mit diesen Turteltäubchen!“ Sie warf ihr langes, noch immer schwarz gefärbtes Haar in den Nacken und schüttelte sich.

Matty lachte laut auf. Joyce' Direktheit war nach wie vor unschlagbar. Während der Sommerferien, die sie und Murph hier verbracht hatten – Joyce bei Matty und Murph bei Conor –, war Matty mehr als einmal in den Genuss derselben gekommen.

„Gönne es den beiden doch", ermahnte sie nun sanft. „Schließlich haben sie einander monatelang nicht gesehen, bis Nat vorgestern zurückkehrte."

Lächelnd verfolgte Mattys Blick das glückliche Paar, bis die Büsche ihr die Sicht verwehrten.

Unterdessen führte Conor Nat am Boathouse vorbei bis zu seinem Cottage. Auf der Rückseite desselben erstreckte sich eine grüne Rasenfläche, die bis zu den tangüberzogenen Felsen an der Flutlinie reichte. Unmittelbar am Übergang von Rasen zu Fels erhob sich eine schmiedeeiserne Bank, eben breit genug für zwei Personen und mit unverstellter Sicht auf die Bucht.

Seite an Seite ließen Conor und Nat sich nieder. Nat lehnte sich gegen Conors Schulter. Der zweite volle Tag in ihrer neuen Heimat – *Heimat!* – ging zu Ende, und ihre Freude wollte sie schier überwältigen. Nach Monaten des Nachdenkens, Betens und Abwägens spürte sie, dass sie an dem Platz angekommen war, an dem ihr Schöpfer sie zu voller Blüte bringen würde. Sie lauschte dem Flüstern der steigenden Flut, beobachtete, wie auf der gegenüberliegenden Seite der Bucht erste Lichter die milchig-grüne Dämmerung durchbrachen, und seufzte versonnen: „Ich wage es kaum zu glauben, dass ich das von jetzt an jeden Tag erleben darf!"

„Und doch ist es wahr! Ab sofort lebst und arbeitest du in Killeen – und nichts als ein paar Meter Garten trennen uns noch voneinander. Und damit dir klar wird, dass ich dich auch niemals wieder gehen lasse –"

Conor löste sanft seine Finger aus ihren und nestelte an seiner Hosentasche. Endlich schien er gefunden zu haben, wonach er suchte, und fuhr fort: „Damit dir das also klar wird, und vor allem, weil ich dich von Tag zu Tag mehr liebe, Nat, frage ich dich: Willst du meine Frau werden?“

Er kniete vor ihr nieder, öffnete seine verschlossene Faust, und plötzlich funkelte auf seiner Handfläche ein silberner Ring. Anstelle eines Steines zierte diesen ein von zwei Händen gehaltenes Herz, über dem eine Krone schwebte.

„Ein Claddagh-Ring – das Symbol immerwährender Liebe“, erläuterte Conor, da Nat wie erstarrt darauf niederblickte. „Ein Symbol für meine, aber auch für Gottes Liebe, der uns als seine Kinder krönt und unser Herz mit schützenden, stützenden Händen der Liebe auf ewig umfängt. So will auch ich dich für immer lieben und ehren und schützen – falls du das möchtest, Nat?!“ Fragend hob er seine Stimme, und endlich hatte Nat ihre Überraschung überwunden.

„Ja, Conor, ja!“, erklärte sie energisch, und Conor schob den Claddagh-Ring über ihren Finger.

In diesem Moment wusste Nat, dass ihre Reise, die vor sechs Monaten mit der Einladung einer alten Freundin ihrer Mutter begonnen hatte, zu Ende war. Sie war endlich zu Hause …

Rezept

Irish Fudge

Zutaten:

410 g Kondensmilch
500 g brauner Zucker
150 g Butter
2 Teelöffel Vanille-Extrakt
evtl. 30 ml irischer Sahnelikör
Außerdem bereitlegen: Zuckerthermometer (falls vorhanden, ist nicht zwingend notwendig)

Zubereitung:

Ein Backblech mit Backpapier auslegen, dabei die Enden einige Zentimeter über den Rand hängen lassen (daran kann die Masse später herausgehoben werden).

Kondensmilch, Zucker und Butter aufkochen, bis der Zucker vollständig aufgelöst ist. Aufgrund der Spritzgefahr und langen Kochzeit unbedingt einen Topf mit hohem Rand und dickem Boden benutzen.

Anschließend bei mittlerer Hitze und unter ständigem Rühren zwanzig Minuten lang weiterkochen, bis die Masse karamellfarben und cremig glänzend ist und (in der Topfmitte gemessen) eine Temperatur von 115° Celcius hat. (Falls Sie kein Zuckerthermometer besitzen, geben Sie einen Teelöffel der Masse in eine Schüssel mit sehr kaltem Wasser. Lässt sich nach einigen Sekunden mit den Fingern ein Ball daraus formen, ist die Masse genau richtig.)

Den Topf vom Herd nehmen und die Masse für ca. 5 Minuten abkühlen lassen. Danach mit dem Handmixer aufschlagen, bis sie nicht mehr glatt und glänzend, sondern matt und leicht krümelig ist. (Achtung: Das kann einige Minuten dauern!)

Jetzt das Vanille-Extrakt sowie, falls gewünscht, den Sahnelikör dazugeben und kurz unterrühren. Die Masse auf das Backblech geben, glatt streichen und bei Raumtemperatur etwa zwei bis drei Stunden trocknen lassen.

Mithilfe des überstehenden Backpapiers aus dem Blech heben, in Stücke schneiden und kühl und dunkel aufbewahren. So ist der Irish Fudge etwa sechs Monate haltbar.

Ich wünsche Ihnen gutes Gelingen und ein süßes Vergnügen! Vielleicht möchten Sie Ihren Irish Fudge ja wie Nat und Conor zu Vanilleeis mit Karamellsoße genießen. ☺

Nachwort

Hier möchte ich eine Frage beantworten, die Sie sich während des Lesens möglicherweise gestellt haben: Gibt es Killeen tatsächlich? Sind die Schauplätze dieses Romans in der beschriebenen Art und Weise real?

Die Antwort auf diese Frage lautet: Ja und Nein.

Örtlichkeiten wie die Cliffs of Moher, den Nationalpark von Killarney und die Skellig Rocks finden Sie in jedem Irland-Reiseführer, einige davon sind außerdem aus Film und Fernsehen bekannt. Dazu zählen auch die Ha'penny Bridge in Dublin und die nahe gelegene Buchhandlung „The Winding Stair", die nach einem Gedicht von William Butler Yeats benannt ist und tatsächlich ein Café und Restaurant mit einschließt.

Schon etwas weniger bekannt sind die Halbinseln Iveragh und Beara am südlichen Ende der Küstenstraße Wild Atlantic Way und die Bucht von Kenmare, die die beiden Halbinseln voneinander trennt.

Kenmare ist ein lebhaftes, buntes Städtchen und hat es mir mitsamt seiner Umgebung bei meiner letzten Irland-Reise ganz besonders angetan. Damals spürte ich: Ich hatte den Ort gefunden, den ich zu Mattys Heimat Killeen erwählen würde.

Killeen ist damit der einzige fiktive Ort meines Romans, doch eingebettet in eine ganz und gar reale Umgebung. Der Blick über die Bucht beispielsweise, der sich Natalie an ihrem ersten Morgen in Holly Cottage bietet, entspricht dem, den ich von meiner Unterkunft aus genießen durfte, und die Empfindungen, die er in ihr auslöst, sind meinen eigenen nicht ganz unähnlich …

Sollte es mir gelungen sein, Ihnen mit meinen Worten ein Bild von diesen beeindruckenden Orten vor Augen zu malen, freue ich mich sehr!

Ich danke dem Team von Gerth Medien, das es mir immer wieder ermöglicht weiterzugeben, was mich bewegt: in diesem Fall das Bild des Gartens als Gleichnis für geistliches Wachstum. Ihr habt euch nicht nur für die Garten- und Irlandidee begeistert, sondern sogar klaglos von meinem ersten selbst gemachten und nicht ganz gelungenen Irish Fudge gekostet (das Rezept in diesem Buch ist ein anderes als das meines ersten Versuches, wie ich betonen möchte!).

Mein Dank gilt auch Ina und Paul und dem übrigen Team von gruene-insel.de, auf deren Konto sowohl ein guter Teil meiner theoretischen Irland-Kenntnisse als auch meiner praktischen Erfahrungen geht.

Ohne etwas davon zu ahnen, hat auch die nordirische christliche Band *Rend Collective* zum Entstehen dieses Romans beigetragen: Ihre Songs begleiteten meinen Schreibprozess fast von Beginn an. Sie verliehen mir Schwung und Inspiration, wenn die Worte einmal nicht fließen wollten, und ihre Musikvideos versorgten mich mit Irland-Bildern der besonderen Art. Wenn es einen Soundtrack zu dieser Geschichte gäbe, würde er definitiv von *Rend Collective* stammen.

Und last but not least danke ich meiner geliebten Familie. Meinen erwachsenen Kindern dafür, dass sie geduldig meine gedanklichen Abstecher an ferne Orte ertragen und mir inhaltlich wertvolle Anregungen geben, und meinem Mann, dem besten Begleiter auf meinen tatsächlichen Reisen!

Dorothea Morgenroth

FSC
www.fsc.org
MIX
Papier aus verantwortungsvollen Quellen
FSC® C014496

1. Auflage 2019
Bestell-Nr. 817582
ISBN 978-3-95734-582-0

Covergestaltung: Hanni Plato
Coverfoto: Anastasiya Barbosova/Shutterstock • Matthew Lovette/Getty Images
Lektorat: Carolin Kilian
Satz: Apel Verlagsservice, Bad Fallingbostel
Druck und Verarbeitung: GGP Media GmbH, Pößneck
Printed in Germany

www.gerth.de